家康謀殺

伊東 潤

角川文庫
23058

目次

雑説扱い難く候　5
上意に候　61
秀吉の刺客　127
陥穽（かんせい）　209
家康謀殺　273
大忠の男　335
特別収録　ルシファー・ストーン　391
解説　安部龍太郎　453

雑説扱い難く候

一

永禄三年（一五六〇）五月十五日、沓掛城は、これまでにないほどの緊張に包まれていた。というのも、沓掛城のある尾張国を治める織田信長が知多半島から今川勢力の掃討を目論み、今川方の最前線拠点である鳴海・大高両城の周辺に付城群を築き、包囲態勢を取ったからだ。

両城のある知多半島北部は尾張国だが、今川方に参じる国衆が増えたことで、織田・今川双方の係争が絶えない地域となっていた。

この辺りは、なだらかな丘陵が幾重にも連なる田園地帯で、その間を縫うようにして、北から鎌倉往還、東海道、大高道という三本の街道が、ほぼ東西に走っている。鎌倉往還と東海道が伊勢湾に達しようとするところに鳴海城が、同じく大高道の西端に大高城が築かれていた。沓掛城は、これらの最前線から一里半から二里ほど東方にある。

鳴海・大高両城の危機を知った今川義元は陣触れを発し、二万五千余の大軍を率いて駿府を出陣した。

沓掛城主の近藤景春の娘を嫁にもらっている佐川景吉も、陣触れを聞くや出陣支度を整えて沓掛城に馳せ参じた。

城に着いた景吉は、城内の混乱を目の当たりにした。

――これはえらいことだ。

大手門からは土の塊を蹴立てて早馬が飛び出し、その一方、近隣の土豪や地侍に率いられた兵が入城してくる。

十名ばかりの農兵を率いてきた景吉も、皆に遅れじと大手門をくぐった。

城内に入った景吉が景春の許へと挨拶に行くと、景春は「おお、待っていたぞ」と言って喜び、抱き付かんばかりに景吉を迎え入れてくれた。

「義父上、いかがいたしましたか」

早速、景吉が問う。

「実はな、困ったことになった」

景春が皺深い顔にさらに皺を寄せる。

――義父上も年を取った。

齢五十の坂を越えている景春の鬢には、白いものが交じり始めている。

「困ったことと仰せになりますと」

「われらは、これから織田方の包囲陣に向けて後詰決戦を挑むことになるだろう」

「ということは、駿河の御屋形様（今川義元）は沓掛の城を出て西進なさるのですね」

義元は自ら鳴海・大高両城に後詰を掛けるつもりなのだ。そうなれば地場の傘下国衆が先手を務めることになる。

「そうだ。十八日に沓掛の城に入られて一泊した後、翌朝には城を出て、桶狭間山で中食（昼餉）を取り、大高城に入る」

「なるほど」

「そこでだ」と言いつつ景春が手招きする。内密の話があるのだ。

景吉は膝行し、一間ほどの距離まで近づいた。

「昨日、御屋形様からの使者が着いたのだが、その使者が申すには、御屋形様は戦の前に織田方を混乱させておけるなら、それに越したことはないという。つまりだ、信長の背後にいる誰かを離反させろというわけだ」

「ははあ」

景春の話を他人事のように聞いていた景吉だったが、次の言葉で嫌な予感が胸内に広がった。

「そなたは確か、九之坪城の簗田左衛門太郎広正に妹を嫁がせていたな」

「仰せの通りで。でもあの時、われらは織田方でしたから、織田家の武将と誼を通じるために、わが妹を嫁がせたのではありませんか」

「それは分かっておる」

その縁談の仲介をしたのは、かつて織田方だった景春本人だ。

ところが景春は先年、今川方の調略工作に乗って、織田方から今川方に転じていた。それにより寄子の景吉も、否応なく今川方となった。しかし広正は地理的にも家柄的にも織田家を裏切れない立場にあるため、二人は離反の勧誘さえしなかった。その結果、景吉は広正とも妹とも、音信が途絶えた状態になっていた。

景春は少し躊躇すると言った。

「彼奴を寝返らせることはできないものか」

――わしに調略をやらせるのか。

景吉は正直なだけが取り柄の男で、調略などやったこともないし、これからもやることはないと思っていた。

「いくらなんでも、それは難しいかと。簗田一族は尾張守護の斯波氏の被官として、長らくかの地に根を張る国人です。しかも実権は広正の父の出羽守が握っており、広正が合意しても、父親がうんと言うはずがありません」

「そんなことは承知の上だ」

景春が渋い顔で言う。

「何事も無理だ駄目だと言っていては、埒が明かぬ。だいいち、われらのような新参者は功を挙げることで認められる。わしの苦しい立場も察してくれ」

――これは御屋形様の要望ではなく、命令なのだ。

義元が、織田方の後方攪乱を景春に命じてきたのは明らかだった。

──御屋形様のことだ。さもありなん。

義元は、ことさら新参者や寝返ってきた者に過酷だった。

鳴海・大高両城は、本を正せば国人の山口氏の持ち城だった。山口父子は織田方だったが、義元の調略に乗って今川方に寝返った。だが伊勢湾に通じるその地の重要性から、直臣をそこに配したくなった義元は、難癖をつけて山口一族を粛清し、二つの城を直仕置（直接統治）とした。

──つまり義父上は、断ることなどできぬ立場なのだ。

それでも景吉は、自分が調略を担当するのは嫌だった。

「義父上のお立場は分かりますが、ほかにあてはないのですか」

「ない」と言って、景春が首を左右に振る。

──ないはずはない。わしに頼みやすいだけなのだ。

それを思うと、容易には首を縦に振れない。

「何とかやってくれぬか」

「そう仰せになられても、広正に寝返る気がなければ、使者は殺されます」

「何を言っておるのだ。これほど大事な話だ。そなた自身が使者に立ってくれねば困る」

「いや、それは──」

さすがに人のいい景吉も、それだけは首を縦に振れない。

「恩賞は思いのままぞ」

――そんなものは要らない。

景吉は武士でありながら、恩賞や出頭（立身出世）にさほど関心がなかった。

「やはり、お引き受けしかねます」

「そうか。それは残念だな」

景春が言いにくそうに続ける。

「寄親の方針に従えぬ寄子は、敵と同じだ」

「何を仰せか！」

「わしとて女婿のそなたに酷いことはしたくない。だが世は戦国だ。心を鬼とせねばならぬこともある」

――勝手を申すな！

そうは思うものの、景吉は何も言い返せない。

景春の声音が険しいものに変わる。

「致し方ない。そなたをここで討ち取り、そなたの館を焼き払う」

あまりの強引さに景吉は二の句が継げない。それでも何とか抗議の言葉を絞り出した。

「それは困ります」

実際は困るどころではないのだが、咄嗟のことなので、それ以外に適した言葉は見つからない。

「では、やってくれるな」

――それも困る。

だが、ほかに選択肢がないのも事実なのだ。

二人の間に重い沈黙が垂れ込める。やがて、それに耐えきれなくなった景吉は問うた。

「どうすればよろしいので」

「やってくれるか。ありがたい！」

景春は嬉々として調略の段取りを伝えた。

気が乗らないものの、やらなければ殺されるだけなので、景吉は話を聞くしかない。

ようやく景春の話が終わり、接見の間から出ていこうとすると、景春が「送る」と言って立ち上がった。その途中、近習に「佐川殿の馬を大手に出しておけ」と申し付けると、景春は上機嫌で大手門までついてきた。

出されてきた馬に乗ろうとする景吉の耳元で、景春が囁く。

「そなたの一族郎党は、わしがこの城に引き取っておく」

――つまり人質ということか。

憤然として景春の顔を見たが、景春は視線をそらした。

「佐川殿、頼んだぞ」

さすがに鼻白んだ景吉は、あえて砂塵を蹴立てて沓掛城を後にした。

二

沓掛城から九之坪まで優に六里はある。しかも織田方の所領を通らねばならないため、十分に注意を払う必要があった。それゆえ景吉は今川方の勢力圏を抜けると、日が落ちるのを待ってから馬を飛ばした。

幸いにして空は晴れ、月も青々とした光を放っている。そのため道を間違えることもなく、夜明け前に九之坪城に着くことができた。

大手門を固める番士に名を告げると、顔色を変えて城内に戻っていった。

――わしが敵だということは、番士にまで知れわたっているのだ。

今更、隠し立てしても仕方がないので、景吉は開き直ったように堂々としていた。

やがて広正の近習が現れ、城内に案内してくれた。

「義兄上、かような時に何用か」

広正の顔には戸惑いがあらわだった。おそらく織田家の陣触れが発せられているのだ。

「ひとまず聞いてくれ」

景吉は拙い弁舌を駆使して、今川・織田両家の置かれた現状と展望を語った。

「そうした次第なので、尾張の虚け、ではなく織田殿に勝ち目はない」

「まあ、そんなところでしょうな」

どうやら広正の考えていることは、景吉の観測とさして変わらないようだった。

「つまりだ。ここは、どう考えても離反した方がよい」

下手をすると、この場で捕らえられて殺されるとも思ったが、広正はそんな素振りを毫も見せずに考え込んでいる。

——もはや何も話さぬ方がよい。

さすがの景吉も、それくらいの駆け引きは心得ている。つまり、言いたいことを言いきったら黙っているに越したことはない。言葉を換えて同じ趣旨のことを繰り返すと、聞いている方は、焦れてきて反発心が芽生えることもあるからだ。

しばし沈痛な面持ちで考え込んだ末、広正が言った。

「で、何をすればよいので」

——来たか！

小躍りしたい気持ちを抑え、景吉が言う。

「よくぞ決断した。これで簗田家は安泰だ」

「ですから、どうすればよろしいので」

「これは義父上の発案なのだが、信長と織田勢が桶狭間に向かった隙を突き、清須の城に放火してほしいのだ」

「ははあ」と言いつつ、広正が考え込む。

「さすれば織田勢は浮足立ち、戦わずとも瓦解する。その間に、駿河の御屋形様は清須まで進むという寸法だ」

しばし考えた後、声を潜めて広正が言った。

「承知しました」

「それは真か！」

「お静かに」

広正にたしなめられた景吉が小声で問う。

「それで、そなたの父上は抑えられるのか」

「父は半ば隠居したも同然。当家の軍配は、それがしが預かっております。それでも文句を言えば軟禁します」

「それはよかった。ただな、一つだけ聞いてほしいのだが――」

景吉は、いったん躊躇した後に思いきるように言った。

「証人を出してもらわねばならぬのだ」

広正の顔色が変わる。

「それがしを信用しておらぬのですか」

「いや、そういうわけではないのだが――」

「しかし、それがしには子がおりません。出せるのは室だけです」

「つまり、わが妹だな」

「はい。それで差し支えなければ」

　広正が顔色を変えずに言う。

「分かった。それで結構」

「ただし――」

　広正の顔が曇る。

「ただし、何だ」

「それがしとて義兄上を信じてはおります。しかし火をつけたはいいが、この辺りでまごまごしていれば、織田家の残党に攻撃されます。いち早く今川勢の中に逃げ込みたいのですが」

「むろん、それはわれらも心得ている。義父上によれば、駿河の御屋形様は十八日に沓掛の城に入り、翌日、桶狭間山で中食を取る予定だ。そなたはそこに伺候すればよい」

「十九日の昼頃に桶狭間山ですな」

「そうだ」

　広正が考え込む。

「何か差し障りでもあるかな」

「いや――、ありません」

「では、頼むぞ」

「お任せ下さい」

その後、景吉は妹、すなわち広正の室を伴って沓掛城に戻った。

沓掛城で景吉の報告を聞いた景春は、小躍りせんばかりに喜び、早速、義元に使いを送り、このことを報告した。

妹は人質として、今川勢と入れ違うようにして駿府に連れていかれた。

――これで万事うまくいく。

その夜、景吉は枕を高くして眠った。

三

五月十八日に沓掛城に入った義元は、翌十九日の朝、二万五千余の兵を率いて意気揚々と出陣した。近藤景春は留守を預かることになったが、景吉は簗田広正を迎え入れ、義元に目通りさせるため、今川勢に同行した。

桶狭間山に着いて弁当を使っていると、敵に動きがあるという情報が入ってきた。どうやら、織田信長本人が出向いてきているらしく、すでに今川方の前衛部隊との間で小競り合いが始まったという。確かに、先ほどから喊声や筒音が風に乗って流れてくる。

空を見ると曇っていて風も弱いが、南西の方から黒々とした雲がわき出してきていた。

――嫌な天気だな。

いまだ簗田広正は姿を現さず、清須方面が放火されたという報告も届いていない。

——何か手違いがあったのか。

弁当を食べ終わった景吉は、いったん義元の陣所に赴くことにした。

陣所に着くと、義元を中心として軍議が催されていた。

「どうしたんだ」

顔見知りの者がいたので声を掛けてみた。

「先ほど、敵が三百ほどで抜け駆けを図ってきたので打ち払い、三十騎ほどの首を取ったという。お味方の大勝利だ」

「それは、幸先がよいな」

「だが尾張の虚けは敗戦にも動じず、深田の一本道を進んで中島砦に入ったそうだ」

中島砦とは、信長が当初の本陣としていた善照寺砦の南西にある平地の小砦のことだ。微高地にある善照寺砦と違い、扇川と手越川の合流点の渡し場に造られた簡易な砦だ。

「ということは、尾張の虚けは、やる気なのだな」

「そのようだな。虚けなど物の数ではないが、真っすぐこちらに向かってきているということは、御屋形様がここにいるのを知っているのやもしれぬ」

こうした場合、総大将の義元は沓掛城にいて、家臣たちに織田方を掃討させてから出陣するのが常道だ。しかし簗田一族の調略がうまくいったという報告を受けた義元は方針転換し、自ら前線に出張り、一気に清須まで攻め上るようだ。

「それで御屋形様と年寄（重臣）たちは、今後どうするか評定しておる」

評定の内容は、このまま敵の動きなど無視して今川方の最前線拠点の大高城に入るか、周囲に散りすぎている自軍を呼び集め、中島砦に入った敵と戦うかといったところだと推測できる。

「そう言えば御屋形様の近習が、『御屋形様が北西の方角に煙は見えぬかとしきりに聞いている』と伝えてきた」

「そ、そうか」

景吉は内心、舌打ちした。義元の方針や行動は、簗田広正の寝返りを前提に組み上げられており、その前提が覆れば、どうなるかは分からない。

「まあ、どちらにしても負け戦にはなるまい」

「そうだな。どのみち勝ち戦だ」

景吉が己に言い聞かせる。

「今夜には、信長の首が見られるやもしれぬな」

「虚けの顔がどのようなものか、ぜひ拝見したいものよ」

二人が笑い合った時、顔に冷たいものが当たった。

「雨か」

「風も吹き出してきたな」

気づくと、いつの間にか風も強くなり、陣所に林立する旗幟(きし)をはためかせている。

「嫌な天気だ」

そう話している間にも、冷たい風に乗って雨滴が横殴りに吹き付けてくる。

次の瞬間、風に煽られて陣幕が吹き飛ばされた。義元と重臣たちは、啞然として中空に舞い踊る陣幕を眺めている。

空を見上げると、黒々とした雲が手を伸ばすように迫り、遂には大粒の雹が降り出した。ばらばらという音が大地を叩く。もはや立っているのもままならない。

雹が素肌を直撃すれば、痣の一つもできる。そのため皆、頭に笠や陣羽織をかぶり、右往左往している。

軍議をしていた義元と重臣たちも、それぞれ風雨を凌ぐのに精一杯となっていた。

その時、どこかから喊声が聞こえてきた。

――まさか敵か！

急いで自陣に戻ろうとしたが、すでに山上に敵の先手が現れ、今川方の兵と刃を交えている。

――そんなはずはない。

周囲には同じような小丘が数限りなくあるが、どういうわけか敵は一直線に桶狭間山を目指してきた。

風雨が吹き荒れる中、槍の穂先がきらめき、火花が散る。気づけば周囲は夜のように暗くなっていた。

義元がいた方を振り向いたが、すでにその姿はなく、林立する旗幟だけが激しく翻っている。

——たいへんなことになった。

こうなっては自分の家臣をまとめることもままならない。景吉は単身で山を下り、沓掛城に逃げ戻ろうと思った。

——だが、どうして敵は一直線にここを目指してきたのだ。

義元が桶狭間山に陣を布いていることは、極秘中の極秘だった。しかもこの周辺は、小丘群が幾重にも連なっており、敵に発覚することなど考えられない。

——まさか。

半ば滑り降りるように山を下りながら、景吉はあることに思い至った。

——よもや、そんなことはあるまい。

背筋が凍るほどの恐怖が込み上げてきた。

——もしそうだとしたら、わしはどうなる。

様々なことが頭を駆けめぐる。

それらを振り払うようにして、景吉は懸命に逃げた。

四

桶狭間の戦いから十五年後の天正三年（一五七五）八月、加賀国の御幸塚砦で、景吉はわが耳を疑った。

　桶狭間の戦いの後、所領を失った景吉は伊勢長島へと逃れ、いったん越前一向一揆に身を寄せていたが、織田勢に追われるように北上し、この頃は加賀の一向一揆に合流していた。

　その話を得意げにしていた者に、景吉が慌てて問い質す。

「つまり、その別喜右近大夫というのは、尾張国の出の簗田広正だというのだな」

「ああ、そう聞いている。何でも信長が朝廷に奏上して、賜姓任官させたらしい」

「ど、どうしてだ」

「わしも聞いた話だが――」

　元亀元年（一五七〇）六月、小谷城を包囲していた信長が、姉川の近くにある横山城を先に落とそうと移動を始めた時、小谷城の浅井長政勢が追撃を掛けてきた。その時、殿軍を受け持った広正は浅井勢を蹴散らし、その後に行われる姉川の戦いを有利に運ぶ要因を作った。

　さらに天正二年の長島攻めで、信長の嫡男の信忠勢に配された広正は、一揆の殲滅に力を尽くした。こうしたことが認められ、広正は明智光秀や羽柴秀吉と共に「御家老の御衆」の一人に抜擢され、賜姓任官の栄誉に浴すことができた。

　――つまり彼奴は、出頭の道をひた走っているのだな。

　それに引き換え、今の自分の落魄ぶりは目も当てられない。

——あれから十五年か。

景吉は、「あの日」に思いを馳せた。

あの日、必死に沓掛城を目指した景吉だったが、すでに城では攻防戦が始まっており、入城できなかった。結局、城は落ち、景春をはじめとした近藤一族は、城を枕に討ち死にを遂げる。その時、城から落ちてきた男に聞いた話では、織田勢の奇襲によって義元は討ち取られ、今川勢も逃げ散ったため、沓掛城は何ら抵抗できずに落とされたという。

——わしが、この大敗北を招いたのか。

それが今川家に伝われば、景吉もただでは済まない。

その後、駿府にたどり着いた景吉だったが、名乗り出ると、すぐに拘束された。景吉が広正に功を取らせたと誤解されたのだ。

どのように申し開きしても、今川家では聞き入れてもらえず、景吉は牢(ろう)に入れられた。もはや打ち首かとあきらめていると、妹の遺髪が届けられた。

広正の人質として駿府に預けられていた妹は、広正の裏切り(裏切ると言って裏切らなかったこと)が明らかにされたことで、死を選んだと聞かされた。

すでに死を覚悟していた景吉だったが、広正に一矢(いっし)報いなければ死んでも死にきれないと思うようになっていった。

この頃の今川家は義元の死によって混乱状態にあり、牢の監視など、あってなきも同然だった。それゆえ牢番の隙を見て逃げ出した景吉は、物乞いをしながら流れに流れて伊勢長島にたどり着いた。

長島は木曾(きそ)川・長良(ながら)川・揖斐(いび)川という大河川が合流する中洲(なかす)に造られた一向一揆の一大都市で、その本拠の願証寺(がんしょうじ)には門徒兵が二万余もおり、織田方の小木江(こきえ)(古木江)城と対峙(たいじ)していた。

景吉は願証寺に駆け込み、生きるために一向宗徒となった。

長島の人々は温かく迎え入れてくれた。とくに景吉のような武士は歓迎された。早速、物頭(ものがしら)のような立場に就かされた景吉は、農民たちに鉄砲の撃ち方や槍の使い方を指導することで、門徒たちの中に溶け込んでいった。

そのうち女房をもらい、子を生(な)すこともできた。そんな日々が、ずっと続くかと思っていた矢先、やはり戦乱はやってきた。

元亀元年、大坂本願寺(おおさかほんがんじ)の法主(ほっす)顕如(けんにょ)が信長に対して反旗を翻すと、それに応じて願証寺に籠(こ)もっていた一揆勢は小木江城に攻め寄せ、これを落城に追い込んだ。

これに対して翌年五月、信長は五万余の大軍を率いて攻め寄せてきた。激しい攻防戦が繰り広げられたが、一揆方は持ちこたえ、逆襲に転じて勝利を収めた。

長島には、景吉のような牢人が多数おり、鉄砲もふんだんにあるので、精強を誇る織田勢にも容易には屈しなかった。

天正元年(一五七三)九月、浅井・朝倉(あさくら)両氏を滅ぼした信長は、再びその鋭鋒(えいほう)を長島に向けた。

だが長島方も、北伊勢の国衆を味方に付けて粘り強い抵抗を示し、またしても織田勢を弾き返した。一度ならず二度までも信長に煮え湯を飲ませた一揆勢だったが、天正二年七月の戦いは、そうはいかなかった。

七万の大軍を長島に差し向けた信長は、一揆勢を五つの拠点城に追い込み、最後は殺戮の限りを尽くした。織田勢にも多くの死傷者が出たが、最終的には二万に及ぶ門徒を全滅させた織田方に凱歌が上がった。

幸いにも景吉は、小舟を拾って戦場から脱することができた。だが、ほとんどの者は中洲に取り残されて殺された。景吉の妻子がどうなったかも分からなかった。

小舟に乗り、葦の間を隠れながら織田方の陣の近くを通り過ぎた折、多くの旗幟に交じって「水葵三本立ち」の旗が立つ陣所が目に入った。

――広正だな。そなたは、いつかわが手で殺す。

そう心に誓い、景吉は農民の姿となって北に向かった。

その男は事情通らしく得意げに続けた。

「何でも別喜右近は、信長から大聖寺と檜屋の二城を拝領し、加賀国の一揆勢平定に成功した折には、加賀一国を下賜すると言われたそうだ」

「加賀一国だと」

――彼奴が大名になるのか。

景吉は唖然とした。

「信長は長島や越前同様、われらを根切りにするつもりだろう」

天正三年八月、五万を超す大軍を率いた信長は、越前に侵攻するや越前一向一揆を瞬(またた)く間に平定した。

続いて信長は加賀にも討ち入り、南端の能美(のみ)・江沼(えぬま)二郡を制すと、一揆方から奪った大聖寺・檜屋の二城に広正を残して越前に引き揚げた。

「加賀は八十年余にわたって一揆持ちの国だ。越前のようにはいかん」

男が自らに言い聞かせるように言う。

確かに加賀国は、長享(ちょうきょう)二年（一四八八）から一揆が支配する国となっており、一向宗の教線も隅々まで浸透している。

「だが信長は、すでに三万から五万余の兵を動かせる。本気になれば分からん」

一瞬、男の顔に不安の色が差したが、すぐに力強く言い返してきた。

「それを考える前に、われらは別喜右近を加賀から追い払わねばならん」

「どうやって」

「それをこれから考える」

ぶつぶつ言いながら男は行ってしまった。

——さて、どうする。

復仇(ふっきゅう)を果たせる機会を摑(つか)んだものの、広正は五千の兵を率いる織田方の総大将なのだ。

一方、己は十人ほどの農兵を率いる物頭でしかない。

だからと言って、これまでの恨みを思えば、簡単にあきらめるわけにはいかない。

——兵がいなければ、頭を絞るのだ。

だが、いくら考えてみたところで、名案など容易に浮かぶものではない。

——まずは敵情を探るか。

早速、城将の七里頼周直属の配下に敵情偵察を申し出ると、すんなり許可が下りた。加賀一向一揆の首脳部は、景吉のような流れ者に期待するところは少なく、逃げるなら逃げても構わぬという考えなのだ。

御幸塚砦から大聖寺城までは四里弱しかない。夜になってからちょうどよく城に近づけるように、綿紐の行商に扮した景吉は、午後遅くに砦を後にした。

予定通り、暗くなってから大聖寺城の近くまでやってきたものの、織田方の警戒は予想以上に厳しく、容易には城に近づけない。となれば広正が城を出るのを待ち、どこかに隠れて矢を射るくらいしか手はないのだが、大聖寺から加賀国中央部に至る道は、田園地帯を通過しているため、隠れられるような場所は極めて少ない。

それでも景吉は、何日か周辺を歩き回り、敵情を探ってみようと思った。

三日目の朝、根古屋（城下町）を歩いていると、「どけどけ」という声が聞こえ、下がるよう命じられた。そこにいた者たちと共に商家の軒先まで下がり、何が起こるのか見ていると、織田勢がやってきた。

甲冑姿ではないので、どうやら遠乗りのようだ。旗は掲げていないが、遠目からでも、こちらに向かってくるのが誰かは分かった。

――随分と年を食ったな。

菅笠で顔を隠すようにしながら、景吉は広正の顔をはっきりと見た。

馬上の広正は美々しく着飾り、自信に溢れた顔で、しっかりと前方を見つめていた。その前後左右を、三十余の馬廻衆と徒士がびっしりと固めている。

――信長並みの警固だな。

遠乗りや外出の最中に討ち取ることが容易でないのは、これで明らかとなった。

――いかがいたすか。

大聖寺城下を後にした景吉は、悄然として帰途に就いた。

御幸塚砦に近い柴山潟の辺りに達した時だった。腹が減ったので、片山津の宿で強飯でも食おうと飯屋か売子を探していると、御幸塚砦の方から歩いてくる男がいた。頬かぶりをして周囲を警戒しているが、どこかで見た顔だ。

――あれは、確か一揆の者だな。

景吉が記憶をまさぐる。

――そうだ。小平次とかいう名だったな。

さりげなく行き過ぎた景吉は、十間ばかり隔てて小平次の後を追った。

すると小平次は、村外れの社を上っていくではないか。

――夜に参拝とは珍しい。

足音を忍ばせなくても、虫の声が激しい季節なので、つけるのはたやすい。

石段を上った景吉は藪の中に踏み入り、陰から小平次の様子をうかがった。

小平次は参拝するでもなく、社の石段に腰掛けて誰かを待っていた。

小半刻（三十分）ほどすると、農民の姿をした別の男がやってきた。

二人は何事か話し合っている。その内容までは分からないが、小平次が書付らしきものを渡すと、男は袋に入った何かを渡した。

――銭だな。

一瞬、ジャリという音が聞こえたので、それが銭袋だと分かった。

――ははあ。ぶり（内通）をしておるのだな。

二人を斬って捨てようかと思ったが、次の瞬間、織田方の使いらしき者は、素早い身ごなしで闇の中に消えていった。

――あれは草の者だな。致し方ない。小平次だけでも斬るか。

藪から出ようとした景吉の足が止まる。

――待てよ。あやつを何かに使えぬか。

銭をもらった小平次は、その感触を楽しむかのように懐に手を入れ、疾風のように石段を下っていった。

――そうか。これならいけそうだ。

景吉は雑草の間から立ち上がり、御幸塚砦を目指した。

五

大聖寺城本曲輪（ほんくるわ）に設けられた接見の間で、その報告を受けた簗田広正は満足げにうなずいた。

「そうか。よくやった」

「はい。これにて敷地山（しきじ）にいた一揆どもを掃討できました」

敷地山とは、広正の本拠大聖寺城の北半里ほどにある小丘のことだ。

「しかし一揆どもが敷地山まで来ていたとはな。もっと警戒を厳にせねばならぬ」

「あやつらは神出鬼没。危ういところでした」

「よし、分かった。大儀であった」

報告に来た者を返すと、広正は「つなぎの者を呼べ」と命じた。

しばらくすると「つなぎの者」と呼ばれた男が入ってきた。

「お待たせしました」

「そなたのおかげで、また助かったわ」

「それは幸いでした」

「一揆どもは夜陰に紛れて敷地山に集結し、明朝を期して、こちらに攻め寄せるつもりだったらしい」

「危ういところでしたな」

「ああ、前回の兵糧強奪に続き、そなたの雑説のおかげで此度も助かった」

「それがしというか、それがしの手筋のおかげです」

男が謙遜したが、広正は首を左右に振った。

「いや、そうした手筋を持ったことが、そなたの功なのだ。戦など事前に雑説さえ摑んでおれば、いくらでも勝てる。何はなくとも雑説が大切なのだ」

雑説とは情報のことだ。

「わしは雑説を摑んだだけで、一国一城の主となった。このままいけば加賀一国の大名になれる」

この時、織田勢が制しているのは加賀国の南端にあたる能美・江沼の二郡で、広正が預かるのは大聖寺と檜屋の二城だけだった。それでも信長は、今後の働き次第で加賀一国を広正に預けると明言した。

——わしは大名となるのだ。

加賀入国と同時に、広正は「転び」の門徒や地場に強い伝手を持つ朝倉家旧臣を手なずけていた。彼らの一部を一揆勢の中に潜り込ませ、つなぎの者を使って敵の動静を摑んできた。眼前にいる男も、そうしたつなぎの一人だ。

「そなたの働きには感謝している。これは心づけだ」

広正が懐から出した銭袋を投げると、つなぎの者はそれを拾って押し頂いた。

「これは過分な――」

「次も頼むぞ」

「はっ、ははあ」と平伏すると、つなぎの者は去っていった。

傍らで話を聞いていた堀江景忠が問うてきた。

「殿は、桶狭間でも雑説を摑んで大功を挙げたと聞きましたが」

景忠は朝倉旧臣で、与力（宿老）の一人として広正に付けられていた。そのほかにも佐々長穐、島信重・一正兄弟といった信長股肱の中堅武将たちが、広正の与力に名を連ねている。

「あの時はうまくいった。虚けが一人いてな。そやつが飛んで火にいる虫のように雑説を持ってきたのだ。わしも身の安泰を考えるなら、その話に乗って今川方に寝返ったはずだが、御一家衆や重代相恩の家臣たちが山ほどいる今川家中では、出頭の余地がない。それならば一か八か、上様（信長）に賭けてみようと思ったのだ」

「よきご判断でしたな」

「それでも、わしは織田家の馬廻衆とされただけだった。しかし上様が小谷城包囲陣から姉川河畔に移られる時、わしは殿軍を引き受けた。それでも敵が襲ってこなければ、殿軍を担っても功は挙げられない。そこでだ」

広正が得意げに言う。

「あえて敵に、上様の移動を知らせ、敵を返り討ちにいたした」

「ははあ、つまり敵が追ってこなければ功を挙げられぬので、あえて知らせたと」

「そうだ。もちろん上様は、すでにお移りになられた後だったので、全く危ういことはなかった。それゆえ、血相変えて追ってくる浅井勢を待ち伏せして打ち破ったのよ」

広正が会心の笑みを浮かべる。

「恐れ入りました」

「上様には黙っていろよ」

広正が釘を刺す。

「もちろんです。その後、伊勢長島でもご活躍だったとか」

「あの時も転びの地場者を使い、一揆どもを雑説で混乱させ、同士討ちまでやらせたわ。彼奴らは同じ一向宗徒の言葉を鵜呑みにするので、面白いように裏をかけた」

「さすがですな」

「すべては雑説よ。世の中で雑説ほど貴重なものはない。それをこうして――」

広正は握り飯を握るような動作を見せた。

「掌に入れ、いかようにも握ってみせるのだ。さすれば功は自ずと飛び込んでくる」

「恐れ入りました」

景忠が感服したように平伏した。

景忠が去り、一人になった広正は障子を開け放って広縁に出た。
すでに夜になっているため、外は闇に包まれていたが、空が晴れているためか、月と星が冷たい光を放っている。それらに照らされた加賀国の大地が、はるか彼方まで見渡せた。

——すべてわしのものだ。

収穫の季節は目前まで迫っており、稲穂が頭をぶつけ合い、豊穣の音を奏でている。

——あの時、景吉の話に乗っていたら、わしはここで、この心地よい音を聞いてはいなかった。

桶狭間の戦いで信長が滅んだところで、義元から些少の所領をもらう程度で、広正は尾張の土豪のまま生涯を終えたはずだ。

——景吉のような愚か者のおかげで、わしのような賢い者は出頭できる。

雑説を駆使すればいくらでも出頭できると、広正は信じていた。

六

御幸塚砦に設けられた祭壇の前で、一揆方の大将の七里頼周は渋い顔をしていた。

「そなたは、その小平次とやらを片山津の宿で見かけたというのだな」

「はい。間違いなく」

「それで、その小平次とやらが、敵のつなぎと話をしていたのだな」

「はい。話の中身までは分かりませんが、額を寄せ合って何か話をしておりました。それだけでなく、小平次は書付をつなぎらしき男に手渡し、その見返りに銭袋を受け取っていました」

「そうか。そこまで見たのなら、どうやら小平次は『転び』のようだな」

頼周が舌打ちすると、景吉の上役が横から口を挟んだ。

「この者と、その小平次とやらの関係も調べましたが、全く接点はなく、この者が小平次に恨みを持ち、あらぬ罪に陥れようとしていることはないようです」

長引く戦陣での緊張感の中では揉(も)め事が生じやすく、個人的な恨みを晴らすために讒言(ざんげん)をする者もいる。

「そなたは、小平次との間に何ら関係がなかったと断言できるな」

「はい。天地神明に誓って口を利いたこともありません」

「よし。後に何かが発覚したら死罪となるが、それでも構わぬな」

「御意(ぎょい)のままに」

「分かった」と言うや、頼周が口惜しげに唇を嚙(か)む。

「やはり、こちらの動きが敵に漏れていたのだ。敷地山から奇襲を掛けようとすれば待ち伏せられ、後方から運び込もうとした兵糧も強奪され、どうもおかしいと思うていたが、その小平次とやらが、『ぶり』をしていたのだな」

「おそらく――」

　上役と景吉が同時にうなずく。

「かの者によって、われらの同胞が三十七人も殺された。小平次を許すわけにはいかん」

　剃り上げられた頭を真っ赤にすると、頼周は高僧と見まがうばかりの豪奢な僧衣を翻して立ち上がり、吐き捨てるように言った。

「斬れ」

「あいや、お待ちを」

　頼周の裾を取らんばかりに、景吉がにじり寄る。

「何を待つ。『転び』は、極楽浄土に行けぬよう祈禱してから斬るのが掟だ」

「斬るのはいつでもできます」

　景吉が諭すように言う。

「斬らずに使うのです」

「斬らずに使う――。どういうことだ」

　頼周が再び座に着く。

「斬るのはたやすきこと。ですが、それでは小平次というつまらぬ者が死ぬだけです。小平次を泳がせることで、大利を得ることができます」

「大利とな」

「はい。まずは小平次に真説を流します」

この時代、情報そのものを雑説、正しい情報を真説、偽情報を偽説、敵を惑わすための情報を惑説と呼んでいた。

「それでは敵にやられるだけではないか」

「仰せの通り」

景吉がにやりとした。

七

「でかしたぞ」

つなぎの者を前にして、広正は満面に笑みをたたえていた。

「急場を襲われた敵は、泡を食って逃げていきました」

「そうか、そうか」

「これで十五の荷駄に積まれた六十斤もの焔硝を、まんまとせしめました」

「ようやった。褒美を取らそう」

そう言うと広正は、懐に入れてあった銭袋を放った。

「ありがとうございます」

つなぎの者は、それを感謝するように掲げてから懐に入れた。

焔硝十斤で五百発は撃てるので、織田方は三千発分もの焔硝を一揆方から奪ったことになる。

広正は笑いが込み上げてきた。

「小平次によると、七里頼周らは慌てふためき、『これでは戦にならぬ』と言って嘆いておるとか」

「そうか。一揆どもの焔硝が底をつき始めておるのだな」

——これで勝負を決められるやもしれぬ。

加賀国の一揆討滅を託されているとはいえ、広正は信長から全幅の信頼を置かれているわけではない。しかも信長は、可もなく不可もない戦い方や占領地を守ることだけでは満足せず、短期間での実績を求めてくる。

——それができない者に居場所はない。それが織田家だ。

信長にとって現状維持は万死に値する罪となる。

しかも背後の越前国には、精強をもって鳴る柴田勝家勢が控えており、何もしなければ首をすげ替えられるのは目に見えている。

——つまり、わしの尻には火がついておるのだ。

「小平次によりますと、一揆方は焔硝だけでなく弾も不足しているとか。各地の末寺や道場に梵鐘や銅鑼の供出まで命じていると聞きました」

「それほどに窮しておるのか」

広正が思っていた以上に門徒たちは疲弊していた。

「さらに白山、別宮、吉野谷の一揆たちは頼周のやり方に不満を唱え、御幸塚砦を後にしたとか」

同じ門徒とはいえ、意見の相違はある。とくに門徒は一揆でもあり、地域ごとに結束している。それゆえ大坂から来た頼周とその幕僚たちのやり方に不満があれば、地場の一揆は、さっさと陣払いする。

「それは真か」

「はい。小平次は、白山の一揆どもが罵詈雑言を並べながら御幸塚砦を後にするのを、その目でしかと見届けたと申しております」

「そうか――」

――ということは、御幸塚砦に籠もる一揆勢は三千とおらぬな。

広正は運が向いてきているのを感じた。

「分かった。下がってよいぞ」

満面に笑みを浮かべ、つなぎの者が下がっていった。

評定の間には、堀江景忠ら与力だけになった。

「やるか」

「何をやるのです」

景忠が首をかしげる。

「御幸塚砦に攻め寄せるのよ」

「しかしその雑説が間違っていたら、われらは痛手を負います。もう少し、草の者に調べさせてからの方がよろしいのでは」

「いや、この雑説は信じられる」

広正は確信を持っていた。

八

——来たか。

織田勢が大挙して城を出たという知らせが、御幸塚砦に飛び込んできた。すぐさま七里頼周の許に伺候した景吉は、「後のことはお任せします」と告げるや馬に飛び乗った。

「出陣！」

百ばかりの兵を率いた景吉は、御幸塚砦を後にした。

——わが妹よ、そして彼奴の奸計（かんけい）によって死んでいった者たちよ。奴に復讐（ふくしゅう）するまで、わしを守ってくれ。

風が頬に当たる。様々な思いが駆けめぐる。

——思えば、わしは天から使命を託されていたのやもしれぬ。

戦国時代は強い者が弱い者をのみ込み、より強くなっていく時代だ。人をだまそうが、陥れようが、強くなった者が勝者となる。

――だが、それでよいのか。

胸底から沸々と怒りが込み上げてくる。

――よいわけがあるまい。

過酷なこの時代を生き抜くには、景吉は人がよすぎた。だが人を足蹴にすることよりも、景吉は皆の笑顔と共に生きたかった。

――野望や欲望のために人を足蹴にする輩に対して一矢でも報い、これからの警鐘とせねばならない。

やがて天神山が見えてきた。この山は御幸塚砦の南半里ほどにあり、一揆方の前衛陣地の役割を担っていた。

援軍がやってきたことで、砦を守っていた者たちから歓声が上がる。

両手を掲げてそれを制した景吉は、厳しい顔で言った。

「明日、敵は御幸塚砦に攻め寄せてくる。それをこの丘から牽制する。さすれば敵は、まずここを取りに来るはずだ。つまりここは死地となる。死を覚悟した者だけが、ここにとどまればよい。いまだこの世に未練がある者は、御幸塚砦に引くがよい。それは阿弥陀如来を裏切ることにはならない」

天神山砦を守っていた者たちは皆、顔を見合わせている。

景吉が連れてきた者たちは死を覚悟した志願兵だが、天神山砦にいる者たちの中には、いまだ生きたいと思っている者もいるはずだ。

そうした本能を一向宗は抑えてきた。すなわち「逃げれば極楽往生できなくなる」と教えることで、門徒たちを恐怖に陥れてきたのだ。

信長軍団は欲と野望を喚起することで、異様なまでの戦意をたぎらせるが、一向宗は「極楽往生できなくなる」という恐怖によって鉄の結束を生み出していた。

だが景吉は、そうではないと言うのだ。

「この丘は明日には囲まれる。そうなれば逃げる術はなくなる。逃げるなら今のうちだ」

だが天神山砦に籠もる門徒も、百戦錬磨の者たちばかりだ。

次々と声が上がった。

「どこで死ぬのも同じだ！」

「ここで死ねば、間違いなく極楽往生できる！」

「われらが逃げ出せば、御幸塚が危うくなる。砦にいる同胞のために、ここで死のう！」

目を潤ませながら、景吉はそれらを聞いていた。

――これで一つになれる。

景吉は、この丘に一兵でも多くの織田勢を引き付けておくつもりでいた。そのためには、ぎりぎりまで逃げ出さずに戦う必要がある。

――二百余の一揆勢は、これで一丸となって織田勢に当たれる。尤も全力を出されても困るのだがな。

「それでは策を告げる」

皆が集まってきた。

「これからわしは、五十ばかりの兵を率いて敵を挑発に行ってくる。敵はわれらを追い掛け、この丘に殺到するだろう。さすればうまく戦って山頂まで引き、最後は逃げ散れ」

景吉が兜をかぶると、一緒に敵を引き付ける役目の者たちも出陣の支度を整えた。

「行くぞ!」

「おう!」

景吉は馬に鞭をくれると丘を下った。

九

夜陰に紛れて御幸塚砦の前衛を成す天神山に近づいた時、敵の奇襲攻撃があった。だが、そんなことは織り込み済みの広正である。中軍の鉄砲隊を前に出し、激しい応射を行った。

奇襲を仕掛けてきたにもかかわらず敵は弱腰で、瞬く間に潰走した。

――やはり、焔硝や弾丸が不足しておるのだな。

広正はにんまりすると、天神山を見つめた。

――あそこを本陣とするか。

「よし、全軍であの丘を取るぞ」

広正が采配を振るうと、兵たちは鉄砲を放ちつつ山頂を目指した。一揆勢も負けじと応戦するが、火力の違いは歴然だ。

火花が星のように明滅すると、斉射の轟音が大地を揺るがす。風もないので、周囲には火薬の臭いが立ち込め、息をするのも苦しい。

そうした中で広正だけは、その音も臭いも心地よく感じていた。

時折、誰かの絶叫が闇を切り裂く。弾に当たったのだ。

――お前らの死が、わしを出頭させてくれるのだ。死ねや、死ね！

やがて山中の明滅は、山麓から中腹へ、そして山頂へと移動していった。

――これなら、すぐに落とせる。

一揆勢は弱々しい抵抗を示しながら、山頂目指して後退していく。

「今だ。一気に乗り崩せ！」

広正が采配を振るうと、鉄砲隊の背後に控えていた槍隊が、喊声を上げつつ東西南の三方向から攻め上っていく。

「よし、前に進むぞ」

広正が陣を前進させようとした時だった。

「お待ちあれ」

後陣からやってきた堀江景忠が、馬の轡を押さえた。

「何を待つ。もはやあの丘は制したも同じではないか」

「いやいや、先ほどから感じておったのですが、一揆どもは、わざと引いているように思えます。それゆえ、かの丘には登らぬ方がよいかと――」

「何を怖気(おじけ)づいておる。そんなことだから、これまでそなたらは一揆を討滅できずにいたのだ」

「たとえそうだとしても、この丘は孤地(こち)です。下手に登って四囲を取り囲まれれば、撤退は困難になります」

　孤地とは、尾根続きでない独立した山など逃げ道が確保できない場所のことを言う。

　広正はため息をつきつつ言った。

「そなたらのような田舎武者に兵法の講釈をしても仕方ないが、山城を攻略するには、まずそれと対峙できる山を制し、そこに陣を築くのが定石だ。よもやの逆襲に備えるためだ。上様も小谷城攻めの折、虎御前山(とらごぜやま)に陣を布いたではないか。伊勢の大河内(おおかわち)城攻めの折もそうだった」

「それは尤もですが、かような山を取ることに、さほどの意義がありましょうか」

　それでも景忠は引き下がらない。

「敵は焔硝と弾が枯渇(こかつ)しているのだ。城に籠もって守るのが精一杯だろう」

「焔硝と弾の枯渇は雑説にすぎません」

「その雑説の中から真説を摑むのが、将としての器(うつわ)なのだ」

「いや、それでも危うすぎます」

「そなたが案ずることはない。そなたらは、わしの命に従って動いておればよい」

何の情報も摑んでいない者から助言されるのを、広正は最も嫌う。

「分かりました。致し方ありません」

まだ何か言いたげにしていた景忠だったが、唇を嚙んで引き下がった。

そこに前線から使者が入った。

「申し上げます。山頂を制しました」

「よし、よくやった。一揆どもはどうした」

「ほうほうの体で、御幸塚砦の方に逃れていきました」

「それでよい。深追いはするな。それよりも、夜明けまでに陣所の体裁を整えよ」

広正は山頂の四面に鹿垣を二重にめぐらし、その前に堀をうがつよう命じた。

「よし、天神山に登るぞ」

広正は敢然と山頂を目指した。

広正が山頂に到達した時、ちょうど東の山の端から朝日が差してきた。

――上様と共に、わしも大きくなるのだ。

爽快な気分で日の出を眺めていると、堀江景忠が「殿」と声を掛けてきた。

「仰せの通りでありましたな。どうやら一揆どもは焔硝も弾も足りないらしく、さしたる抵抗を示さず逃げていきました」

「そうであろう。やはり小平次と申す者の雑説は正しかったのだ」

二人で話をしていると、先に山頂に着いていた配下の者から声が掛かった。

物頭の一人だ。

「卒爾ながら、一揆の物頭を捕らえました」

「そうか。斬れ」

「話を聞かずともよろしいので」

「何か申しておるのか」

広正が振り向く。

「それが――。その者は、殿の縁戚にあたると申しております」

「馬鹿を申すな。一揆に知り合いなどおらぬ」

「しかし――」

「名を申したか」

「はい。佐川景吉と名乗っております」

その名を聞いた時、広正は衝撃を受けた。

「何だと。それは真か」

「はい。お会いになられますか」

「もちろんだ」

半信半疑ながら、広正は造りかけの陣所に急いだ。

十

広正が陣所に戻ると、男が一人、縄掛けされて座らされていた。

「面（おもて）を上げろ」

男は憔悴（しょうすい）しきっているらしく、広正の声が聞こえていない。そのため背後に控える足軽が、髪を摑んで顔を上げさせた。

広正はその顔を凝視した。

「まさか。生きておったのか」

「ああ、これぞ天祐（てんゆう）」

景吉が涙を流して喜ぶ。

「ここで簗田殿に会えたのは何という幸運か。一揆方のことを細大漏らさず伝えるので、何卒（なにとぞ）、命を救って下され」

「そなたは、わしに恨みを抱いておるのではないのか」

「恨みなどは忘れました。今は、ただ生きたいだけなのです」

「嘘を申せ。そなたは一揆に加わり、わしに復仇する機会をうかがっておったのだろう」

「そんなことはありません。一揆に加わるしか飯を食う術がなかったのです。どうかお許しを」

「何と無様な――」

「何を言われようと、生きてこそのものです」

――歳月がそうさせたのだな。

かつての景吉は、表裏のない立派な男だった。だが十五年ぶりに見る景吉は、農民ほどの矜持もない、ただ命乞いするだけの男になっていた。

「よし、分かった。助けてやろう」

「ああ、ありがたや」

景吉が、広正の草鞋に額を擦り付けてすすり泣く。

「先ほど、一揆どものことを細大漏らさず話すと申したな」

「はい、申しました」

「それでは聞くが――」

広正が笑みを浮かべて問う。

「一揆勢の中で分裂が起きているというが、それは本当か」

「仰せの通りで」

景吉が卑屈な笑みを浮かべる。

「陣払いしていった者どももいると言うが、それはどこの衆だ」

「ああ、そのことで」と言いつつ、景吉が答えた。

「白山、別宮、吉野谷の一揆が去っていきました」

「では今、城内にいる一揆どもはどのくらいだ」

「二千五百に候」

――二つとも合っているな。

広正はうなずくと言った。

「縄を解いてやれ」

「ああ、ありがたや」

足軽が景吉の縄を解く。

「何とお礼を申し上げてよいものか」

「礼はまだよい。それよりも目をつぶって左手を上げろ」

「えっ」

「いいから、言う通りにしろ。さもないと斬るぞ」

「は、はい」と答えつつ、景吉が痩せ細った左腕を高く掲げた。

次の瞬間、太刀を抜いた広正は、それを横に薙いだ。

「ぎゃっー！」

景吉の左手首が宙を飛んだ。

「もしも嘘偽りを申せば、右手首も飛ばしてから放逐する」

「ひいいっ」

景吉が血まみれになってのたうち回る。

「手当てしてやれ」

小者の一人が景吉に猿轡を噛ませ、いま一人が肘の部分に縄を巻いて止血をする。

「ぐぐっ、ぐう」

「焼け」

痛みを堪える景吉を尻目に、別の一人が焚火で焼いた鈍刀を持ってきて傷口に当てた。

絶叫も上げられず、景吉は目を白黒させている。

じゅっという音と肉の焦げる臭いがすると、瞬く間に出血が止まる。そこに小者が焼酎を吹きかけて、治療は終わった。

すでに景吉は昏倒している。

「水を掛けろ」

広正の命に応じ、水が掛けられると、景吉が目を覚ました。

「痛い――、痛いよう！」

景吉がのたうち回る。

「それでは最後の問いだ。御幸塚砦には鉄砲が何丁ある」

「五百ほどあります。ああ、痛い」

「では、焔硝と弾はどのくらいある」

「もう、もうほとんどありません」

「それは真か。もしも嘘偽りだったら、右手首も切り落とすぞ」

「本当です。どうかご慈悲を」

「よし、此奴(こやつ)をそこに転がしておけ」

足軽が陣所の隅に景吉を座らせた。

その時、使番の旗を翻した馬が入ってきた。

「大聖寺城からの使者に候！」

「何事だ！」

使番は馬を下りると、広正の前に拝跪(はいき)した。

「大聖寺城に柴田様ら八千の兵が入りました」

「何だと。なぜ城に入れた」

広正の顔色が変わる。

「柴田様は入城させないなら攻めると仰せで、致し方なく――」

「あの城は、わしの城ではないか！」

「それはそうなのですが、柴田様は『知らせを受けて後詰に参った』と仰せになり、城に入ったそうです」

――何ということだ！

城内の誰かが越前国にいる勝家に、広正の出陣を知らせていたのだ。

――これでは引くことさえできぬ。

御幸塚砦をすぐに落とせなければ、柴田勢が駆け付けてくるのは明らかだ。そうなれば、たとえ砦を落とせたとしても、功は勝家に持っていかれる。

「おい」と言いつつ、景吉を足蹴にすると、景吉がうめき声を上げた。

「間違いなく、一揆方の焔硝と弾が不足しておるのだな」

「ううっ――、はい。もう一戦もできません」

「よし」と言うや、広正が眦を決する。

「堀江らに、夜明けとともに御幸塚砦に攻め寄せるよう伝えよ」

使番が二人の陣所に走っていく。

――これでよい。

広正は頭をもたげてくる不安を捻じ伏せた。

十一

やがて空が白んできた。

彼方から喊声が聞こえると、続いて激しい筒音も轟く。堀江勢が御幸塚砦に攻め掛かったのだ。

「あの砦には、さしたる構えはあるまい」

構えとは、土塁、堀、鹿垣などの防御施設のことだ。

「さような城は半日で落とせる」

自分に言い聞かせるようにそう言うと、広正は不安を隠して高笑いした。

「いや、半日も要らぬ。せいぜい一刻(いっとき)（二時間）だな」

小姓や近習も追従笑い(ついしょう)を浮かべるが、誰もが何かに圧迫されているような顔をしている。

──肝(きも)が据わっておらぬ奴らだ。

そういう広正も、不安で押しつぶされそうになっていた。

──心配いらぬ。堀江勢だけで片がつく。

広正が景吉に声を掛ける。

「おい、あの砦は一刻と持たぬであろう」

「は、はい。半刻で十分かと」

その卑屈な声に、広正たちが笑い声をあげる。

「かつてわしは、此奴の妹を嫁にもらっていた」

広正が桶狭間の戦いの経緯(いきさつ)を周囲に語る。

「という次第だ。よって雑説を摑むことほど大切なことはない。そして雑説を自在に操るのだ。さすれば出頭など容易にできる」

「ふふふふ」

その時、どこからか低い笑い声が聞こえてきた。

「誰だ。笑っておるのは」

広正が背後を振り返ったが、誰も笑っている者などいない。

「ふふふ」

「いったい誰だ！」

広正が床几を蹴って立ち上がると、背後にいた小姓が、「その者では」と言いつつ、陣屋の隅を指差した。

「まさか」

広正が近づいていくと、はっきりと笑い声が聞こえた。

「ふふふ、ふふ」

「遂に気狂いしたか」

「気狂いなどしてはおらぬ」

片手で体を起こした景吉が、そこに胡坐（あぐら）を組む。

広正は唖然とした。

「広正、耳を澄ましてみろ」

「何だと」

「筒音が近づいてきておるのが分からぬか」

確かに先ほどよりはるかに激しい筒音が、近くで聞こえてきている。

「ど、どういうことだ」

「まだ分からぬか」

痛みに顔をしかめつつ、景吉が続ける。

「そなたらの先手が押されておるのだ」

「何だと。そんなはずはない」

「もうすぐ使番が入ってくる。さすれば、それが分かる」

「まさか、一揆方には焔硝や弾が豊富にあるというのか」

「そういうことだ」

「景吉、謀（たばか）ったな！」

「ああ、いかにも謀った。正確には十五年前に謀られたお返しをしたというわけだ」

景吉の高笑いが陣所に響く。

「なぜだ！　ではなぜ、白山や別宮の一揆勢が砦を去ったと、そなたは知っていたのだ」

「馬鹿め。それはわしが作った話だ。尤も白山の連中には、小平次の前でわざと怒って砦を去るふりをさせたからな。小平次もだまされたというわけよ」

「き、貴様――」

「だが小平次を殺した今は、もう皆、砦に戻っておる」

「ああ、何たることか！」

そこに、満身に矢を受けた物頭の一人が駆け戻ってきた。

「殿、お味方は総崩れ。堀江殿は討ち死に！」

「何だと――」

自らの顔から血の気が引いていくのが、ありありと感じられる。

「殿、敵は焔硝も弾も惜しげもなく使っています」

「お、おのれ景吉！」

景吉が憐れみを帯びた声音で言う。

「雑説によって出頭し、雑説によって身を滅ぼした男か。それほど雑説とは扱い難いものなのだ」

「殺してやる！」

「そんなことは覚悟の上だ。だが広正、わしを斬ったらさっさと逃げろ。もう一揆勢は山麓まで迫っておるぞ。わしは、そなたがここで死ぬよりも、みじめな生涯を送る方が楽しみだ。それを見届けることができないのは無念だが、せいぜい体に気をつけて長生きするのだぞ」

そう言うと景吉は首を前に差し出した。

「この虫けらめ。地獄に落ちろ！」

「広正、地獄で待っておるぞ。はっははは」

太刀を一閃すると景吉の首が落ちた。だがその首は寸時、声を上げて笑い続けていた。

――此奴のおかげで、わしの人生は台無しにされたのか。

景吉の首は、会心の笑みを浮かべたまま転がっていた。

それを蹴ると、喉奥の声帯が反応したのか、また笑い声が聞こえた。

「ひいっ」と、小姓や近習から悲鳴が上がる。

「致し方ない。大聖寺城に引くぞ！」

口惜しさに歯嚙みしながら、広正は退き陣に移った。

だがその帰途、一揆勢の追撃は厳しく、五千の兵の半数ほどが討ち取られた。

ほうほうの体で城に帰った広正は、勝家に叱責されて安土への出頭を命じられた。

もちろん「負けて帰ってきたら、惣代官（指揮官）の地位を返上し、安土に来るように」という信長の命を、勝家は伝えたにすぎない。

この後、広正の地位を引き継いだ勝家が、加賀平定戦に乗り出すことになる。

その一方、安土に召喚させられた広正は、信長の叱責を受けて元の旗本に戻された。

その後、信忠付きの馬廻衆にされた広正だったが、骸のようになって役に立たず、すぐに追放された。

天神山崩れから四年後の天正七年（一五七九）六月、広正は故郷の九之坪で、一人寂しく病死したという。

上意に候

一

洞窟の奥から湧き出してきた湯が走るように岩盤を伝い、海に注いでいる。

――何を急いでいるのか、何に追い立てられているのか。

洞窟の横に掘られた湯溜めで、秀次は一人そんなことを考えていた。

――思えばわしの人生は、重荷を背負わされて追い立てられているようなものだった。

様々な思いが脳裏に去来する。

――しかしそれも、もう終わりだ。

秀次は、晴れ晴れとした気持ちになっていた。というのも一月ほど前の文禄二年（一五九三）八月、養父の秀吉に待望の男子が誕生したからだ。この赤子こそ、拾丸こと後の秀頼である。

赤子が無事に誕生したと聞いた時、秀次は心からほっとした。ところがその反動からか、持病の喘息がひどくなり、伊豆国の熱海で湯治することにした。

跡継ぎができて上機嫌の秀吉も、喜んで送り出してくれた。

――京に戻ったら、折を見て関白職返上を申し出るか。

関白とは天皇の代わりに政治を執り行う職のことで、すべての公家の頂点に位置する。

秀次は養父の秀吉から、天正十九年（一五九一）十二月に関白職を譲られていた。これにより秀吉は、関白職から身を引いた人物を意味する太閤となり、ここに豊臣家による太閤・関白両殿下体制が確立された。

秀吉は太閤・関白両職を豊臣家で独占すべく、その家職化を図ろうとしていた。

――関白を辞せば、存分に古典籍の収集と整理に時を割ける。

秀次の趣味は和漢の古典籍を読むことだった。それが高じ、足利学校や金沢文庫から古典籍を聚楽第に運ばせ、傷んでいるものを経師に修復させたり、僧侶に筆写・複製させたりしていた。

こうした秀次の趣味を知り、あることを勧めたのは、東福寺長老の隆西堂だった。

「かつて総見院様（織田信長）は、武功を挙げた家臣たちに分け与える土地が足りなくなることを見越し、茶の湯を流行らせ、唐渡りの茶道具の価値を高め、それらを土地よりも値打ちのあるものとしました。太閤殿下もそれを踏襲し、利休居士を使い、今様（新作）にとんでもない値を付けさせました。しかし利休居士が死を賜ってからは、茶の湯も廃れ、結句、殿下は土地を求め、唐入りしていきました。これほど馬鹿馬鹿しいことはありません。総見院様が創り出したからくりを無にしてしまえば、かつてと変わらぬ『一所懸命』の時代に戻るだけです」

唐入りとは、後に文禄・慶長の役と呼ばれる朝鮮半島への侵攻作戦のことだ。

　隆西堂が続ける。

「この出師は失敗に終わります。しかし武士たちは帰国後、当然のように恩賞を求めます。その時、かの者らに何を与えるというのです」

「この国には、もう与える土地などない」

「そうなれば、豊臣政権は崩壊しますぞ。それゆえ――」

　隆西堂の語気が強まる。

「茶道具のようなからくりを創り出すのです」

　信長は恩賞として下賜する土地に限りがあることを覚り、茶の湯を流行らせ、唐渡りの茶道具の価値を高め、茶会を認可制にすることによって補おうとした。茶湯御政道である。隆西堂はそれを再現せよというのだ。

「しかし、利休居士という天賦の才を持つ者がいない今、茶道具でそれを創り出すことは、もはや叶いませぬ」

　隆西堂が悲しげに首を左右に振る。

　信長が虚構の価値を作り得たのは、千利休・今井宗久・津田宗及といった熟練の茶人がいたからだ。しかも彼らは堺の大商人として、信長の茶湯御政道を支えるに足る財力があった。

「天賦の才を持つ目利きも、財力ある商人茶人もおらぬ今、新たな虚構の値打ちを生み出すことは至難の業となります。しかし別のもので、総見院様のやろうとしたことを再現できるやもしれませぬ」

「別のものとは」

「書画骨董です」

古典籍の写しや古人の墨跡の価値を高め、それを所持することを流行らせ、恩賞の代わりに下賜することで、信長のからくりを再現できると、隆西堂は説いた。

「さすれば、土地を求めて唐入りするなどという馬鹿なことをしなくて済みます」

「しかし茶道具のように見るだけで人の心を動かすものと違い、古典籍の写しや古人の墨跡は、学識がなければ価値が分からぬのではないか。一定の教養を身に付けている公家には通用しても、戦国の世を生きてきた荒武者たちには、そうしたものの値打ちなど分からん」

「いえいえ」

その反論に対する答えを、隆西堂はすでに用意していた。

「荒武者どもの次の世代は違います」

己の腕一本でのし上がってきた者ほど、その子弟に公家的教養を身に付けさせようとすると、隆西堂は説いた。

――そうか。わしはそうした知恵をめぐらせ、武士たちを土地の取り合いという頸木から解き放ってやればよいのか。

隆西堂により、秀次は為政者としての己の使命を知った。

——その大仕事をやりおおせ、拾丸が無事に元服すれば、豊臣家は安泰だ。わしはすべてを拾丸に譲って退隠する。その時こそ、二十五年にわたって秀吉の道具でしかなかった半生に決別し、真の人生に踏み出せるのだ。

——思えば、長き道のりであった。

秀次の最初の記憶は、青く澄んだ空の下、手編みの籠に入れられて田の畔に置かれていたことだった。父の弥助と母の智は、近くで野良仕事をしていた。

その時、上空から何か大きな黒い影が滑空してきた。そして、その鋭い爪で秀次を摑もうとした。しかし間一髪、「これっ！」という声と共に母の智が、その大鷹を追い払ってくれた。今でも、あの大鷹の空を覆わんばかりの羽の大きさと、研ぎ澄まされた爪が残像として残っている。

それ以来、秀次は何度となく大鷹に襲われる夢を見た。それは記憶ではなく、後に繰り返し父母に聞かされた話から、秀次が作り出した幻影なのかもしれない。

しかし秀次は、現世で鋭い爪に摑まれてしまうことになる。

武士となって立身した母の弟の藤吉郎が、父の弥助を家臣にしたいとやってきたのは、秀次が生まれる四年ほど前の永禄七年（一五六四）のことだった。弥助は百姓のかたわら農耕馬を何頭か飼い、馬借のようなことをやっていたが、藤吉郎こと秀吉から請われ、その家臣にされた。尤もその時、秀吉に必要だったのは、父ではなく馬の方だったのかもしれない。

これにより、家族を連れて尾張国知多郡大高村に移り住んだ父は、秀吉が出陣する度に、馬を引いて従うようになる。そして永禄十一年（一五六八）、秀次が生まれた。

記憶にある秀吉は、秀次相手によく遊んでくれる優しい叔父だった。来訪する度に、珍しい菓子や飴、時には武者や馬の人形などの土産を持ってきてくれるので、叔父が来ると聞いた日は、朝からそわそわしていた。

物心が付き始めた四歳の時、いつものように叔父がやってくると、秀次を膝の上に乗せて父母と話し始めた。

最初は和気藹々としていたのだが、途中から父母は、真剣な顔で秀吉の申し出を聞くようになった。秀吉はいつものように陽気に話すので、最初は何の話か分からなかったが、自分を父母から引き離し、別の家に連れていくという話だと分かってきた。

途中で母から「外にお行き」と言われたので、それに従ったが、土壁にうがたれた窓から漏れる会話を、秀次は聞いていた。初め父母は「長男だから」と言って渋っていたが、秀吉は巧みに利点を説き、最後には納得させた。

数日後、迎えの武士たちが現れ、母に抱き付いて嫌がる秀次を引き剝がし、無理やり駕籠に乗せた。その時、武士の一人が「これも上意に候。神妙に従うべし」と言ったのを、今でも覚えている。

爾来、秀次は「上意には逆らえない」と思い込むようになった。

かくして元亀二年（一五七一）、秀次は近江国人・宮部継潤の養子となった。

後に聞いた話によると、継潤が主の浅井長政を裏切る際、秀吉に求めたのが証人、すなわち人質だった。子のいない秀吉は、姉の子を人質にするしかなかったのだ。

結局、継潤の寝返りが命取りになり、浅井氏は滅んだ。浅井攻めの総指揮官となっていた秀吉は、これを契機に出頭の階を上り始める。

信長から北近江三郡を賜った秀吉は、織田家中で初の大名となった。養父の継潤も三千石を賜り、秀吉の旗本として遇されるようになる。

秀次も美しい着物を着せられ、多くの者たちにかしずかれる身になった。

それがいかに空しいことか、今の秀次にはよく分かる。

湯溜めから立ち上がると、熱海の海が一望できた。

海は凪いでおり、沖では数艘の漁船がのんびりと漁をしている。

——そろそろ出るか。

秀次がそう思った時、小姓の一人が来客を告げてきた。

二

その男は、秀次が投宿している代官屋敷で蟹のように這いつくばっていた。肩幅があり、背筋が発達しているせいか、平伏すると蟹のように見える。

「左衛門か、久しぶりだな」

「こちらこそ、ご無沙汰いたしておりました」

戦場錆の利いた嗄れ声が、秀次を心理的に圧迫する。

――かつてこの男に、わしは殺されかけたのだな。

味方どうしとなった今は、それも笑い話の一つなのだが、酒井左衛門尉忠次のような武辺者が放つ殺気を前にすると、秀次は気後れする。

「構わぬ。面を上げい」

忠次が、その皺深い面をゆっくりと上げた。

この時、忠次は齢六十七に達している。かつて信長の下、姉川や長篠などで共に戦ってきた豊臣家と徳川家だったが、信長横死後、敵対することになる。しかし秀吉の政治力に屈した家康は臣従という形で和睦し、今は豊臣家を支える宿老の一人となっていた。

「お顔色が随分とよろしいようですな」

「うむ。熱海の湯のおかげか、こちらに来てから体調がすこぶるよい」

「それは何より。実はそれがしもこのところ古傷が痛みまして、しばし湯治しようと思うていたところ、関白殿下が熱海までおいでになられていると聞き、これ幸いとばかりにまかり越しましたる次第」

「何だ、左衛門も湯治か」

「はい」と答えて忠次は相好を崩したが、その目は笑っていない。

――この狐め。

武辺者として名高い忠次だが、徳川家康の片腕として権謀術数にも長(た)けている。

「それでは、此度(こたび)の来訪は正式のものではないのだな」

「はい。この左衛門、すでに隠居した身。政務からは身を引いております」

「それでは、湯につかりながら語らうか」

「お心のままに」

少し体が冷えてきたので、秀次はもう一度、湯に入ろうと思っていた。忠次は油断ならない男だが、隠居の身でもあり、話を聞けばためになることもあるかと思ったのだ。

秀次が湯に入ると、遠慮がちに忠次も身を入れてきた。かつての武辺者も隠居して暖衣飽食するようになると、肉体は弛緩(しかん)してくるものだが、どういうわけか忠次は筋骨隆々としている。

「久しぶりに湯につかりましたが、実によきものですな」

「うむ。わしの持病の片息(かたいき)（喘息）も、これで退散したような気がする」

当初、二人は共通の知人の消息や養生（健康）の話などをしていたが、話題は自然、秀吉の男子に向かった。

忠次がしみじみと言う。

「これで天下も安泰。それがしも心残りなくあの世に行けます」

「何を言っておる。そなたのように頑健な体躯の持ち主が、そう容易にあの世に召されるものか」

「ははは、これはしたり。それを忘れておりました。いずれにせよ、若君が無事に育ってくれればよいのですが」

秀吉は、第一子の鶴松を三歳で亡くしている。その悲しみは深く、それを癒すために唐入りを断行したという説さえ囁かれていた。

「此度のお子だけは、丈夫に育ってもらいたいものよ」

「関白殿下は、それを本心から思っておいでか」

突然、空気が張り詰めた。

「いやいや、戯れ言でござるよ。ただ太閤殿下は、己の手で勝ち取った天下を、血を分けた子に譲りたいとお思いになっているのではないかと思いましてな」

「当然のことだ」

「さすれば、そういう向きに、皆で持っていかねばなりませぬな」

忠次の声音が険しいものに変わった。やはり湯につかりに来たというのは嘘で、別の目的があったのだ。

「どういうことだ」

「言祝ぎは百言を尽くすより、行動で示すべし」

「行動だと」

「はい。まずは関白殿下が皆に率先し、それを示すべきかと」

「つまり、関白の地位を返上しろと申すか」

「いかにも」

忠次が身を寄せてきた。

「わが主は、太閤殿下と関白殿下の間に疎隔が生じることを、何よりも案じております」

秀次は「よう言うわ」と思ったが、ひとまず忠次の言に耳を傾けることにした。

「すぐにでも京に戻り、関白職返上を太閤殿下に言上すべし」

「しかし関白というのは、帝を後見する役割を担っておる。わしが突然、身を引いてしまえば、朝廷と豊臣家の連携が滞る。それゆえ、わしも思い悩んでおるのだ」

「仰せの通り。それゆえ太閤殿下もお引き留めなさるはず」

「そうか。それは考えられるな」

「それゆえこの場は、太閤殿下に『お返しする』と仰せになることが肝要なのです。さすれば太閤殿下は上機嫌となり、『この子が元服するまで関白を務めよ』と仰せになるはず」

忠次の言は、いちいち理に適っている。

「豊臣家千年の計を図るには、まず地固めから。それは、ひとえに太閤殿下と関白殿下の良好な関係に懸かっております」

気づくと忠次は、秀次と肩を接するほど近づいていた。その肩に残る刀傷の跡が生々しい。

「どうか国家安泰のために、わが言をお聞き届けいただけますよう」

穏やかな声音ながら、忠次には有無を言わさぬ強引さがある。

——それを言いに、ここまで来たわけか。

言うまでもなく、忠次の言葉は家康の言葉なのだ。

——やはり、そうすべきなのか。

湯につかりすぎたのか、軽いめまいを覚えた。

「先に出る」

「ご随意に」

「そなたの言葉、よく考えてみる」

「それがよろしいかと」

湯煙の中で、忠次の双眸が光った。

三

翌日、忠次は「急用ができた」と言って江戸に帰っていった。これにより家康の意を受けた忠次が、秀次に譲位を勧めるために来たことが明らかになった。

関白職を辞すと言ってしまえば、それを真に受けた秀吉は即座に了承するかもしれない。それほど秀吉の老耄は亢進してきているのだ。そうなれば、秀次が推し進めようとしている書画骨董による豊臣政権の求心力強化策も日の目を見ないことになる。

——さすれば唐入りは長引き、その負担で民の呻吟は続く。

秀吉が土地にしか価値を見出さない限り、唐入りは終わらない。

——待てよ。なぜ三河殿（徳川家康）は、豊臣家の安泰を願っておるのだ。

考えてみると、忠次ほどの者が、わざわざ熱海まで来て譲位を勧めるというのもおかしな話だ。建前としては、天下泰平と豊臣家の安泰を願ってのことなのだろうが、家康が豊臣家の安泰など考えるはずもなく、逆に豊臣家の力を弱めるために、秀次に身を引かせようとしているとも考えられる。

——もしも、わしの辞意が容易に受け入れられ、拾丸が関白に指名されることにでもなれば、めんどうなことになるやもしれぬ。

いかに周囲の者の手助けがあろうと、幼い拾丸では十分な朝廷工作ができない。そうなれば万が一、徳川家と手切れになった時、後手に回って朝廷のお墨付きを得られないまま徳川家と戦うことになるかもしれない。

朝廷は、どちらかが圧倒的に有利でない場合、一方に肩入れすることはない。つまり手続き上の問題などを持ち出し、何のかのと言い募り、お墨付きを出さないこともあり得るのだ。

いろいろ考えているうちに、秀次は気重になってきた。湯当たりでもしたのか息が苦しくなり、座していることもままならなくなった。持病の気鬱の病まで生じたのか、床に臥せって動けなくなった。

秀次は常に持病と闘ってきた。

――この大事な時に何ということだ。

とくに生来の喘息と少年時代に発した気鬱の病は次第に秀次を蝕み、関白の政務が滞るほどだった。それでも秀次は歯を食いしばり、病を振り払うように生きてきた。

――病ごときに負けられるか。

それから二十日ほど熱海で療養した後の十月十五日、朝廷の使者が到着し、すぐに戻るようにという帝の意向を伝えてきた。

――宸襟を煩わすわけにはまいらぬ。

いまだ気分は優れなかったが、秀次は京への帰途に就いた。

熱海に到着した九月五日から数えると、実に二月にわたる長逗留になった。

駕籠の簾窓から富士の威容を眺めつつ、秀次の脳裏に様々な思いが去来した。

――思えば、箸の上げ下げさえ己の勝手にはできない半生だったな。

秀次の追憶は少年時代にまでさかのぼっていった。

秀吉によって宮部継潤の養子とされた秀次だが、浅井家が滅んでしまえば、継潤の養子に収まっている必要はない。子のない秀吉には、手駒が少ないのだ。

継潤の養子となって四年目の天正二年（一五七四）初頭、秀次は継潤との養子縁組を解消させられ、秀吉の許に戻された。

　このことは継潤にとっても寝耳に水だったらしく、「それがしに、何か手落ちがありましたか」と問うていたが、使者は「上意に候」と言うだけだった。

秀次は、その日のうちに秀吉の本拠の長浜城に連れていかれた。それでも実父と実母の許に戻れるうれしさに、七歳になる秀次の心は沸き立った。

長浜城に入ると、金襴の刺繡の施された豪奢な装束で現れた秀吉が、「ようやった」と秀次を褒め上げ、「これからは、この城で父母と暮らせ」と言ってくれた。

これにより秀次は、木下吉房と名乗るようになっていた父弥助の屋敷に引き取られた。

天正二年から三年にかけて、秀吉の主の信長は、伊勢長島一揆との戦い、長篠の戦い、越前一向一揆との戦いなどに勝利し、天下人への地歩を固めていった。秀吉はその手足となり、大車輪の活躍を見せていた。

　少年秀次は、幾度となく長浜城を出征していく叔父の姿を見送った。見送りの列の中に秀次の姿を見つけると、決まって叔父は長い隊列を止めて馬を下り、秀次の許へ駆け寄り、「土産を楽しみにしていろ」と言い、その猿のように小さな手で、若衆髷に髱を出した秀次の頭を撫でてくれた。

　そうしたことが繰り返され、長浜での生活に慣れてきた天正九年（一五八一）、駆けるように戻ってきた秀吉は、秀次を呼び出すと、「阿波に行って大名になれ」と一方的に告げてきた。

たいていのことに驚かなくなっていた秀次だが、これには驚いた。いまだ元服前の十四歳で、何の武功も挙げていない己が、大名になれるというのが不思議でならない。話をよく聞くと、三好笑巌入道康長が織田家の傘下に入ったので、人質同然の養子を出すよう信長から命じられたというのだ。

三好康長は三好三人衆や松永久秀と共に信長に抵抗した一人だが、天正三年、信長に降伏し、その後、四国攻略作戦の嚮導役のような立場に就いていた。

そこには、土佐の長宗我部元親の勢いに押された康長が信長に助けを求め、信長が秀吉に支援を命じたという経緯があった。

秀次に否やはない。

三好孫七郎信吉という新たな名を与えられた秀次は、阿波に行くことになる。

物思いに沈んでいると、ようやく最初の宿泊地の駿府に着いた。

駿河国は秀吉子飼いの一人・中村一氏の領国だ。この時、一氏は大坂に行っていて不在だったが、中村家中は下にも置かないほどの歓待をしてくれた。

その駿府では、秀次側近の木村常陸介重茲が待っていた。

重茲は秀次より七つほど年上で、機転が利くだけでなく、豊臣家中に様々な人間関係を築いているので、側近中の側近として重用している。

早速、重茲が密談したいというので、秀次は中村家の宴席を早めに辞し、重茲の宿に入った。

「京は大変な騒ぎですぞ」

秀次の体の具合などを聞いた後、重茲が本題に入った。

秀吉は男子誕生を喜び、公家や寺社に金銀をばらまいた。それがめぐりめぐって町人にも行きわたり、大陸出兵で上り調子だった京の景気を、さらに押し上げているという。

「これで、ようやくわしの肩の荷も下りた。これを機に、関白職を返上しようと思う」

「何と――」

重茲が絶句した。

「案じずともよい。関白職は帝の政務を代行する大切な官職だ。わしが辞すと申し出ても、太閤殿下は引き留めるに違いない」

「何を仰せか」

重茲が顔色を変える。

「それは思い違いですぞ。殿が関白職を返上するなどと言い出せば、太閤殿下は、ここぞとばかりにそれをお認めになります」

「そんなことはない。赤子が関白の地位に就いたことは、かつて一度もないではないか」

これまで最年少で関白となったのは、保元三年（一一五八）に就任した藤原基実で、その時、わずか十六歳だった。先例をことさら重んじる朝廷では、それより若い者の関白就任には、難色を示すに違いない。

「いいえ。太閤殿下は拾丸様ではなく、別の者を関白の座に就けますぞ」

予想もしなかった言葉が、重茲から飛び出した。

「それは誰だ」

「金吾中納言に候」

金吾中納言とは羽柴秀俊（後の小早川秀秋）のことだ。

秀俊は秀吉正室の北政所の兄の息子で、秀次同様、秀吉の養子にはなっているものの、秀吉や秀次と血のつながりはない。

「馬鹿を申すな。金吾はまだ十二ではないか」

「それでも赤子よりはまし。いかに先例主義の朝廷が難色を示そうと、太閤殿下の意向には逆らえません」

重茲が続ける。

「太閤殿下は殿の辞表を受理した後、『秀俊が元服するまで務めてくれ』とでも言って、二年から三年の間、殿を関白の座にとどめ置くでしょう。しかしそれでは、先のない関白として殿は皆から見限られ、辞任したも同然となります」

「しかし金吾は、小早川家に養子入りするという話ではないか」

文禄二年（一五九三）になり、秀吉は、男子のいない毛利輝元に秀俊を押し付けようと画策していた。しかし毛利家から傘下の小早川家ではどうかという打診が来たため、秀吉はそれを了承し、縁組はまとまりかけていた。

「仰せの通り。このまま何もなければ、金吾中納言は小早川家に養子入りすることになります」

「何もなければとは、どういうことだ」

「関白になれる道が開かれれば、話は別」

つまり重茲は、せっかく秀俊の養子縁組が決まりかけているこの時期に、それを覆すようなことを言うべきではないというのだ。

「金吾が関白か」

――かような者に豊臣家は守れぬ。

その白くふやけた顔を思い出し、秀次は暗澹たる気分になった。

「いったん関白に就いてしまえば、太閤殿下にもしものことがあれば――」

「そのまま金吾が天下人になると申すか」

「申すまでもなきこと」

恐ろしげに顔を引きつらせつつ、重茲が声を潜めた。

「さらに拾丸様に万一のご不幸があった時、天下人の血統は、太閤殿下の血筋ではなく北政所様の血筋に引き継がれます」

秀吉の実家の血筋を引く秀次としては、それだけは容認し難い。

「殿は漢王朝の故事をご存じか」

前漢を建国した高祖劉邦の死後、政治の実権を握ったのは皇后の呂后だった。呂后は自らの子以外の劉邦の子を粛清し、自らの一族で重職を独占した。

――北政所様が、そんなことをするはずはない。しかし一族の者どもは、天下簒奪を図るやもしれぬ。

少なくとも秀俊は、拾丸が十六になるまで関白の座に就くことになる。その間に秀吉が死に、拾丸が夭折すれば、天下は秀俊とその一派の思うがままになる。ましてや北政所が死ねば、歯止めはなくなる。

何と言っても、拾丸元服まで十五年前後、関白就任年齢までは十六年もあるのだ。

――わしが、これから二年ほど関白職に就いていたとしても、その後の十三、四年の間に、太閤殿下はお亡くなりになるだろう。仮に拾丸様が健在でも、金吾が譲位せぬことも考えられる。

秀次の脳裏に、様々な謡本の筋書きが浮かんだ。そのすべてが修羅能だった。

「どうすべきか」

秀次は思わず重茲に問うていた。

「この場は先走らず、ひとまず様子を見るのが上策かと」

「しかし――」

いかに衰えたりとはいえ、秀吉と駆け引きするなど荷が重い。

「このところ、太閤殿下の御気色（情緒）は安定しておりません。意にそぐわぬことがあれば、些細なことでもお怒りになり、思いきったことをなされます。殿は織田内府のことをお忘れか」

　重茲は織田信雄の例を持ち出した。

　信雄は小田原合戦後の論功行賞で、尾張・伊勢・伊賀三カ国百万石から三河・遠江・駿河・信濃・甲斐五カ国二百五十万石への移封を命じられた。しかし、墳墓の地である尾張から離れ難いことを理由に、信雄は移封を辞退する。これに激怒した秀吉は信雄からすべてを奪い、下野国烏山へ配流した。

　秀吉にとって大恩ある信長の息子でさえ、この有様なのだ。身内の秀次が関白職を辞任したいなどと言い出せば、激怒することも考えられる。

「織田内府と同じことが、殿の身に降りかからぬとも限りません。ましてや酒井殿のお話を真に受けるおつもりではありますまいな」

　重茲は、酒井忠次が熱海に来たことを知っていた。秀次と会う前に、重茲は多くの家臣と会っているので、考えてみれば当然のことだ。

　徳川家が秀吉と秀次の関係を険悪化させ、豊臣政権の弱体化を図ろうとしていることは、十分に考えられる。

「三河殿の意を受けた酒井殿は、豊臣家の藩屏たる殿を失脚させ、漢語も読めぬ上、算盤もろくにできぬ金吾中納言に跡を取らせるつもりでしょう。さすれば――」

　重茲が、恐怖におののくように言った。

「太閤殿下亡き後、豊臣家がどうなるか」

「もうよい」

頭を整理するため、秀次は自身の宿に引き取ろうとした。

「ゆめゆめ、ご短慮を起こさぬよう――」

重茲の言葉が最後まで終わらぬうちに、秀次は座を立った。

四

駿府を後にした秀次は、駕籠に揺られて東海道を西に向かった。

様々な想念が頭の中で渦巻く。

――これまでのわしの人生は嫌なことばかりだった。しかしそうした中でも、三好殿の養子になった時は楽しいこともあった。

秀次は現実から逃避するかのように、過去の思い出に向かった。

三好康長の養子となり、孫七郎信吉と名乗ることになった十四歳の秀次は、養父の康長と共に土佐国から北進してくる長宗我部勢力を弾き返し、阿波を死守せねばならない立場に置かれた。

しかし康長は根からの教養人で、京で茶の湯三昧の生活を続けていた。

茶の湯や連歌に精通した養父の下、多感な思春期を過ごした秀次は、その後も文化・

学術面に強い関心を示していく。

その間も長宗我部元親の勢力伸長は著しく、遂に信長は四国征伐を決断する。秀次を京に残した康長は四国に渡海し、対長宗我部戦の矢面に立った。

天正十年（一五八二）六月、信長三男の信孝を総大将に、丹羽長秀を実質的指揮官に頂いた織田軍が、いよいよ渡海しようとしていた矢先、本能寺の変が勃発する。

当然のように長宗我部攻めは中止となり、武士として生きることに嫌気が差した康長は、出家遁世してしまう。これにより三好家の版図と兵が秀次のものになった。

信長という柱を失った天下はどう動くか分からなかったが、この危機を天下取りの好機と見たのが秀吉だった。

秀吉は中国戦線からの大返しに成功し、山崎合戦で謀反人の光秀を討つや、天下取りへと動き出した。

秀次はこの戦いで初陣を飾り、秀吉の数少ない一族衆の一人として頭角を現していく。

この時、秀吉は五千余の兵を率いる池田恒興を味方にしたいがために、恒興の娘と秀次の縁談をまとめてしまう。むろん、秀次の意思など確かめるはずもない。

これにより恒興を抱き込んだ秀吉は、清須会議で織田家の後継者に三法師を据えることに成功した。

三法師とは、本能寺の変で信長と共に横死した長男・信忠の忘れ形見のことだ。

秀吉は秀次という手札を有効に使い、また一歩、天下に近づいた。

その後、羽柴孫七郎信吉と名乗りを変えた秀次は天正十一年、賤ヶ岳の戦いの前哨戦にあたる伊勢の滝川一益との戦いに大将の一人として出陣し、伊勢嶺城を攻略している。その間、秀吉は賤ヶ岳の戦いで柴田勝家を破り、天下人の座を確実なものとした。ところが、これに危機感を抱いたのが信長次男の信雄だった。翌天正十二年、徳川家康と手を組んだ信雄は、秀吉と敵対する道を選んだ。これにより小牧・長久手の戦いが勃発する。この戦いで秀次は、よくも悪くも大きな役割を果たすことになる。

文禄二年（一五九三）十一月初頭、湯治から戻った秀次は大坂城に伺候した。しばし平伏していると、慌ただしく茶坊主が現れ、「御成」を告げてきた。牡丹と蓮の唐草文をあしらった黄色地の胴服で現れた秀吉は、「久方ぶりよの」と言いながら座に着いた。

——少し見ぬ間に老けたな。

秀吉は五十七歳になる。その小さな顔には幾筋もの皺が刻まれ、歯も何本か抜けている。だが最も心配なのは、その顔が少し黒ずんできたことだ。顔が黒ずむということは、胃の腑か肝に何らかの問題があることを示している。

「熱海の湯はどうであった」

「はっ、おかげさまで持病も退散いたしました」

「それはよかったの」

秀吉が上の空で答える。秀次のことなど、もはやどうでもよいのだ。

「拾丸様のご様子は、いかがですか」

秀次は気を利かし、話題を拾丸に振った。とたんに秀吉の相好が崩れる。

「拾は順調に育っておる。己の子というのは実に可愛いものよの」

「それは何より」

「拾は鶴松のようによそへはやらず、わが手元で育てたいものよ」

秀吉の長男鶴松は、天正十九年（一五九一）に三歳で夭折している。以来、秀吉は「死」や「亡くす」といった言葉を口にすることを忌み嫌い、「よそへやった」という表現を使っている。

「それを心より願っております」

「そうか。そなたもそう思うか」

秀吉の金壺眼（かなつぼまなこ）が光る。秀次は、空気が張り詰めるのを感じた。

――やはり関白辞任を申し出るべきか。

秀吉の喜びようを見れば、そうすべきと思えてくる。

「養父上（ちちうえ）、実は――」

「そなたが湯治している間、わしは考えておったのだが――」

二人は同時に口を開いたが、秀吉は覆いかぶせるように続けた。

「先々、拾とそなたの娘を娶（めあわ）せようと思うのだが、どうだろう」

秀次には二歳になったばかりの娘がいる。

「わが娘は――、まだ二つですが」

秀吉の唐突な申し出に、秀次はどう応じてよいか分からない。

「嫌か」

「いや、これほどありがたき話はありません」

「本心からそう思っておるのか」

「はい」

秀次の胸奥を探るような視線を、秀吉が向けてくる。

――ここで切り出すべきか。

秀吉が黙しているのは、秀次に何かを言わせたいからに違いない。それに気づいた秀次が口を開こうとした時、またしても秀吉が機先を制した。

「さすればそなたに、この国の五分の四を与えよう」

矢継ぎ早な秀吉の条件提示に、秀次は何と答えてよいか分からない。

「拾の所領は五分の一でよい」

そんな条件が絵空事なのは、秀次にも十分に分かっている。しかし秀吉が何らかの条件を示し、何かを求めて譲歩していることは明らかだった。

――もはや関白辞任しかないのか。

しかし、ここまで秀次に「関白辞任」を言い出させたいということは、やはり秀吉は秀次の関白辞任を受理し、秀俊を中継ぎとするのかもしれない。

──そうでなければ、太閤殿下から先に手札を晒すはずがない。

秀俊が関白の座に就けば、すべての権力は北政所の血統に持っていかれる。そうなれば重茲の指摘する通り、秀吉の死後、秀吉側の親族は根絶やしにされる可能性がある。しかも少年の秀俊では、秀吉が死した後、半島から引き揚げてくる大名たちの不満を抑えきれず、豊臣政権が瓦解する恐れさえある。

──それを阻止できるのは、わしだけではないか。

様々な考えが頭の中で渦巻く。それに従い、気鬱の病が頭をもたげてきたのか、息が荒くなってきた。

上座を見ると、秀吉が不動明王のような眼差しを向けてきていた。

──大変なことになった。

秀次が関白辞任を申し出ようとした時、またしても秀吉が先に口を開いた。

「もうよい」

そう言うと秀吉は立ち上がり、小姓が開けた帳台構えの向こうに姿を消した。

──何をやっておる。早く「お待ちあれ」と申せ。

秀次の一部が悲鳴を上げる。しかし秀次の口からは、続く言葉が出てこない。

やがて同朋から退室を促された秀次は、茫然としてその場を後にした。

五

　大坂から京の聚楽第に戻った秀次は、接見の間で木村重茲と密談していた。

　聚楽第は、天正十五年（一五八七）に秀吉が建てた豊臣政権の政庁兼邸宅で、天正十九年の秀次の関白就任と同時に譲られ、それ以来、秀次はここで起居している。

「という次第だ」

　秀吉との面談の一部始終を語ると、重茲が確かめてきた。

「つまり、太閤殿下に『関白辞任』を申し出なかったのですね」

「うむ。結句、そういうことになる」

「それは、よきご判断」

　重茲が胸を撫で下ろした。

「やはり、それでよかったと思うか」

「言うまでもなきこと。今、手の者を使い、太閤殿下の内意を探らせておりますので、それが分かり次第、太閤殿下の意に沿うご返答をするのがよろしいかと」

「そんな悠長なことでよいのか。やはり辞意だけでも、人を介して伝えておいた方がよい気もするが」

　決然と辞任を申し出なくても、「太閤殿下に一任する」という形も取れる。

「何を仰せか。下手なことを言上すれば、関白の座を赤の他人に持っていかれますぞ」

「それは困る」

「では、少し様子見としましょう」

秀次には一抹の不安があったが、それを重茲に言ったところで、「ご心配に及ばず」などと言われるに違いない。

重茲が言いにくそうに切り出す。

「実は殿が熱海に行っている間、太閤殿下が側近に漏らした言葉を、手の者から伝え聞いたのですが、殿は蒲柳の質の上、文弱に過ぎるとのことで、先が思いやられると仰せだったとか」

蒲柳の質とは、体が弱く病気にかかりやすい体質のことだ。

秀吉の危惧も分からぬではない。自らが没した後、拾丸を守るのは秀次であり、その秀次の体調が思わしくないとなれば、自らが存命のうちに、別の者に首をすげ替えておきたいと思うのは当然だろう。

――しかもわしは、かつて大きな失敗を仕出かしておるからな。

秀次は小牧・長久手合戦に思いを馳せていた。

天正十二年（一五八四）三月六日、織田信長の次男の信雄が秀吉派の三家老を謀殺することで、小牧・長久手合戦の幕が上がった。

自分の許に転がり込んでくると思い込んでいた天下が、秀吉に簒奪されようとしていることに気づいた信雄が、徳川家康を恃んで旗揚げしたのだ。

十三日、尾張清須城に入った家康は信雄と合流すると、各地の反秀吉勢力に決起を呼びかけ、紀伊の雑賀・根来、四国の長宗我部、越中の佐々成政らを味方に付けた。

一方の秀吉は同日、池田恒興と森長可に尾張国の犬山城を奪取させると、兵を南に進めて信雄の勢力圏の伊勢国を席巻した。

さらに十六日、秀吉は犬山城にいた森長可に三千の兵を率いさせ、清須城攻撃に向かわせる。これに対して家康は、酒井忠次率いる五千の兵を森長可勢に当たらせた。八幡林から羽黒川にかけて衝突した両軍は一歩も譲らぬ激戦を展開したが、兵力で劣る森勢は、次第に押されて潰走した。

緒戦は、家康が勝った。

犬山城に本拠を置いた秀吉は、一敗地にまみれた森長可の献策を入れ、別働隊に家康の本拠の三河国を急襲させ、慌てて兵を返そうとする家康の背後を、自ら率いる主力勢で突くことにした。

この作戦の指揮は、秀次と森長可の岳父にあたる池田恒興が執ることになったが、名目上の総大将には、秀次が指名された。

四月六日、秀次を総大将に、池田恒興、森長可、堀秀政率いる二万余の三河侵攻部隊が、尾張東部の丘陵地帯を迂回して岡崎に向かった。

しかしその動きは、翌七日夕刻には家康の知るところとなった。

八日、先手を担う池田・森両隊九千は、三河への進路を扼する岩崎城への攻撃を開始する。池田・森両隊の背後は、堀秀政隊三千が固めた。

この時点で秀次本隊八千は、はるか後方の白山林で野営していた。堀隊との間には、仏ヶ根や檜ヶ根といった小丘群が横たわり、容易には連携が取れない地形にあったが、誰もそれを危惧することはなかった。

一方、家康は榊原康政と大須賀康高率いる四千五百の兵を先発させた。

九日未明、徳川勢の先手が白山林に駐屯する秀次本隊に奇襲を掛けた。予想もしなかった背後からの攻撃に、秀次本隊が突き崩される。秀次はほうほうの体で戦場から離脱した。

その頃には池田・森両隊も反転して徳川勢に挑んでいたが、敵の勢いを押しとどめる術はなく、瞬く間に崩れ立った。この戦いの最中、池田恒興とその嫡男の元助、さらに森長可が討ち死にを遂げる。

敗報を聞いた秀吉は家康との決戦に及ぼうとしたが、家康は迅速に戦場から離脱し、再び小牧山に籠もった。これにより戦線は膠着し、講和という流れになる。

敗戦の責任は、地形を吟味することなく、堀隊が迅速に救援に駆け付けられない地で野営した秀次に帰せられた。

秀次は、責を一身に負って秀吉に謝罪した。これに対して秀吉は叱責状を出している。

その中で秀吉は、「秀吉の甥であることを鼻に掛け、傲慢な態度が見られる」という批判に始まり、「進退の儀を取り上げる（勘当する）」「今後、行いを改めないなら首を切る」といった警告を発している。

天正十三年（一五八五）三月、秀次は名誉挽回とばかりに、紀州の根来・雑賀一揆との戦いにおいて、要衝の千石堀城を攻略した。

これにより秀吉は機嫌を直し、四国攻めでは弟の秀長に次ぐ副将の座を与えた。

かくして秀次は秀吉の期待に応える活躍を示し、近江八幡二十万石（重臣の石高を合わせると四十三万石）を与えられ、さらに天正十四年には豊臣姓を下賜される。

天正十四年末から同十五年にかけて行われた九州遠征では、秀吉が九州まで出馬することになり、秀次は畿内の留守を託され、これを大過なく全うした。

天正十八年の小田原攻めでは、緒戦の山中城攻防戦において、北条流築城術の粋を集めた山中城を半日で落とすという大功も挙げている。

その後、北条氏を降伏に追い込み、奥州まで遠征した秀吉は、秀次に奥州仕置を任せて先に帰国する。秀次はこの大任もつつがなくこなし、周囲から次世代の豊臣家の中核と目されていく。

そして天正十九年十一月、弟の秀長と一子鶴松を立て続けに失った秀吉は、秀次を養子に迎え、さらに十二月には関白職を譲り、秀次を名実共に豊臣政権の後継者に指名した。この時、秀吉は五十五歳、秀次は二十四歳だった。

六

「殿、どうかなされましたか」

重茲の呼ぶ声で、秀次はわれに返った。

「すまぬ。ちと物思いにふけっておったのだ」

「殿、ここは一つ、殿の武辺ぶりを天下に示し、太閤殿下にご安心いただきましょう」

「とは申しても、どうやってそれを示すのだ」

「鹿狩りをやりましょう」

重茲が得意満面として言った。

「鹿狩りだと。そんなものが武辺ぶりを示すことになるのか」

「はい。三河殿は暇さえあれば鷹狩りを行い、野戦の手練(てだ)れとなりました」

家康は鷹狩りによって山の地形を知り、兵の出し入れを学び、それを合戦に生かしていった。

「では、鷹狩りにいたそう」

「それでは月並みで、太閤殿下のお耳に入らぬやもしれません。ここは多くの者たちを駆り出し、大々的に鹿狩りを催すことで太閤殿下を驚かすべし。さすれば、『たとえ天下が静謐(せいひつ)となっても、関白は武辺の心を忘れない。実に見事な心構えだ』と仰せにならない。

れるでしょう」

「しかしな――」

秀吉の気まぐれを知る秀次は気乗りしない。

「いまだ多くの者たちが渡海しておる。そうしたことは、しばらく控えた方がよいのではないか」

「いえいえ、だからこそ、かの者たちと少しでも同じ気持ちでいたいがために鹿狩りをしていると、太閤殿下もお察しになるはず」

重茲に勧められる形で、秀次は比叡山の近くで鹿狩りを行うことにした。

鹿狩りにあたって、重茲は「実戦のつもりで行うべく、配下に甲冑を着けさせました」と報告してきた。見れば勢子たちまで実戦さながらに甲冑を着ている。

気乗りしない秀次を尻目に、派手に鉦や太鼓を叩きつつ鹿狩りが始まった。

だが秀次の家臣たちは鹿狩りに慣れていない。百人余の勢子たちが「あっちだ、こっちだ」と言いながら駆けずり回っているうちに、逃れた獲物を追って延暦寺の神域にまで踏み込み、殺生禁制の地で、鹿、猿、狸、狐、鳥類など大量の獲物を獲ってしまった。

それだけならまだしも、山中で草庵を営む貧しい僧の家にまで押し入り、台所に臓物を捨てたり、火を焚いてその場で獣肉を食ったりした。しかも重茲は、「狩りの後は野外で遊宴をいたしましょう」と言い、神域に女房衆を呼び付けることまでした。

比叡山の神域は殺生禁制の上、女人禁制である。

延暦寺はその場で抗議したが、対応に出た重茲が取り合わないので、朝廷に強訴した。朝廷からの苦情を聞いた秀次は、すぐに謝罪の使者を延暦寺に差し向けたが、今度は朝廷から、「正親町上皇の諒闇に狩りをした」ということで叱責の使者が来た。

これには秀次も平謝りである。

現役の関白が先帝の諒闇を忘れて狩りをするなど前代未聞だが、秀次はそこまで気が回らなかった。こうしたことは、木村重茲をはじめとする腹心や年寄（宿老）が気を回すものだが、重茲たちは豊臣家の権威を笠に着ているので、そこまで配慮しない。秀次も、競争相手の秀俊が正式に小早川家に養子入りしたので、少し気が緩んでいた。

それ以来、鹿狩りはやめたが、問題はそれだけで収まらなかった。

文禄三年（一五九四）、京から大坂に向かう途次、行列の後方で騒ぎがあった。重茲の手の者が座頭を斬り殺したのだ。重茲に聞いてみると、座頭は暗殺者だったという。致し方なく秀次は、座頭を手厚く供養してもらうために近くの寺に多くの寄進をした。

また重茲は「名刀か否かを試すには、試し切りが一番」と言い、秀次の制止も聞かず、二十人余の罪人を斬った。さらに「武辺者は色を好みます」などと言って、様々な女を連れてきた。秀次が「もう要らぬ」というのに、出自の定かならぬ捨て子や六十一歳の後家まで連れてくる。

重茲に苦情を言っても歯牙にも掛けず、「関白たる者、諸将に見劣りする奥では、陰で蔑まれますぞ」と言い、三十人以上の側室を聚楽第に住まわせた。

さらに重茲は、秀次の金蔵を管理していることをいいことに、独自の判断で諸大名に金を貸したり、さしたる理由もなく、関白への忠節を誓う誓詞を取ったりで、「秀次の権威の確立」を理由に、やりたい放題をしていた。

年寄の一人の渡瀬繁詮は「太閤殿下の心証よろしからず」と言い、重茲を蟄居謹慎させるよう訴えてきたが、重茲は太閤側近の石田三成と懇意にしており、そんなことはできない。秀吉家中との手筋（外交窓口）を任せている重茲を追放などしようものなら、秀吉との間に疎隔が生じ、疑念を持たれることも考えられる。

そうこうしている間に、文禄四年（一五九五）が明けた。

この冬の寒気は厳しく、秀次は持病の喘息がひどくなり、臥せることが多くなっていた。秀吉や諸大名からも、見舞いの使者が頻繁にやってくる。

秀吉からは、自らの侍医の一人の秦宗巴が派遣され、秀次の近くに侍るようになった。

しかし、梅雨が明けて六月になっても病状は快復せず、苦しみは続いた。

ある日のこと、秀次が目覚めると枕頭に曲直瀬玄朔がいた。玄朔は当代随一の名医として名高い曲直瀬道三の養子で、宗巴とは相弟子の関係にあたる。

玄朔は秀吉の命で、この三月から後陽成帝の侍医になっているはずだが、どうしたわけか派遣されてきたのだ。

不可解と思いつつも、秀次は診療を任せていたが、これが後に大問題を引き起こす。

実はこの頃、後陽成帝の病が急激に悪化し、宮中は大騒ぎになっていた。すぐに伝奏衆の中山親綱を聚楽第へ派遣し、曲直瀬玄朔に参内を求めたが、応対した木村重茲は「関白殿下の診療中」を盾に、玄朔に会わせもしない。

そこで中山親綱は重茲を通じて玄朔の書いた処方箋を手に入れ、それで天皇の苦しみを和らげるという方法を取った。幸いにして後陽成帝が快復したからよかったものの、万一のことがあれば、秀次もただでは済まなかった。

しかし秀次は、自身の病がようやく治りかけている最中であり、周囲に気を配る余裕などない。

病も癒え、関白として執務できるようになった秀次の許に、あの男がやってきたのは、七月二日のことだった。

七

酒井忠次は、あの時と同じように、蟹が這いつくばるように平伏していた。

「ご快癒、祝着に存じます」

「ああ、此度は何とか凌げたが、次はどうなるか分からぬ」

「帝もご快復なされ、天朝はこれにて安泰」

「お気遣い、かたじけない」

秀次は、忠次が病気平癒の祝いにやってきたものとばかり思っていた。

「関白殿下、唐突ではありますが、危急のことを内談いたしたく、お人払いを――」

「人払いだと」

「はい」

忠次は有無を言わさぬ顔をしている。

「分かった」

忠次の鋭い眼光に押されるように、秀次は接見の間から小姓や茶坊主を下がらせた。

「お近くまで行ってもよろしいか」

「構わぬ」

すでに佩刀は預けられており、殺される心配はない。

忠次が二間ほどの距離まで膝行してきた。

「実は、よからぬ雑説を耳に挟みました」

「それは何だ」

「わが主が大坂城にて聞きつけてきたことです」

これで訪問理由が、病気平癒の祝いではないことがはっきりした。

「分かった。話せ」

「このところの関白殿下の行状に、太閤殿下はいたく心を痛め――」

「遠回しに言わずともよい」

「分かりました」

忠次が肚を決めたように続けた。

「なぜ、あの時、それがしの勧めを容れ、関白辞職を太閤殿下に言上しなかったのですか」

——今更それを蒸し返すのか。

秀次が迷惑そうに答える。

「こちらにも考えがある」

「もはや手遅れやもしれませぬぞ」

「手遅れだと。どういうことだ」

秀次には何のことやら、さっぱり分からない。

「すべては仕組まれていたのです」

「何だと」

「われらも気づくのが遅れました。やはり、かの才槌頭は油断のならない輩です」

忠次がため息をついた。

「才槌頭と申すは、治部のことか」

「それ以外、誰がおりましょう」

石田三成は、鉢が大きく開いたような頭蓋をしていることから、陰で才槌頭と呼ばれていた。

「何のことやら、さっぱり分からぬ」

「治部と常陸介が、つながっていたのでござるよ」

「つながっていた――」

「まだ、分かりませぬか。治部は常陸介を脅し、関白殿下を失脚させようとしていたのです」

「何だと！」

秀次は愕然とした。

「お静まりなされよ」

「しかし、どうして治部がわしを失脚させる。治部とわしは外征を中止させることで、目指すところは一致しているではないか」

「仰せの通り。治部は太閤殿下の死後を見据え、関白殿下を使って帰国してくる武断派大名を抑えるつもりでおりました。しかし――」

忠次の顔が悲しげに歪む。

「幼子か一族の木偶を使えば、それはもっと容易にできます。つまり――」

「わしは、もう要らぬということか」

「しかり」

――何ということだ。

秀次は、秀吉の邪魔になったのではなく、三成にとって不要となったのだ。

「待てよ」

秀次の心に猜疑(さいぎ)心が芽生えてきた。

「まさかそなたは、太閤殿下とわしの仲を裂こうと、画策しておるのではあるまいな」

「はははは」

忠次が声を上げて笑う。

「滅相もない」

「いや、そうだ。三河殿と語らい、豊臣家に内訌(ないこう)をもたらし、天下をかすめ取ろうとしているのであろう。かように安易な策配(さくばい)、童子(どうじ)でも見抜けるわ」

「馬鹿馬鹿しい」

「何だと。それならばなぜ、わしに親身になって助言するのだ」

忠次が鼻で笑う。

「徳川家のためでござるよ」

「どういうことだ」

「よろしいか」

忠次が童子を諭(さと)すように言う。

「関白殿下がおられれば、太閤殿下の関心、否、懸念は常にそちらに向けられます。それゆえ太閤殿下がお亡くなりになるまで、関白殿下にはご健在でいてほしいのです」

「つまりわしの存在が、徳川家の隠れ蓑(みの)になると申すか」

「聞き捨てならぬお言葉ですな。われらは、太閤殿下の的にならぬようにしておるだけ」

秀次の頭の中は混乱し、誰が味方で誰が敵か分からなくなってきた。

「われらは天下など望んでおりません。しかし太閤殿下が幼子を案じるあまり、われらに害を及ぼすことも考えられます。しかし関白殿下がおられれば――」

「まず、わしが狙われるというのか」

「仰せの通り。それゆえ関白殿下には、もう少しこの世にいていただきたいのです」

「おのれ――」

「お待ちあれ。われらは関白殿下の身を案じて、こうした助言をしておるのですぞ。それよりも獅子身中の虫の方が、悪辣ではありませぬか」

「常陸介のことか」

秀次が座を立とうとした。

「いずこに行かれる」

「常陸介を呼び、真偽を質す」

「ははは、もう、こちらにはおりますまい」

「なぜ、それが分かる」

「盗人というのは、事が済めば、すみやかにその場から立ち去るもの。すでに常陸介に、こちらでなすべきことはないはず」

そう言えば、ここ三日ほど重兹の姿を見かけていない。秀次は療養に努め、政治向きの話を誰ともしていなかったので、重兹の所在を確かめることもなかった。

——迂闊(うかつ)であった。

口惜しさに唇を嚙(か)みつつ座に戻った秀次に忠次が言う。

「まずは朝廷ですな」

「例の件か」

「はい。常陸介の専横によって後陽成帝の容体が悪化し、朝廷は立腹しております。太閤殿下と関白殿下に行き違いがあった際、間に立てるのは朝廷のほかありません」

——その通りだ。

関白という公の地位にある秀次の場合、秀吉との間に疎隔が生じた際、朝廷に取り成してもらうのが筋でもある。

「では、どうする」

「聚楽第には、いかほどの財貨がおありか」

「白銀が五千枚ほどあると聞いたが——」

「それをすべて朝廷に献上なされよ」

「すべてか」

「関白殿下のお命が懸かっております」

忠次の口調が強まる。

「分かった」

「続いて、明日にも大坂城に向かわれよ」

「明日だと」

「はい。行くのなら一刻も早い方がよろしい」

いつの間にか、忠次は腹心のような物言いをしていた。

「行かぬとどうなる」

「まず間違いなく、太閤殿下との間に弓矢の沙汰となりましょう」

秀次が生唾をのみ込む。

「大坂城に入り、太閤殿下の前で謝罪し、すべての地位から身を引き、出家遁世すると言上なされよ」

「すべてか」

「はい。所領も返上なさると仰せになった方がよろしいでしょう」

「そうすれば、すべてを水に流してくれるのか」

「どう判断するかは、すべて太閤殿下次第。後は運を天に任せるしかありません」

――そこまで追い詰められていたのか。

秀次は動揺し、どうしてよいか分からない。

「それがしが申し上げたいことはそれだけ。では、これにて――」

そう言うと、忠次は形ばかりに平伏し、下がろうとした。

「待て。そなたはどこへ行く」

幼少の頃から秀次の周りには、常に年寄や腹心がいた。彼らから助言をもらい、秀次は判断を下してきた。

「関白殿下――」

忠次が「やれやれ」という顔をする。

「それがしは徳川家の者。それをお忘れか。それがしがここにいるだけで、火の粉は徳川家にも降りかかります。聚楽第にそれがしを派遣しただけでも、わが主に感謝いただかねばなりません」

「いや、しかし――」

「それがしは、『もう手遅れなので、捨て置くべし』、と主に申し上げました。しかし慈悲深い主は、『それでは、関白殿下があまりに哀れ』と仰せになり、病気平癒の祝いにかこつけて、それがしを派したのです」

秀次は愕然として言葉もない。

「それゆえ――」

忠次が立ち上がる。

「われらの関与は、ここまでとさせていただきます。後は朝廷を恃まれよ」

そこまで言うと、忠次は去っていった。

その後ろ姿を茫然と見送った秀次は、われに返ると木村重茲を探させたが、やはり聚楽第の中にはいなかった。行き先は大坂とのことだが、逐電したのは明らかだった。

致し方なく渡瀬繁詮を呼んだ秀次は、明朝一番、白銀五千枚を朝廷に献上するよう命じた。

八

まんじりともしない一夜が明け、七月三日になった。

夜明け前に斎戒沐浴した秀次は、大坂に向かう支度を始めた。その最中に突然、大坂から奉行衆がやってきたとの知らせが入った。

何事かと訝しみながら装束を整えた秀次は、奉行衆の待つ接見の間に向かった。

そこにいたのは、前田玄以、増田長盛、石田三成、そして三成の下役の富田知信の四人だった。

「奉行がおそろいで、今日は何用かな」

秀次はあえて陽気に言ったが、奉行衆は顔を強張らせたまま何も言わない。それだけで訪問理由は明らかだった。

「謹んで言上させていただきたい儀があり、まかり越しましたる次第」

両拳を突きつつ富田知信が膝をにじる。

「堅い言葉は使うな」

「はっ」

秀次が知信を鋭くたしなめる。その時、三成と視線が合った。

——此奴(こやつ)！

秀次の胸奥から、憎悪の炎がわき上がる。

凍えるほどの緊張に耐えられなくなったのか、知信が先を急いだ。

「大坂では、関白殿下が逆心を抱いているとの雑説がございます」

「逆心だと。無礼であろう！」

反論しようとする秀次を三成が制した。

「まずは、われらの話をお聞き下さい」

「分かった。聞こう」

知信が話を続ける。

「先日、関白殿下が鹿狩りをなさった際、配下の者どもは物々しいいでたちで、山野を駆けめぐったと聞きました」

「そうだ。鹿狩りと言っても実戦と同じように兵を進退させねばならぬ。それゆえ兵たちの心構えが緩まぬよう、甲冑を着けさせた」

「武具まで持っていたと聞きましたぞ」

増田長盛が口を挟む。

——此奴も治部の同類か。

秀次がにらみつけても、長盛は平然としている。

「太刀くらい勢子でも持つ。その何が悪い」

知信が話を引き取った。

「聞いたところによると、長柄や鉄砲を挟箱(はさみばこ)に入れていたとか」

「そんなことは知らん」

秀次は馬鹿馬鹿しくなってきた。挟箱の中身まで、秀次が知るよしもない。

「また、夜の宴席では謀反の談合をなされていたとか」

「謀反の談合だと。戯れ言もほどほどにせい」

「戯れ言ではありません」

「それでは、そうしたことをいったい誰が申しておるのだ」

知信に代わって、三成が答えた。

「木村常陸介に候」

「何だと」

「三日前、常陸介が大坂に逃れてきて、それがしに洗いざらい話してくれました」

「何を馬鹿な」

酒井忠次の言ったことは事実だった。

「よいか。此度の鹿狩りも、それを実戦さながらの装束でやることも、すべて常陸介の献言によるものだ」

「それは初耳」

三成がとぼけたように言う。

「此奴、常陸介を脅し、わしを陥れようとしておるな」

「何のお話か！」

秀次と三成の間に火花が散る。

「お待ちあれ」

すかさず前田玄以が間に入る。

「太閤殿下は関白殿下を罰しようなどと思っておりません。此度の件は、行き違いから生じたものとご存じです。それゆえ七枚継ぎの誓詞をお出しいただくことで、落着させると仰せです」

秀吉は、牛王宝印を捺した七枚継ぎの誓詞を差し出せば「水に流す」と言っているらしい。

「そうか」

秀次としても、それで済むならそれに越したことはない。ましてや三成との間に遺恨を生じさせてしまっては、秀吉に何を讒言されるか分からない。

神職を呼んで祭壇を設け、様々な神を招くべく祈禱を上げさせた後、神が乗り移ったとされる牛王宝印紙に、秀次は誓詞を書いた。

その一部始終を見届け、誓詞を受け取った奉行衆は大坂へと帰っていった。

――これで済んだのか。

奉行衆が聚楽第まで出張ってきたということは、それで済む話ではない。秀次は秀吉の沙汰に先んじて伏見（ふしみ）に伺候し、秀吉に釈明しようと思った。だが下手に動き回れば逆に疑われると思い直し、静観することにした。

秀吉は元来、堂々とした武辺者を好むところがあり、何かの弁明であたふたと動き回った者が、よい結果を得たことはない。

――ここは様子を見るか。

だが秀次の知らないところで、事態は予期せぬ方向に動き始めていた。

五日、三成は秀吉の許に伺候し、秀次が独自に毛利輝元と誼（よしみ）を通じ、黄金三百枚を貸していたという事実を報告する。秀吉を介さずして大名同士が誼を通じることは、豊臣家中で禁じられており、それを破っただけでなく、金銭の貸借（たいしゃく）まで行ったというのだ。

秀吉は嘆息し、「こうした誤解が生じるのも、父子の間で顔を合わせていないからだ。秀次をすぐに呼び出せ」と三成に命じた。

七日、前田玄以、宮部継潤、中村一氏、堀尾吉晴（ほりおよしはる）、山内一豊（やまのうちかずとよ）が聚楽第に現れ、秀吉のいる伏見城に伺候するよう伝えてきた。

宮部継潤はかつての養父で、玄以を除く三人は、秀次が近江八幡二十万石の領主だった頃の年寄（宿老）だった。五人は秀次に近い立場の者たちで、こうした者たちを派遣したということは、秀吉の怒りも収まってきているように思えた。

支度を整えた秀次は早速、伏見に向かった。

八日、伏見城に伺候した秀次が大手門で入城を請うと、「それには及ばず。木下吉隆（よしたか）

邸に入り、上使を待つように」という秀吉の命が伝えられた。

ところが木下邸に着いてすぐに秀吉の使者がやってくるや、「ご対面に及ばず。本日のうちに高野山に向かうべし」と告げてきた。

――高野山だと。

秀次はその理由を問うたが、使者は「上意に候」と言うだけで、取り合わない。

高野山に登らされるということは、関白職を解任させられるだけでなく、自害を命じられる可能性すらある。

京から急を聞いて駆け付けてきた渡瀬繁詮は、「太閤殿下にご面談いただけるよう、もう一度お願いいすべし」と進言したが、秀次は「太閤殿下をさらに激高させるだけだ」と言って、その進言を退けた。

高野山に向かう途次、東福寺に寄り、落飾して法体となった秀次は、その日のうちに竹田街道を南下して玉水に泊まった。

その夜、三成の使者がやってきて、十一人の近習小姓と東福寺長老の隆西堂だけで高野山に向かうよう指示してきた。

宿館の広縁に出た秀次は、清々しい夜気の中、初秋の月を眺めていた。

「こうして頭を丸めると、この世のすべてが、はっきりと見えてくるような気がします」

傍らに立つ隆西堂が答える。

りです」

「これからどうなるかは分かりませんが、たとえ死を賜ろうと、悠然と冥途に赴くつも

「死は終わりではありません。仏とのかかわりにおいては始まりなのです」

「そうだとよいのですが」

秀次は神仏を信じていなかった。人は死ねば土に帰るだけで、その後に残るものは何もないと思っていた。しかし世を静謐に導きたいということでは隆西堂と一致しており、隆西堂を師と仰いでいた。

秀次が疑問を口にする。

「なぜ治部は、考えを同じくするそれがしを追い込んだのでしょうか」

「おそらく――」

隆西堂が悲しげに首を左右に振った。

「関白殿下を失脚させたのは、治部殿の本意ではありますまい」

「何と」

「関白殿下と治部殿の目指しているものは一致します。しかも向後、意見が対立しても、賢者どうしは妥協することもできます」

「それではなぜ、それがしを失脚させたのですか」

「これは七月になってから聞いた雑説ですが――」

文禄二年、日本軍の侵攻が停滞し、秀吉は明軍に対し、条件次第で停戦することを了承した。その交渉窓口となったのが小西行長で、それを支えたのが石田三成だった。ところが双方の停戦条件が折り合わず、交渉は遅々として進まない。

少しでも有利な条件を得るべく二月、日本軍は幸州山城を攻めたが、これを落とせず、逆に三月、漢江の南岸に築いた兵糧庫を焼き討ちされた。これにより日本軍は長期戦を遂行する余力を失った。

万事休した行長と三成は明使を来日させる。ところがこの明使というのは、二人が仕立てた偽の使節だった。

これを知らない秀吉は上機嫌で応対し、朝鮮半島南部四道の日本への割譲といった講和条件七カ条を提示した。偽の使者はこの条件を持ち帰ることになる。行長と三成は秀吉の命がさほど長くないと考え、こうした欺瞞もばれずに済むと思っていた。

その一方で二人は、秀吉の「降表（降伏状）」を偽造し、使者を北京に向かわせた。

かくして、二人の演出による偽りの講和が締結されようとしていた。

しかし、これに疑念を抱いた者がいる。

加藤清正である。

清正が別経路で停戦交渉に当たっていた朝鮮国の使者に裏を取ると、話が嚙み合わない。これにより行長と三成の策謀を知った清正だが、一時的な停戦には賛成なので黙っていた。ところが三成は、この機に主戦派の清正を失脚させようと秀吉に讒言を繰り返したので、清正は召喚されることになる。

もはや秀吉は老耄し、自らの感情の赴くままに、あらゆる決断を下すようになっていた。しかし清正も馬鹿ではない。三成らの策術を秀吉にばらしても、三成や行長が叱責されるだけで終わるかもしれない。となれば、三成ら文治派の力を弱めておく方が得策だ。

この頃の豊臣政権は、秀次を守り立てる文治派に対し、拾丸を奉戴する武断派という図式ができつつあった。

結局、三成が秀次を失脚させれば明使の一件は口をつぐむという条件を、清正から突き付けられた三成は、秀次を失脚させねばならない立場に追い込まれた。

「何ということだ。わしは家中の政争の道具にされたのか」

「あくまで雑説ですが、そのあたりが実情でしょう」

「何と馬鹿馬鹿しいことか」

「そうした馬鹿馬鹿しいことが、この世を動かしていくのです」

秀次が嘆息しながら言う。

「わしは、もう人の道具にされるのは真っ平御免だ。幼い頃から養父上の意のままに操られ、さらに豊臣家中の政争の道具にされるとは。何とも馬鹿馬鹿しい人生ではないか」

「関白殿下の心中を察すれば、慰めの言葉も見つかりません」

「もうよい。これでしまいにしよう」

秀次は月に向かって高笑いした。

九

九日、奈良に一泊した秀次は、十日、高野山に着いた。三成から指定された宿坊は、秀吉の生母・大政所の菩提寺の青巌寺だった。ところが十二日、秀吉の使者がやってきて、「秀次 住山掟 三ヶ条」という掟書きを置いていった。

その中の一条には、「秀次が召し使っていいのは、侍十人、坊主・台所人（料理人）・下人・小者・下男をそれぞれ一人ずつの合計十五人とする」というものがあり、また、秀次やその召し使っている者たちが下山することを固く禁じ、番人を置くことを指示するなど、秀次が高野山に長く住むことを前提とするものだった。

つまり秀吉は、秀次を関白の地位にとどめたまま高野山に蟄居謹慎させ、拾丸が十六になるのを待つつもりなのだ。

――その手があったか。

秀次は笑い出したくなった。

前例主義の朝廷を納得させるには、十六歳で関白となった藤原基実の年齢に拾丸が達するまで待たねばならず、それまで秀次を山上で飼い殺しにしようというのだ。

――つまり、わしが死んで最も困るのは、養父上ではないか。

関白職を豊臣家の世襲職として朝廷に認めさせるには、しばらくの間、秀次を生かしておくしかない。

――馬鹿馬鹿しい。どこまで人を道具と見なしているのか。

この時、秀次は自害を決意した。

自害だけが、秀吉にできる強烈なしっぺ返しだからだ。

しかしこの頃、三成は秀次の自害の可能性に思い当たった。一度は高野山に上げてしまったが、よく考えれば自害される恐れがある。

三成は秀次を自らの監視下に置くべく、山から下ろすことにした。

秀吉に相談すると、秀次の縁者の福島正則（ふくしままさのり）を使者として派遣すれば、秀次は言うことを聞くと言った。いまだ秀吉は、秀次が懐柔よりも脅しに弱いと思い込んでいたからだ。

その命を受けた正則は、勇んで高野山に向かった。

しかし短絡的な正則に心配した三成は、福原長堯（ふくはらながたか）を相役として随伴させた。

十五日、福島正則は高野山に着いた。ところが三千もの兵を引き連れていったため、高野山の衆徒（しゅと）との間で一触即発となる。

高野山のような大寺院は聖域となっており、俗世の権力者の力が及ばないという建前がある。つまり俗世で罪を得ようが、逃げ込めば保護される。それゆえ正則が軍勢に物を言わせて「引き渡せ」と言っても、「はい、そうですか」と応じるわけにはいかない。

正則は「とにかく引き渡せ。それが太閤殿下の上意に候」と主張するが、高野山側は受け容れない。福原長堯が間に入って奔走したが、双方は譲らず、武器を構えてにらみ合いが続いた。

この知らせを受けた秀次は、高野山側に「切腹するので、矛を収めてほしい」と頼み入り、切腹の座を設えてもらった。

しかし、小姓たちが供をすると言って聞かない。

致し方なく秀次は、いずれも十八歳の山本主殿、山田三十郎、不破万作の三人に切腹を許すと、山本には国吉を、山田には厚藤四郎を、不破には鎬藤四郎を、それぞれ下賜した。

山本らは「それではお先に」と言うや、凄まじい気合と共に腹をかっさばく。それを背後から秀次が介錯した。介錯の太刀は、兼光作の「波游」という名刀だった。

三人の首と胴が離れた時、すでに秀次の白装束は朱に染まっていた。

「では、尊師、お世話になりました」

顔に付いた返り血を拭うと、秀次が切腹の座に着こうとした。

「お待ちあれ」

隆西堂は冷めた笑みを浮かべていた。

「ここから先は地獄となります」

「もとより覚悟の上」

「いえいえ、現世の話です」

「というと――」

「豊臣政権は日ならずして瓦解し、天下に再び大乱が起こるでしょう」

「そうなるやもしれませぬな」

秀次にとって、もはやそれは他人事だった。

「拙僧は、それを見るのが嫌です。それゆえ、お供仕りたいのです」

「それはなりません。尊師には、わが菩提を弔ってほしいのです」

「いえいえ、そのようなことは坊主なら誰でもできます。それより、それがしは関白殿下の供をし、冥途とやらに行ってみたいのです」

「冥途など――」

そこまで言いかけて秀次は、口をつぐんだ。

――これまで、わしは「そんなもん、あってたまるか」と思ってきた。しかし、これだけ多くの者どもが冥途とやらを信じるのなら、あるのかもしれぬ。

死を前にして、秀次はそう思った。

「分かりました。共に参りましょう」

そう言うと秀次は、「むらくも」という名の脇差を選び、隆西堂の前に置いた。

「わが願いをお聞き届けいただき、恐悦至極。では――」

腹をくつろげて秀次に微笑みかけると、隆西堂は白刃を腹に突き立てた。

「尊師、介錯仕る」

「しばし待たれよ」

「何を待つ」

「関白殿下の先触れとして、冥途の様子をお伝えしておこうかと――」

さすがの隆西堂も顔は青ざめ、脇差を持つ手は痙攣(けいれん)している。

「尊師、これ以上、苦しまれる必要はない。介錯仕る」

「いや、しばしご猶予を――」

隆西堂の周囲は、すでに血の海と化している。

「尊師、冥途は見えてきましたか」

背後に回った秀次が刀を振り上げた。

「まだまだ――」

「やはり、冥途はありませぬか」

「いや――、待たれよ。あっ、見えました。しかと見えましたぞ！」

隆西堂は歓喜の色を顔に浮かべると、白刃を左から右に回した。

「それでは尊師、冥途でお待ちあれ！」

秀次が太刀を振り下ろすと、隆西堂の首が飛んだ。

「それでは淡路(あわじ)、わが介錯を頼む」

「はっ」

それまで瞑目し、下座に控えていた近習頭の雀部淡路守重政が立ち上がる。

「わが事が済んだ後、そなたは、わしの首を市松の許に持っていけ」

市松とは福島正則のことだ。

「それは外で待つ者に託し、関白殿下を追い掛けます」

「そなたも頑固よの」

秀次が苦笑を浮かべた。

「小姓や尊師までもが自害したにもかかわらず、近習頭のそれがしが、おめおめ生き残るわけにはまいりません」

「致し方ない」

秀次は、重政に国次の脇差を下賜した。

「これぞ武士の本望」

重政は涙声になっている。

「では、頼むぞ」

秀次はゆっくり座に着くと、腹をくつろげた。

——養父上、それがしの生涯は、それがしのものではありませんでした。しかし、もう養父上の思い通りにはなりません。

秀吉へ憎悪の念をぶつけるように、秀次は白刃を腹に突き立てた。

脇差は最も気に入っていた正宗だ。

次の瞬間、怒濤のような痛みが押し寄せてきた。

――養父上、それがしが冥途に行ってしまえば、もう上意など通じませぬぞ。

「よろしいか！」

重政が「波游」を振りかぶる。

「まだまだ！」

気力を振り絞り、左から右へと刃を引き回すと、放たれたかのように内臓が溢れ出た。

「よろしいか」

「いや、待て。まだ冥途が見えてこぬのだ」

目を閉じても開けても、冥途など見えてこない。

――何たることか。いや、待て。あれは何だ。

一つ瞬きをした次の瞬間、眼前に生まれ故郷の田畑が広がった。

――帰ってきたのか。

よく実った稲穂が風に吹かれて穂をぶつけ合い、豊穣の歌を奏でている。空は晴れ渡り、雲一つない。その時、彼方に黒い小さな点が見えてきた。それはぐんぐん近づいてくるや、太陽を覆うほどの大きさになった。

――あれは、あの時の大鷹か。

記憶が鮮明によみがえる。

――しかし今のわしは、もうあの時のわしではない。

大鷹の鋭い爪が秀次を摑もうとした時、秀次は逆にその爪に手を伸ばした。

一瞬、大鷹の瞳に恐怖の色が差す。

「御免！」

次の瞬間、首筋に衝撃が走った。

太刀を置いた雀部重政は、秀次の首を三方に載せて拝礼すると、遅れじとばかりに腹を切った。

それで、すべてが終わった。


秀次の死の二日前にあたる十三日、秀次の家臣たちに対する「御成敗」が行われていた。木村重茲は生害（斬首）とされ、その手足となって働いた白江成定と熊谷直之は切腹となった。さらに年寄の渡瀬繁詮、前野長康、粟野秀用、さらに茶頭の瀬田掃部までもが、それぞれ預けられた先で自害して果てた。

むろん、それで済む話ではない。

豊臣政権の拠って立つ基盤だった関白職を朝廷に返上せざるを得なくなった秀吉の怒りは収まらず、秀次の死から半月ほど経った八月二日、秀吉は秀次の妻子三十九人を三条河原に引き出し、次々と処刑した。その凄惨な様は言語に絶したという。

これにより秀吉の評判は地に落ち、誰もが「豊臣家の天下は長くない」と思うようになる。

秀次は、秀吉もろとも断崖(だんがい)から身を躍らせたのだ。

秀吉の刺客

一

大坂城三の丸に造られた角場（射撃場）では、鼓膜が破れんばかりの筒音が鳴り響いていた。

三十間余（約五十五メートル）も離れた場所にある的が、轟音とともに弾け飛ぶ。

「的中！」

判士役が大声を上げながら扇子を高く掲げる。

それを見た玄照は胸を撫で下ろした。

常であれば玄照にとって容易な矢頃（射程）だが、今日は太閤秀吉の御前なのだ。緊張から手先が震えないか、ずっと心配だった。

――だがそれも杞憂に終わった。

「兄者、見事だ」

背後で弟の玄妙の声が聞こえる。

「さあ、そなたの番だ」

玄照は弟に場所を替わった。

その時、一瞬だが背後の高所に座す秀吉の姿が見えた。

——これが太閤殿下か。

だが玄照には、その老木のような姿よりも、その前列に居並ぶ豊臣勢の筒衆の方が気になった。

——もしもわしが筒口を秀吉に向ければ、次の瞬間、わしは屍になるということか。

それが、今の根来衆の立場なのだ。

ここに来る前、長老から言い聞かされた言葉が耳奥でよみがえる。

「玄照よ、何事も殿下の御意のままにするのだぞ。さもないと根来寺は再び灰になる」

——分かっております。

玄照は誰にも見えないようにして唇を嚙んだ。

「続いて、玄妙なる者が兎を撃ちます！」

世話役の老人が秀吉に言上すると、小者たちが兎の入った箱を運んできた。それを横目で見ながら、玄妙は早合に三匁半の鉛弾を詰めている。

早合は早撃ちをする際の必需品で、一発放てるだけの火薬が入っている。

慣れた手つきで、玄妙が早合に入った火薬を銃口から注ぎ込む。

的の付近では箱の扉が開け放たれ、黒、白、茶色の兎たちが飛び出してきた。

続いて玄妙はカルカで弾を銃口から押し込んだ。独特の金属音が静寂に包まれた角場に漂う。

カルカとは、弾を鉄砲の奥に押し込むための細い棒のことだ。
兎の方をちらりと見た玄妙は、全く表情を変えずに火皿に火薬を注入している。
――どれを撃つか考えているのだな。
撃たれるとも知らず、兎たちは草の匂いを嗅ぎながら落ち着きなく駆け回っている。
火蓋を閉じた玄妙は、火のついた火縄を火挟みに装塡した。
――いよいよだな。
玄妙が悠然と鉄砲を構える。その姿には自信が溢れている。
その時、玄妙の肩が微妙に揺れていることに気づいた。
――しまった。片息（喘息）の発作か！
玄妙が咳を堪えているのが分かる。
――頼む。もう少し待ってくれ。
祈るような気持ちで玄照が見守る中、茶色い兎が射程に入った。
――今だ！
玄照がそう思った次の瞬間、轟音が鳴り響くと、兎の肉片が高く飛び散った。
残る兎たちが四方へ逃げ散る。
「的中！」
誰が見ても命中したのは歴然だが、判士役の高らかな声が聞こえると安心する。だが
玄妙を見ると、手巾を口にあてて咳き込んでいる。

すかさず近づいた玄照は背中をさすってやった。

「大丈夫か」

「ああ、たいしたことはなさそうだ」

玄妙の咳はしばらくして収まった。

続いて二人の許(もと)にやってきた根来衆の世話役が、「拝跪(はいき)して頭を下げよ」と命じた。

二人がそうすると、世話役が秀吉に向かって言った。

「ご覧いただいたように、この玄照と玄妙の兄弟は、われら根来寺の筒衆の中でも一、二を争うほどの腕です。それゆえ諸家中への指導役として適任かと思われます」

それを聞いても、秀吉は何の返事もしない。上目遣いに見ると、側近らしき者に何事か話しかけている。

――何かをやらされるのか。

扇子や皿を投げて撃つくらいのことなら、いつでもできる。

「太閤殿下のご意向を申し渡す」

「はっ」と言って世話役が畏(かしこ)まる。

「殿下は、兎ではだめだと仰せだ」

――兎でだめなら、犬でも撃たせるつもりか。

玄照はうんざりした。

「殿下は、実際の戦闘に即した射撃をご所望だ」

「と、仰せになられますと――」

「分からぬか！」

「えっ、まさか――」

世話役の顔色が変わる。

――どういうことだ。

嫌な胸騒ぎがする。

「それだけはご勘弁願えませんか」

世話役が地に額を擦り付けて懇願する。

「われら僧は衆生を救うことが使命であり、人を殺すことなどできません。それゆえ何卒、ご容赦いただけますようお願い申し上げます」

――人だと。人を撃たせるつもりか！

玄照が生唾をのみ込む。

「何をぬかしとる！」

次の瞬間、角場に甲高い声が響いた。

少し顔を上げると、真紅の頭巾をかぶり、金羅紗の陣羽織を着た秀吉が、怒りに頰を染めて仁王立ちしているのが見えた。

――これが秀吉か。随分と小さいな。

その姿を見た玄照は、恐怖よりも滑稽さを感じた。

「わしを舐めるのも、たいがいにせいよ」

「いや、そんなつもりは――」

「じゃ、やってみせい」

「ああ、はい」

世話役が泣きそうな顔で二人を見る。

玄妙が小声で言う。

「われらは人を撃ちません」

「それは分かっておる。だが――」

世話役が横目で秀吉を指し示す。

「そんなことはできません。われらが日々、腕を磨いているのは俗世の権力から仏法を守るためであり、そのほかのことで鉄砲を使うことはできません」

「それは尤もだが――」

その時、再び秀吉が口を開いた。

「わしの命が聞けないなら、どうなるかは分かっとるの」

「はっ、はい！」

秀吉に平伏した後、世話役が再び言う。

「どうか、心を鬼にしてくれぬか」

玄妙が首を左右に振る。

「嫌です。それだけは――」

「玄妙、黙れ」

玄照が肚に力を込めて言った。

「わたしが撃ちます」

「そうか。よくぞ申した」

世話役が「承知」の旨を伝えると、秀吉が満足そうに微笑む。

「どうせ処刑するつもりの罪人じゃで、気にせんで撃てばええ」

秀吉が顎で合図すると、何人かが走り去った。

「兄者、わしは撃たんぞ」

「分かっている。わしが撃つ」

玄照は立ち上がると、自らの鉄砲を手に取り、カルカで筒を掃除した。

――われらが拒否すれば、根来寺は廃寺とされる。

天正十三年（一五八五）、秀吉軍は紀州に侵攻し、秀吉に従わなかった根来寺に攻め寄せてきた。根来寺の長老たちは降伏したが、秀吉の配下は根来寺に乱入すると、堂塔伽藍の大半を焼き払った。小僧だった玄照は幼い玄妙の手を引き、炎に包まれた寺内を逃げ回った。その時の恐ろしさは今でも覚えている。

やがて角場の外が騒がしくなると、何かを懇願する声が聞こえてきた。それが何であるか、玄照にも分かっている。しかし玄照は、平常心のまま火皿に火薬を載せた。

「嫌だ。殺さないでくれ！」

一人の男が角場の土塁の上に立たされた。後ろ手に縛られ、その左右には屈強な小者が立ち、男の肩を押さえている。

——此奴を殺すのか。

玄照が初めて殺す相手は、痩せさらばえた若い男だった。

「助けて下さい。死にたくない！」

男は土塁の上で足を踏ん張っていた。その時、男と目が合った。

「ひーっ！」

玄照の手に持つものを見て、男は状況を察した。

だが、後ろ手に縛られていては何もできない。小者に背を押された男は、土塁の上から転がり落ちた。

玄照が慌てて鉄砲を構える。それを見た男は後ろ手に縛られたまま、角場の中を走り始めた。背後から笑いが起こる。その中には、秀吉の甲高い笑い声も混じっている。

——わしが人を殺すのか。

いざとなると、とても引き金を引けない。

——撃たなければどうなる。だめだ。皆のために撃たねばならない。

それでも玄照は逡巡していた。

その時、何を思ったか男が近づいてきた。「あっ」と思う間もなく、玄照の目前まで走り来た男が膝(ひざ)をついた。

「どうかご慈悲を！」

男が地面に額を擦り付ける。どうやら玄照の背後にいる秀吉を見つけ、許しを乞(こ)うているらしい。ここで撃っても、据え物斬りと同じなので意味がない。

「待て！」

背後から秀吉の声が聞こえた。

「こいじゃ、撃ってもおもしろくないの。おい――」

秀吉が側近に耳打ちすると、側近は奥に引っ込み、配下に何事か指示している。

しばらくして小者たちが角場に現れると、玄照の目前で震える男の方に走ってきた。

男は逃げ出そうとしたが、土塁の内側を走り回っただけで容易に捕まった。すると小者たちは、持ってきた筵(むしろ)を男に巻き付けている。

――何をするつもりだ。まさか！

それが何を意味するかは、戦国を生きる者なら誰でも知っている。

「ああ、お助けを。お助けを！」

続いて、外から別の小者が松明(たいまつ)を持ってきた。

両肩を押さえられた男の頭と背に、油らしきものが注がれている。

「嫌だよう。死にたくないよう！」

その悲痛な叫びが、角場にいる者たちの肝(きも)を縮み上がらせる。

やがて小者が飛びのくと、男が弾かれたように走り出した。そこに複数の松明が投げられる。

「あっ」と思った次の瞬間、松明の一本が男の体に当たった。

突然、火柱が立つ。

「うごぉー！」

この世のものとは思えない叫びが耳を貫く。

――早く殺してやらねば。

気ばかり焦るが、男は脱兎のごとく跳ね回り、狙いがつけられない。

「筵踊りは、いつ見ても楽しいのう」

背後から秀吉の上機嫌な声が聞こえる。

胸底から憎悪がわき上がる。それによって指の震えがぴたりと止まった。

――南無大師遍照金剛！

筒音が空気を切り裂いたと思った次の瞬間、火柱は倒れ、微動だにしなかった。

――わしが殺したのか。

周囲から「南無大師遍照金剛」の御宝号が聞こえてくる。

傍らを見やると、玄妙も一心不乱に御宝号を唱えていた。

それを見た玄照は、ようやくわれに返り、燃えかすとなりつつある男に向かって手を合わせた。

その時、背後から「よし。今日はここまで！」という声が聞こえた。

振り向くと秀吉が立ち上がっている。その金壺眼は玄照を捕らえていた。

——なんと冷たい光だ。

その陽気さとは裏腹に、秀吉の瞳は背筋が震えるほど冷たいものだった。

二

根来寺は室町時代末期には寺領七十二万石、衆徒一万余を数える紀州有数の大寺院だった。とくにその擁する鉄砲隊は強力で、同じ紀州の雑賀衆と共に傭兵集団として各地に出張り、多額の金を稼いだ。だが秀吉の焼き討ち以来、寺領もわずかを残して没収され、命脈を保つだけの存在になっていた。

根来寺の本堂だった大伝法堂のあった場所に建てられた仮本堂に呼ばれた玄照と玄妙は、大日如来坐像の前に居並ぶ長老たちの下座で畏まっていた。

「此度の大坂での試し撃ち、真に見事であった」

座主から直接言葉を賜ったことのない二人は、畏れ多くて体を硬くした。

「太閤殿下からお褒めの言葉もいただいた。そなたら二人は『並ぶ者なき鉄砲撃ち』とまで書状には書いてある」

「あ、ありがとうございます」

ようやく喉の奥から言葉が絞り出せた。

「われらの筒衆（鉄砲隊）は潰えたものの、その技能を、そなたらが受け継いでくれたおかげで、こうして殿下の覚えもめでたくなった」

根来寺の鉄砲隊は秀吉の紀州征伐の折に壊滅した。だが鉄砲隊付きの小僧を務めていた二人は、幼い頃から鉄砲に習熟していた。そのため秀吉から「鉄砲撃ちの名人を召し出したい」という要望が届いた時、座主たちは一も二もなく二人を大坂城に送り込んだ。

「殿下からは、そなたらの今後の働き次第では、根来寺の再興を許すという允許状も賜った」

「それは真ですか」

「真だ。そなたら次第で、いよいよわれらの念願が叶うのだ」

「ああ、なんとありがたいことか――」

突き上げるような喜びが胸底からわいてくる。

玄妙が涙ながらに問う。

「で、いつから大坂に行けばよろしいのですか」

その問いには答えず、座主たちは顔を見合わせている。

「われらは兄弟で大坂に行き、豊臣家の足軽に鉄砲の調練を施すのではないのですか」

「いかにも、一人は大坂城に入ってもらう」

「で、いま一人は」

「別の場所だ。それは──」

座主が口ごもったので、嫌な予感がした。

「卒爾ながら──」

玄照が膝をにじる。

「この寺のためなら、われらはどこへなりとも参ります」

流行病で父母を亡くした兄弟は、根来寺に引き取られて成長した。その恩義には、いつか報いねばならないと思ってきた。その機会がようやく訪れたのだ。

「どこへでも行く、とな──」

「はい。東国だろうと九州だろうと、鉄砲を教えるのは同じです。その地に屍を埋めても構いません」

「よくぞ申した。だが、そなたらのどちらかが行かねばならない地は、東国でも九州でもない」

唖然とする二人に、座主が答える。

「太閤殿下は、もっと遠い地に行かせるつもりだ」

「遠い地と──。それはいったいどこですか」

座主が生唾をのみ込むと言った。

「高麗国だ」

二人が顔を見合わせる。

日本では、半島の支配者である李氏朝鮮国のことを高麗国と呼んでいた。

「つまり一人が高麗国に渡り、一人が大坂に残るというわけですね」

「そういうことになる」

　玄妙が問う。

「一人は、渡海軍の鉄砲指南役をやらされるのですか」

「それが、ちと違うのだ」

　座主が威儀を正す。

「一人は偽降倭となり、いま一人は証人（人質）として大坂城にとどめ置かれる」

「に、せ、こ、う、わ――、とは何ですか」

　座主が険しい顔で言う。

「先の戦い（文禄の役）では激戦の最中、やむなく敵軍に降伏し、捕虜となった者もいた。さような者の多くは殺されたが、一命を救われる代わりに、敵に味方する者たちがいた。そうした者たちを降倭と呼ぶ」

　降倭の中には鉄砲技術に秀でた者もおり、日本軍を悩ませることになる。その代表的存在が沙也可と呼ばれた男で、各地の局地戦で日本軍相手に多くの功を挙げていた。

　これに味をしめた朝鮮軍は、商人に化けさせた諜者を日本軍の陣中に放ち、鉄砲の名手を見つけると、多額の金や女で釣って寝返らせることまでするようになった。

「すなわち朝鮮半島に渡り、戦わずして敵に身を投じよと仰せか」

「そうだ。そして敵の信頼を得て、敵軍の中にいる一人の男を殺せというのだ」

「一人の男――、それは誰ですか」

「ここには李舜臣（イスンシン）と書いてある。敵の海将らしい」

――何ということだ。わざと敵に降伏し、信用を得て敵の海将を殺せというのか。さすが秀吉の考えることだ。

玄妙が確かめる。

「つまり敵軍の中に潜り込み、敵将を殺し、戻ってこいというのですね」

「戻ってこいとまでは書いていない」

秀吉にとって、暗殺者が戻ってこようがこまいがどうでもよいことなのだ。

「大坂にいる一人は何のための証人ですか」

「朝鮮に渡った方が、渡ってから一年以内に李舜臣を殺せなかった場合、大坂の証人は殺される」

「一年以内と仰せか。つまり期限まで決まっているのですか」

「ここにはそう書いてある」

玄妙が吐き捨てるように言う。

「何と、無法な！」

「玄妙、座主様の御前だ。控えろ」

玄照は低い声で玄妙を制すると、静かな声音で言った。

「われらは仏に仕える身です。さような仕事は引き受けられません」

「そなたは、きっとそう言うと思った。では、これにて根来寺の法灯は途絶える」

「何と——。そ、それはどのような謂いですか」

「今、われらは太閤殿下の思し召しにより、この地にあばら家のような堂宇を建て、寺を維持させてもらっている。だがこの話を断るなら、この地から退散を余儀なくされるのだ」

「何と——」

「そうなれば根来寺が再興されることは、もはやないだろう」

座主が肩を落とす。

——ああ、何ということだ。

深い沈黙が堂内に漂う。ほかの長老たちは咳一つ立てない。それが無言の圧力となって、二人にのしかかってくる。

「その李舜臣という将軍ですが——」

沈黙に耐えきれなくなったのか、玄妙が口を開く。

「それほど、わが方に害をなす者なのですね」

「ああ、そう聞いている」

文禄の役が始まった時、李舜臣は巨済島の西、全羅道の南岸を管轄する全羅左道水軍節度使だった。手持ちの軍船は百にも満たず、正面から水軍戦を挑めば、三百から五百隻の軍船で押し寄せてくる日本水軍には太刀打ちできない。それゆえ李舜臣は、まず玉浦(オクポ)の輸送船団を襲撃し、小さな戦果を挙げた。

　これに怒った日本水軍が攻め寄せてくるのを軽くいなした李舜臣は、閑山島(ハンサンド)に誘い込んで痛打を与えると、安骨浦(アンゴルポ)を襲撃し、赫々(かくかく)たる戦果を挙げた。

　文禄の役において、朝鮮方にとって唯一と言っていい勝利を収めた李舜臣を、秀吉は難敵と判断し、暗殺という合理的な手段で排除しようというのだ。

「しかし――」と玄妙が続ける。

「言葉も分からぬ敵に投降し、信用を得るなど困難です」

「おそらく、その通りだろう。それゆえ殿下は、『敵の信用を得るためには、味方を撃ち殺しても構わぬ』と仰せだ」

「何と――。さようなことができましょうか」

　玄妙が天を仰ぐ。

「殿下は、それほど李舜臣という将軍を殺したいのだろう」

　座主がため息をつきつつ続ける。

「わしに戦(いくさ)は分からん。この仕事がどれほどたいへんなのか見当もつかん。それゆえそなたらに、この仕事を無理にやらせるつもりはない。そなたらが嫌なら嫌で構わぬ」

「しかし、そうなれば根来寺は――」

「廃寺とされる」

堂内に重い沈黙が垂れ込める。

玄照の脳裏に、かつて巨大な寺領を誇り、万余の僧侶(そうりょ)が行き来していた根来寺の堂塔伽藍が鮮やかによみがえった。

——われらの力で、あの栄華を取り戻せるのか。それが恩義に報いる道なのか。

かつて同じ釜(かま)の飯を食った先達や知己(ちき)たちの顔が瞳の裏に浮かぶ。その多くは殺されるか病死するかで、もはやこの世に存在しない。

——彼らの願いは、根来寺の再興だけではないのか。

皆、いつの日か根来寺が再興されることだけを願い、死んでいったはずだ。その希望が絶たれた時、彼らは二度目の死を迎える。

「兄者——」

玄妙の呼び掛けで、玄照はわれに返った。

「われらを育ててくれた恩義に報いるためにも、この仕事、引き受けよう」

「そなたもそう思うか」

「はい。困難な仕事ですが、やらねばなりません」

「ああ、わしもそう思う」

視線を強く交わすと、玄照が威儀を正して言った。

「座主様、お引き受けいたします」

「そうか。引き受けてくれるか」

座主の瞳は潤んでいた。

「よかった、よかった」という声が長老たちからも上がる。

「では、どちらが高麗国に行き、どちらが大坂城に入る」

「わたしが海を渡ります」

玄妙が機先を制するように言う。

「そうか玄妙、そなたが行ってくれるか」

「お待ち下さい」

玄照がすかさず口を挟む。

「玄妙には片息の持病があります。薬がない地で発作に襲われれば、命を長らえることはできません」

座主がうなずく。

「そうであったな」

玄妙は幼少の頃から喘息がひどく、幾度となく生死の境をさまよっていた。

「兄者、それでもわしが行く」

「だめだ。降倭ともなれば過酷な日々が待っている。たいした物も食わせてもらえず、埃っぽい場所に押し込められることもあるだろう。発作は常よりも起こるはずだ。もしもそなたが倒れれば、李舜臣は殺せず、根来寺の法灯も途絶える。そして大坂城にいるわしも殺される」

玄妙が無念そうに俯く。

「座主様、高麗国にはわたしが渡り、玄妙には大坂に入ってもらいます」

「そうだな。それがよい」

座主がうなずく。

この瞬間、玄照は一介の僧侶から秀吉の刺客となった。

三

明・朝鮮両国との一時的な和睦が破れ、秀吉は配下の将たちに再度の渡海を命じた。

これにより、後に慶長の役と呼ばれる戦いが始まる。

慶長二年（一五九七）一月、総勢十四万に及ぶ大軍が、再び半島目指して帆を上げた。

玄照は加藤清正勢の陣僧（従軍僧）とされ、同月十四日、西生浦に上陸する。

――さて、いかに敵に身を投じるか。

玄照にのんびりしている暇はない。秀吉から与えられた猶予は、上陸してから一年なので、翌年の一月十三日までに李舜臣を殺さねばならない。

――まずは敵方に潜り込む。それがうまくいったら、李舜臣を殺す方法を考えるのだ。

玄照は己に言い聞かせた。

だが事は、玄照の思惑通りには運ばなかった。

秀吉と奉行衆の立てた作戦計画は、文禄の役の轍を踏まないよう、まず「全羅道を成敗した後、忠清道そのほか（慶尚道・江原道）を討つ」という極めて堅実なものだったからだ。

しかも風の噂によると、李舜臣が何かの罪により投獄されたという。

李舜臣は文禄の役での赫々たる戦績から、慶尚・全羅・忠清三道の水軍を統括する三道水軍統制使に昇進していたが、政府の命令を聞かないことが多く、双方の間では隙間風が吹いていた。そこに日本軍の内輪もめが絡んでくる。

第一軍の一番隊と二番隊となった小西行長と加藤清正は元々仲が悪く、行長は朝鮮軍を使って清正を殺そうとした。なんと行長は、清正の渡海日程と停泊予定地の情報を朝鮮側に流したのだ。

小躍りした朝鮮政府は李舜臣に迎撃を命じたが、これを謀略と信じた李舜臣は出撃しなかった。だが清正は行長の情報通りに行動したので、政府は怒り、李舜臣からすべての地位を剝奪し、朝命無視の罪で投獄した。その後、すぐに釈放されたものの、兵卒の地位に落とされた。

こうしたことから、玄照が李舜臣に接近できる可能性は、ほとんどなくなっていた。

――どうしたらいいんだ。

加藤勢の中にいる限り、李舜臣がどこにいるのか分からない。様々な手を使って李舜臣の居所を探ったが、その手掛かりさえ摑めない。

瞬く間に四月が過ぎ去った。

そこで玄照は一計を案じた。

「『賭け鉄砲』だと。つまりそなたは僧の分際で、わしらと的撃ちを競いたいと申すか」

加藤勢の筒衆頭が笑う。

「僧が鉄砲を放って悪いか」

「何だと！」

「わたしは根来寺の玄照という者だ」

「根来寺だと。そいつを早く言え」

その一言で、筒衆頭の顔に不安の色が走った。

「わたしに考えがある。まずは聞け」

この頃、加藤勢は西生浦城の普請作事が主な仕事で、戦闘部隊は廻り番でその警戒に当たっていた。そこで玄照が「賭け鉄砲」の提案をすると、その話が広まり、清正まで届いた。

むろん清正は、玄照が何のためにここにいるか知っている。

「では、『賭け鉄砲』の賞金をわしが出そう」

その一言で、「賭け鉄砲」は「競い鉄砲」となった。

当日、角場には何人もの腕自慢が集まっていた。清正が臨席の上、その前には砂金の山が積まれている。加藤家の筒衆は清正の前で負けられないと気負ったせいか、次々と的を外した。そのおかげで玄照は容易に勝てた。

「僧でありながら天晴な腕！」

清正から称揚された玄照は多額の砂金を得た上、「根来寺の筒撃ち」として、その名は陣中に知れわたった。

――これでよし。後は寝て待つだけだ。

玄照は西生浦の町に繰り出すと、派手に遊んだ。懐の砂金を投げて女たちに拾わせることまでした。

数日後、案に相違せず敵の諜者らしき者の接触があった。西生浦という海に近い場所が幸いしたのか、その男は朝鮮水軍の諜者だった。

五月のある夜、朝鮮商人に変装した玄照は、自分の鉄砲を長持ちに入れ、諜者と共に出奔した。

「この野郎、思い知ったか！」

「倭賊め、死ね！」

四方から殴る蹴るの暴行を受けた玄照は、意識が朦朧としてきた。

――やはり殺されるのだな。玄妙、すまなかった。

玄照は遠く離れた大坂にいる玄妙に詫びた。

珍島(チンド)にある朝鮮水軍本営に連れてこられた玄照は、諜者から兵たちに身柄が引き渡されるや、殴る蹴るの暴行を受けた。諜者からは好待遇を約束されていただけに、この仕打ちは予想外だったが、降倭がどういう扱いを受けているかを身をもって知ることができた。

「何をやっている！」

その時、怒声が聞こえると暴行がやんだ。

「此奴は何者だ」

「はっ、降倭です」

「降倭だと。どの戦いで降倭となった」

「実は――」

玄照が降倭となった経緯(いきさつ)を、そこにいた者が語る。

「何だと。ではこの者は、自ら望んで降倭になったというのだな」

「はい。諜者によると『金に目がくらんだ』と申していました」

「理由などどうでもよい。それよりも――」

薄く目を開けると、その将らしき者は、玄照が持ってきた鉄砲を見ている。

「これは見事な造りをしている。この者は鉄砲撃ちか」

「はっ、諜者がそう申しておりました」

暴行を加えた男の一人が、諜者から聞いた「競い鉄砲」の話をした。

「それほどの腕の者を、なぜ袋叩き（ふくろだた）にしている！」

「この者は僧のようです。僧に鉄砲撃ちはいません」

「それはわが国のことだ。倭国では僧でも鉄砲を撃つに違いない」

男たちが顔を見合わせる。

「お前らは馬鹿か。すぐに縄を解け。傷が癒（い）えたら試し撃ちをさせる。それで役に立ちそうにないなら――」

将が冷酷に言い捨てた。

「殺せばよい」

数日後、玄照は将の前で試し撃ちをさせられた。むろん玄照は、すべての的を撃ち抜いた。

「見事だ。降倭の中でも、これほどの腕の者はいないだろう。申し遅れた。わしの名は高馬進（コウマジン）だ」

「拙僧は玄照と申します」

「そうか。やはり僧なのだな。しかしそなたは僧なのに、どうしてそれほど腕が立つ」

「日本では戦乱が長らく続き、寺領を守るために武技を磨かねばならなかったのです」

玄照の言葉を降倭の通詞（つうじ）が翻訳する。

渡海が決まってから、玄照は豊臣家から派遣された附逆（ふぎゃく）（日本軍に寝返った朝鮮人）

から朝鮮語を学んだ。若かったこともあり、玄照は紙に水が染み込むように朝鮮語を習得していった。だがその附逆からは、「怪しまれるので最初は知らないふりをしておけ」と注意されていた。

「日本とは、さような国なのだな。われらの国のように、徳によって治まっているわけではないのだな。何とも野蛮なものよ」

しかし、李氏朝鮮国の静謐（平和）は、少数の両班が多数の奴婢を家畜同然に支配するという厳しい身分制度によって保たれており、そこには自由もなければ下剋上もなかった。

「高馬進、何をやっておる」

そこに恰幅のよい初老の男がやってきた。

「これは元均将軍。降倭に試し撃ちをさせていました」

——これが元均か。

その男は、李舜臣に代わって将軍となった元均だった。

「降倭だと」

元均と呼ばれた男が憎悪の籠もった目を剝く。

「はっ、玄照と申します」

片言の朝鮮語で玄照が答える。

「そなたは、かような者を信じるのか」

「信じるかどうかは、この僧の戦いぶりを見てからです」

「それもそうだ。そなたの船に乗せて舳先に立たせ、戦いの寸前まで武器を渡すな。それで倭賊を撃ったら信用してもよい」

——ということは近々、出撃するつもりだな。

李舜臣は、元均の讒言によって失脚させられたとも言われている。そのため元均は早急に功を挙げ、その地位を不動のものにしたいのだろう。

蔑むように玄照をにらみつけると、元均は取り巻きを引き連れ、その場から去っていった。

「おい」と言って、高馬進が玄照の手から鉄砲を奪い取る。

「そなたは金に目がくらんで倭賊を裏切ったそうだが、今は戻りたいのではないか」

——何と答えるべきか。

高馬進の瞳には疑念が溢れていた。

——よし、ここが勝負どころだ。

「実を申せば戻りたいのです」

「やはりな」

「拙僧には日本国も朝鮮国もありません。拙僧の腕を高く買い、それなりの金を出してくれるなら、どちらに付いてもよいのです。しかしあの商人の言葉はすべて嘘で、こちらに来てからは奴婢同然に扱われています。これでは割に合いません」

あの商人とは諜者のことだ。

「ははは、割に合わんとは、よくぞ申した。だがな、われらも働きのよい者には、それなりの見返りを用意している。そなたがわが船の舳先に立ち、倭賊を何人も撃ったら、兵士と同じ待遇を与えよう」

「兵士と同じでも割に合いません」

「おい！」と言って高馬進が玄照の胸倉を摑む。

「あまり調子に乗るなよ。だが敵将を撃ち殺したら別だ。それ以上の待遇を与えよう」

「分かりました」

玄照は高馬進の手首を摑むと、己の胸倉から引き剝(は)がした。

「力が強いな。それをわが軍のために役立てろ」

「承知仕(つかまつ)った！」

二人の男の視線が火花を散らせた。

四

六月十九日、朝鮮水軍を率いた元均は、安骨浦と加徳島(カドクド)に停泊する日本水軍に先制攻撃を仕掛けた。しかしこの攻撃は失敗し、朝鮮水軍は二人の海将を失い退却した。

これに対して七月八日、日本水軍は藤堂高虎(とうどうたかとら)、加藤嘉明(よしあき)、脇坂安治(わきざかやすはる)らが六百余艘(そう)の軍船を率い、巨済島制圧に向かった。

巨済島を守る朝鮮守備隊は閑山島にいる元均に救援を依頼したが、前回の敗戦で慎重になっていた元均が出撃をためらったため、巨済島の守備隊は全滅した。

これに怒った朝鮮政府は元均を呼び出し、杖罰(じょうばつ)を加えた。これは衆人環視の下、杖(つえ)で打たれる屈辱的な刑だ。

十四日早朝、元均は不貞腐(ふてくさ)れたように閑山島を出帆し、加徳島の攻撃に向かった。しかし加徳島の泊地(はくち)に日本船はおらず、逆に沖合から現れた日本水軍の攻撃を受ける羽目に陥った。この戦いに利はないと判断した元均は、巨済島の北側を回って西方に退避しようとしたが、それを想定していた日本水軍は、その行く先に隠していた船団と連携し、挟撃態勢に持ち込んだ。

十六日払暁(ふつぎょう)、巨済島の西方海上で包囲攻撃を受けた朝鮮水軍は壊滅する。

巨済島の対岸に上陸した元均は陸路を使って逃れようとしたが、運の悪いことに、そこには島津(しまづ)勢が陣を布(し)いており、たちまち討ち取られた。

後に漆川梁(チルチヨンリヤン)海戦と呼ばれることになるこの戦いで、日本軍は数千人の朝鮮兵を殺し、鹵獲(ろかく)した船は百六十余、燃やしたり沈めたりした船は数知れずという大戦果を挙げた。これにより朝鮮側が全羅道を海から守る術はなくなり、日本軍の陸上部隊への補給も安全に行えるようになった。

一方、漆川梁海戦で惨敗を喫し、軍船わずか十三隻になった朝鮮水軍は、泊地の珍島に戻るしかなかった。

日本軍の全羅道制圧は目前に迫っていた。

――わしは同胞を撃ったのだ。

日本水軍に囲まれた時は危機を脱するために必死だったので、そのことについて深く考えなかったが、追いすがる敵船めがけて鉄砲を放ち、日本人の船子(ふなこ)と兵を少なくとも四人は殺した。

――衆生を救うために生きてきたわしが、同胞を殺したのだ。筵踊りをさせられた男は、苦しみが長引くだけだったのでやむを得なかったが、此度は殺さなくてもよい者まで撃たねばならなかった。

玄照は珍島にある朝鮮水軍泊地の兵舎の隅に座し、一人苦しんでいた。

「おい、捜したぞ」

「あっ、高馬進様」

高馬進は通詞一人を連れ、玄照を捜しにきた。

「よくやった」

「ありがとうございます」

「あれだけ揺れる船上で狙いを過(あやま)たないのは、降倭の中でもそなたぐらいだ」

かつて玄照と玄妙の兄弟は、海上での鉄砲教練に参加したことがある。その時、「的に狙いをつけても当たらぬ。敵との距離と波の上下動を摑み、一瞬、早く引き金を引くのだ」と教えられた。その極意を会得してから、船上でも五発に一発は当てられるようになった。

「どうした、疲れたのか」

「ああ、はい」

「そなたのおかげで、あの乱戦の中、何とか逃げおおせることができた」

高馬進が玄照の肩に手を置く。

高馬進の板屋船（戦船）は、元均を救おうと巨済島の西で敵船を引き付ける役割を担った。そのため日本水軍の集中砲火を受けた。だが玄照やほかの降倭たちの懸命の防戦により、何とか逃げ切ることができた。

「それでも、元均将軍を救うことはできませんでした」

元均を討ち取った島津勢は、その戦果を朝鮮側にも知らせるべく、元均の首を捕虜に持たせて返してきた。これにより全軍に元均の死が知れわたった。

「わしもそのことは残念だ。だが死んだ者は生き返らない。次の戦いを見据えていくしかない」

「そうですね」

「どうした。何か気になることでもあるのか」

――ここで本音を吐露すべきか。

すでに高馬進は玄照を信頼し掛かっている。そんな時に「同胞を撃った辛さ」を告げるべきか玄照は迷っていた。

——いや、本音を吐露することで、これまで以上の信頼が得られる。それが朝鮮人の気質だ。

玄照は、また一歩踏み込むことにした。

「此度の戦いで、初めて人を殺したことで苦しんでいたのです」

通詞が「言っていいのか」という顔をしたので、玄照はうなずいた。

「そんなことに苦しんでいたのか。あやつらは侵略者だ。殺されて当然ではないか」

「わたしの同胞でもあります」

高馬進が気の毒そうな顔をする。

「そうだったな。だが降倭となった時、こうなることは分かっていたはずだ」

「仰せの通りです。わたしは金に目がくらんで故国を裏切りました。その時は故国の者を撃つ覚悟ができていました。しかしいざそうなってみると、やはり苦しいのです」

「そうか。そなたの気持ちは分からないでもない。だが、そこは割り切ってもらうしかないのだ。さもないと——」

高馬進が言葉を濁す。

「わたしを生かしておく理由がないのは分かります。同胞を殺すことが、降倭が生きていく唯一の道ですから」

「分かっているなら、それでよい」

高馬進の顔に笑みが戻った。

「そうだ。そなたの功を政府に告げたところ、政府からそなたを良人にするという通達が来た」

「良人に――」

李氏朝鮮の身分制度は、両班・中人（医学、外国語などの専門職階級）・良人・奴婢の四階層から成っていた。しかも両班階級は極めて少数で、全人口のほとんどが良人以下だった。

「これは破格の待遇だ。政府は、そなたを沙也可のような存在にしたいとのことだ。それにより降倭でも働きがあれば報いられることを喧伝し、さらに降倭を増やしたいのだ。これからも、よき働きを示してくれ」

「はい。その恩義に報いるためにも戦います」

玄照は心にもないことを言った。だがいかに信頼されようとも、李舜臣に出会うことができなければ、ただ日本人を殺すだけの存在になってしまう。

――どうしたらいいんだ。

玄照は喚き出したい気分だった。

「そうだ。用件を忘れていた」

「何でしょう」

「新たな将軍が赴任してきたので、そなたのことを話したところ、『すぐに会いたい』と仰せだ」

――そうか。元均の後釜がやってきたのだな。

珍島の艦隊は、大型船と中型船を合わせても十三隻を残すばかりとなり、とても艦隊と呼べるものではない。だが政府としては将軍を任命しないわけにもいかず、新たな将軍を送り込んできたのだ。

「分かりました。それで将軍の名は――」

「われらの誇る李舜臣将軍だ」

その名を聞いた時、玄照の背筋に雷撃が走った。

五

高馬進の案内で李舜臣の陣所に入ると、静かに書見する初老の人物がいた。年の頃は五十を少し超えたくらいと聞いているが、白髪が目立つのでもっと年上に見える。

――聞いていた面相とも一致する。

日本で得てきたわずかな情報を、玄照は反芻した。

「李将軍、ご無礼仕ります」

「おう、高馬進か」

　李舜臣が穏やかな笑みを浮かべた。

　目前に李舜臣はいても、降倭は戦の直前にならないと武器を持たせてもらえないので、戦闘にならないと殺す機会はない。

「ちょうど今、皆を集めて話をしようと思っていたところだ」

「分かりました。では、この者の話は後ほど――」

「この者――」

「降倭の僧のことです」

　背後にいた玄照が頭を下げる。

「ああ、高馬進から話は聞いた。後で倭国の話でも聞かせてくれ」

「はい。でも、わたしは僧侶なので、政治や軍のことは分かりません」

「軍のこと――、いや倭国の風物の話だ」

　そう言うと李舜臣は立ち上がった。

　李舜臣は陣所を出ると、外に設えられた急ごしらえの演壇に上がった。周囲には、すでに水軍の将兵が集まってきている。

「そなたは後ろの方にいろ」

　高馬進にそう言われた玄照は、居並ぶ朝鮮兵の背後に下がった。そこには降倭が何人かおり、通詞が翻訳してくれる。

「皆、聞け」

李舜臣が女性のように透き通る声で、第一声を発した。

「倭賊の侵攻によってわれらが苦境に立たされているのは、皆も知っての通りだ。だが、まだあきらめるのは早い。われらには十三隻もの軍船がある」

その言葉にどよめきが起こる。開戦前は百隻以上あった朝鮮水軍の軍船は、今ではわずか十三隻になり、作戦行動さえ覚束なくなっているからだ。

「この十三隻の船を使い、敵をじわじわ苦しめるのだ」

だが将兵の顔には、「そんなことができるのか」という不信の色しか浮かんでいない。

それでも、秀吉がその存在を消し去りたい海将は、自信に溢れていた。

「無念ながら漆川梁の戦いで、われらは多くの船を失った。これにより倭賊は、全羅道に難なく進軍してくるはずだ」

事実、その通りになる。

「われらは、陸上では倭賊の侵攻を押さえられないだろう。だが後方で、われら水軍が粘り強く戦えば、そのうち光明が見えてくる」

――そんな気長なことでいいのか。

だが軍船が十三隻しかない現状からすれば、小さな戦いで勝利を積み重ねていくことしか打開策はない。

「よし、絵図面を持ってこい」

李舜臣の命に応じ、兵士が朝鮮半島南岸の絵図面を掲げる。

「われらは夜陰に乗じて東に進み、巨済島にある倭賊の泊地を襲う。それぞれの役割は、今から副将が話す」

それだけ言うと、李舜臣は陣所に戻っていった。

――随分と思い切った策だな。

水軍戦に通じていない玄照でも、日本水軍の主たる泊地である巨済島への襲撃が、一か八かの大博打（ばくち）ということくらいは分かる。

――これが、どうして粘り強く戦うことなのだ。

だが玄照は、立場をわきまえて黙っていた。

副将が具体的な説明に入る前に、物頭（ものがしら）以上を残して兵たちは解散するよう命じられた。

玄照がその場に佇（たたず）んでいると、軍評定を終えた高馬進が、頬を紅潮させてやってきた。

「思い切った策だが、李将軍が指揮を執るのだ。きっとうまくゆく」

「はあ、そうですね」

「何だ、その気のない返事は。まだ同胞を殺すことに抵抗があるのか」

「いや、そうではありません。通詞の言葉に矛盾を感じただけです」

玄照が先ほど感じた矛盾を話す。

「それはそうかもしれぬが、李将軍にはお考えがあるはずだ。われらは李将軍を信じて戦うだけだ」

そう言うと高馬進は、玄照を李舜臣の許に連れていった。

玄照、高馬進、通詞の三人が陣所に入ると、李舜臣は再び書物を開いていた。

「来たか」と言いつつ、李舜臣が書物から目を離す。

「何をお読みで」

「司馬遷(しばせん)の『史記』だ。幼い頃から何度も読んでいるが、その度に新しい発見がある」

「古典籍がお好きなんですね」

「ああ、儒学を尊ぶわれらの国では、儒学を除く様々な書を学ぶことを蔑む風があった。その挙句がこのざまだ。わしは幼い頃、近所の両班の家の書庫にあった『史記』や兵法書を読む機会に恵まれたが、それも今は天命だったと思っている」

「将軍は学ぶことを怠らないのですね」

「いや、楽しんでいるだけだ。何事も楽しむことが大切だ」

何と答えていいか困っていた高馬進に、李舜臣は笑みを浮かべて言った。

「それで降倭の僧の話だな」

李舜臣の穏やかな視線が玄照に注がれる。

「はい。玄照という名のこの僧は、すでに戦闘で倭賊を殺しました。そのおかげで、わたしの船は包囲を脱することができました」

「降倭は同胞を殺す時に苦しむというが、この男はどうだった」

「ええ、とても苦しんでいました」

玄照が俯く。

「そうか。同胞を殺しても平然としている者は偽降倭だ」

背中に白刃を突き立てられたかのような衝撃が走る。

「こちらが附逆として潜り込ませた者によると、秀吉は情報収集の目的で、何人もの偽降倭を潜り込ませているという。尤も先の大勝利で、もう用はなくなったようだ」

秀吉は玄照のほかにも偽降倭を潜り込ませていた。その逆に朝鮮側も偽附逆を日本軍の中に入れて、情報収集をさせているのだ。

李舜臣が玄照に語り掛ける。

「同胞を殺した苦しみを高馬進が見ていなかったら、そなたはこの場で殺されていたぞ。だが、まだ疑いを解いたわけではない」

高馬進が口を挟む。

「仰せの通りです。軍令にある通り、降倭に武器を渡すのは戦闘の直前にします」

「それでよい。では、倭国のことを話してくれぬか」

「ああ、はい。どのようなことで」

「まず、どのような国なのか」

玄照の脳裏に、紀州の深山や熊野（くまの）灘（なだ）に面した浦々が浮かんだ。

「倭国というのは――」

李舜臣に問われるまま、玄照は日本のことを語った。むろん政治や軍事のことは知らないので、重要な情報を漏らしようもないが、李舜臣はそんなことに興味はないようだった。

「そうか。これほど近くにあっても、お国柄というのは、それほど違うのだな」

李舜臣は日本の風景から食べ物、祭り、風習といったことまで聞いてきた。その問い掛けも、日本を下に見るようなことは一切なく、純粋な関心から発していた。

一刻（二時間）ほど話は続いたが、最後に李舜臣は感心したように言った。

「そうか。倭国というのは、さように美しい国なのだな」

「はい。その山河は、神々が住み着いているかと思われるほど清浄です」

「それではなぜ、人々は競い合い、隣人のものを奪おうとする」

「それは――」

玄照が言葉に詰まる。

「そなたに問うても仕方がないことだった。もう行ってよいぞ」

玄照が一礼して下がろうとすると、高馬進が言った。

「李将軍、そういえば、玄照が先ほど疑問を呈していました」

高馬進の言葉を聞き、再び『史記』を開こうとしていた李舜臣が向き直った。

「どのような疑問だ」

高馬進が玄照が言った疑問を語る。

「ははは、よく分かったな。僧でも、これだけ洞察力がある。それが倭人というものだ」

「では、あれは――」

「先ほどは、皆の前なので偽説（偽情報）を流した」

高馬進が唖然とする。

「では、巨済島は攻めないのですか」

「当たり前だ。そんなことをすれば返り討ちに遭う」

「では、なぜ――」

「偽降倭がいたらまずいからな」

李舜臣が玄照に視線を据えつつ言う。

「では、実際はどのような策をお考えで」

「聞きたいか」

「はい。では、この者たちを下がらせます」

高馬進が玄照と通詞を下がらせようとする。

「その必要はない」

「なぜですか」

「明日にも、ここを出るからだ」

李舜臣が高馬進に問う。

「まず、圧倒的に優勢な敵に対し、唯一勝ちを収められる方法は何だと思う」

高馬進が首をひねる。

「敵を自分の戦いたい場所に引きずり込むことだ」

そう言うと、李舜臣はその場にあった紙に地図を描いた。

「敵の主力は陸路を使い、全羅道から漢城を目指すつもりだろう。それゆえ補給を担う軍船は全羅道を西回りで北上していく。その時、必ず通過するのはここだ」

高馬進が目を輝かせて言う。

「珍島と花源(ファウォン)半島の間、つまり鳴梁渡(ミョンリャント)ですね」

「そうだ。ここの潮の流れは速く複雑なので、それに慣れない敵は操船に苦労するはずだ。そこを狙って敵を叩く」

「やりましょう！」

高馬進が拳(こぶし)を固める。

「だが、われらの船の数は限られている。敵船団を撃滅することは容易でない。それゆえ一つのことに目標を絞りたい」

「一つのこととは」

「ある海将を殺す」

「それは誰ですか。藤堂ですか。脇坂ですか」

日本軍の海将では、藤堂高虎と脇坂安治が名高い。

「いや、違う。敵軍を陰で動かしている海将だ」

「その名は――」

「来島通総（くるしまみちふさ）――」

来島通総とは村上（むらかみ）水軍の一角を担う来島村上氏の当主で、村上水軍の中でも秀吉の覚えがめでたく、村上本家と区別するために来島の姓を賜るほど重用されていた。九州征伐でも小田原征伐でも兵站（へいたん）補給を担当し、豊臣軍の侵攻を陰から支えてきた。文禄・慶長の役でも主に兵站を担い、日本軍に多大な貢献をしている。

――つまり李舜臣は、日本軍の強さの秘訣（ひけつ）が航送（海上からの補給）にあると見抜いたのだな。

日本軍、すなわち豊臣軍が九州征伐でも小田原征伐でも大勝利を収めたのは、兵站計画を綿密に練った奉行衆の計画立案力と、どのような荒海でも、必要な物資を必要な場所に届けた来島通総の実行力によるものだった。

「われらの当面の敵は、秀吉でもなく清正でもない。来島なのだ」

「その来島がやってくると仰せか」

「うむ。彼奴（きゃつ）は航送の全権を担っている。必ずやってくる」

李舜臣の瞳が光る。

「しかし来島の乗っている船は、どうやって見分けますか」

「倭賊は、必ず誰が乗船しているかを示す旗を立ててくる。来島が来るまで敵の船を素通りさせて敵を油断させ、来島の船が来た時に襲い掛かる」

日本の武士は海将であっても必ず馬標（うまじるし）や旗幟（きし）を立てる。功を挙げた場合に恩賞を得られるからだ。しかしそれは、狙い撃ちを招く危険性を孕(はら)んでいた。

高馬進が戸惑ったように言う。

「敵船はふんだんにあります。その背後に隠れ、おそらく安宅船(あたけぶね)に乗っている来島を殺すのは、容易なことではありません」

「これまではそうだった。だが今は違う」

「何が違うのです」

「この男がいるではないか」

玄照は自分のことを言われていると知り、唖然とした。

「荒海の中で、高馬進の船から鉄砲を撃ち続け、倭人を撃ち殺した僧の姿を何人もが見ている」

李舜臣が玄照の肩に手を置く。

「やってくれるな」

「あっ、はい。やらせていただきます」

玄照は生唾をのみ込むと、力強くうなずいた。

六

七月末、豊臣家の奉行衆は朝鮮在陣衆を右軍と左軍に分け、慶尚道から全羅道そして忠清道へと、それぞれ兵を進めることとした。

左軍は大将の宇喜多秀家(うきたひでいえ)の下に小西行長・島津義弘(よしひろ)・加藤嘉明・蜂須賀家政(はちすかいえまさ)・長宗我部元親・生駒一正(いこまかずまさ)ら五万八千を配し、全羅北道の南原(ナムウォン)から北上させ、道都の全州(チョンジュ)を経て忠清道に侵攻させる。

右軍は大将の毛利秀元(ひでもと)の下に加藤清正・鍋島直茂(なべしまなおしげ)・浅野幸長(あさのよしなが)・黒田長政(くろだながまさ)ら二万七千を配し、慶尚道西端の咸陽(ハミヤン)から全州で左軍と合流を果たした上、忠清道を進ませる。つまり朝鮮半島南部を、東の慶尚道から西の全羅道へと進み、そこから北上し、忠清道を経て、漢城のある京畿道(キョンギド)に攻め入るという一大作戦だった。それを阻止する、ないしは侵攻速度を遅らせるためには、兵站補給を担う水軍の撃破が必須(ひっす)だった。

海上では風がうなっていた。強風を受けて満帆となった板屋船は、全速力で鳴梁渡を目指していた。だが行き先が巨済島でないことに、船子や兵士たちは戸惑っていた。李舜臣の偽情報は味方までも欺(あざむ)いていたのだ。

——ここが鳴梁渡か。日本の海にはないほどの難所だ。

さほど波は大きくないのに船が前後左右に揺れることから、海中で潮がぶつかり合っているのが分かる。朝鮮水軍の板屋船は日本の関船とほぼ同じ大きさだが、舵(かじ)が精緻(せいち)でないため小回りが利かず、僚船と衝突しそうになることが度々あった。そうしたことが包囲攻撃された時の弱さにつながっていると思われた。

――この船で戦うのは厳しいかもしれない。

仮に板屋船が百隻あろうと、正面から日本水軍の安宅船と戦うことは困難だろう。安宅船には最大三門もの大砲を装備できるので、砲撃されれば、当たらなくても腰が引けるのは当然だった。それゆえこれまでの戦いでは、地形と潮をうまく利用した奇襲戦だけが有効だった。

――そうか。李舜臣は渡海してきた加藤清正軍を迎撃する愚を知っていた。だから無駄な戦いをせず、小さな勝利を積み重ねることに徹しているのだ。

李舜臣は日本軍の輸送船団を奇襲し、小さな戦果を挙げることで「無敗将軍」として自らの名を高め、それによって士気を高揚させ、最終的な勝利を得ようとしていた。

――なんという策士か。

ここ百年、内戦らしい内戦のなかった李氏朝鮮国では、軍事について学ぶ者が少なく、また儒教の影響で、軍事を蔑む風潮ができていた。だが李舜臣だけは、幼少の頃から『史記』などの歴史書はもとより、武経七書(ぶけいしちしょ)の『孫子(そんし)』『六韜(りくとう)』『三略』などの兵法書に親しんでいたという。

「おい」

突然、声を掛けられ、驚いて振り向くと高馬進がいた。

「これを使え」と言って手渡されたのは、玄照愛用の鉄砲だった。

「もうすぐ鳴梁渡だ」

「敵水軍がすぐに来るとは限らないはず。わたしに武器を渡してもよいのですか」

「構わない。わたしはそなたを信じている」

高馬進は玄照の背を強く叩くと、船尾の方に去っていった。

──信じている、か。

玄照は複雑な心境になった。


それから数日間、朝鮮水軍は複雑に入り組んだ浦に隠れて時を過ごした。十三隻が分散して小さな浦の奥に隠れたので、日本軍の物見船にも見つからないはずだ。そうしておいてから、鳴梁渡に向けて漁船に偽装した物見船を放ち、来島通総の指揮する敵輸送船団を待つのだ。

だが先に来たのは藤堂や脇坂の船だった。しかし李舜臣は、それらの船を素通りさせた。幕僚の間からは「襲いましょう」という声も上がったが、李舜臣はそんな言葉はどこ吹く風で、悠然と書見していた。

そのまま三日が過ぎていった。

船子や兵士たちの間にも弛緩（しかん）した空気が漂い始めた頃、鳴梁渡の方から何かが聞こえた。空を見上げると、花火のようなものが打ち上げられている。次の瞬間、「出撃だ！」という声が聞こえた。船子たちが走り回り、瞬く間に帆が張られる。

──遂に来島が来たのか！

釣りをしていた玄照は釣竿を投げ捨てると、背後に置いてあった鉄砲を手に取った。

——わしはまた日本人を殺すのか。

頭ではそう思ったが、玄照の手は鉄砲の手入れを始めている。

次の瞬間、船が浮き上がったように感じると、帆に風を受けた船が動き出した。

「李将軍！」

誰かの声で振り向くと、李舜臣が船室から出てきたところだった。板屋船の中央には天井に幔幕の張られた櫓が組まれており、指揮官はそこに登って指揮を執る。

李舜臣は、中央に幹柱の立った朝鮮特有の鉢形（兜）に、多数の鋲を打った皮革で作られた全身鎧を着け、櫓の上に立っていた。その威風は四海を払うほどだ。

「われらが戦うべき時が遂に来た！」

李舜臣のよく通る声が、波濤が船腹に当たる音をもかき消す。その顔は不動明王のように紅潮し、普段の隠遁者のような穏やかなものから一変していた。

「目指すは来島通総の船のみ！」

「おう！」

李舜臣を前にすると、船子や兵の意気はいやが上にも騰がる。

——これが将器というものか。

だがそれは一朝一夕に作られたものではない。彼我の戦力を見極め、確実に勝てると踏んだ戦いを繰り返すことで、李舜臣は絶大な信頼を勝ち得てきた。

——だからこそ李舜臣は恐ろしいのだ。

乾坤一擲の勝負を挑むことは誰にでもできる。だが奇跡は、そう簡単には起こらない。元均の最期を見れば、それは明らかだった。

その時、自分の手にしているものに気づいた。

——今なら殺せる。

櫓の上に李舜臣は立っている。ここで玄照が弾を装塡して撃てば、確実に殺せる。

——やるか。

銃撃に成功しても玄照は殺される。それでも弟と大恩ある根来寺を救える。

だが玄照にはできなかった。

——どうしてだ！

再び櫓を見上げると、夕日を背にして立つ李舜臣の姿が見えた。その時、目が合った。

その目には、「わしを殺したいか」と書かれていた。

その時だった。

「敵船だ。敵船が見えたぞ！」

誰かの怒鳴り声が聞こえた。

皆が指差す方角を見ると、確かに大船団がこちらに向かってきていた。その帆には「折敷に縮み三文字」の来島家の紋が描かれている。

——間違いない。来島水軍だ。

全身に緊張が走る。

その時、背後に人の気配がした。

「機会は一度きりだ」

李舜臣が胴の間まで下りてきた。

「分かっています」

「敵は、たった十三隻のわれらを侮ってくるだろう。おそらくこれまで通り、数に物を言わせて押し包んでくるはずだ。その間隙を縫い、この船が来島通総の船の横をすり抜ける。撃つならその時しかない」

「はっ、はい」

「李将軍！」

その時、遠眼鏡を片手に持つ高馬進が走ってきた。

「おそらく来島は、あの最も巨大な船に乗っているはずです」

輸送船団に取り囲まれるようにして、一隻の安宅船が進んでくる。その船には、来島の居場所を示す馬標が翻っていた。

「そうか。で、来島はあの中のどこにいる」

玄照が答える。

「おそらく櫓の上です」

安宅船には、天守のような二階櫓が載せられている。

「この船の高さで足りるか」

李舜臣の顔に不安の色が差す。

「分かりません。しかし帆柱に登ればなんとかなります」

帆柱に登らないと銃撃できる角度が得られない。

「そなたにやれるか」

「帆柱に体を縛り付け、帆の下桁に足を掛けます」

その間も敵船団は近づいてきていた。むろん朝鮮水軍の存在は確認できているのだろう。だが隻数を知り、侮っているのだ。

――そこが逆に狙い目だ。

「やらせて下さい」

「分かった」

船子から太縄を受け取り、走り去ろうとする玄照に高馬進が言った。

「鉄砲は後から持っていってやる」

「ありがたい！」

帆柱をするすると登った玄照は、帆柱に体を括り付け、帆の下桁に両足を掛けた。これで高さは確保できたが、背後からの風圧が凄まじい。

「行くぞ」

高馬進が下から鉄砲を渡してきた。それを足に引っ掛けて受け取った玄照は、懐から玉薬を取り出し、装塡の支度を始めた。

その時、轟音が鳴り響いた。

──大筒か！

安宅船には大筒が装備されており、その射程の四〜五町（五百メートル前後）に入ったのだ。

巨大な水柱が周囲に上がり始める。船子や兵士は蒼白になっているが、李舜臣は微動だにせず、敵船団を凝視していた。

──あっ、どうしたんだ！

それまで並走していた朝鮮水軍の船が次々と遅れていく。中には転舵して逃げていく船もいる。

さすがの李舜臣も、この様子には驚いたようだ。周囲にいる者に指示を出し、逃げた船を呼び戻そうとしている。だがいったん転舵した船を、手旗や狼煙で戻すことなどできない。どの船も恐怖に駆られて逃げ出しているからだ。

敵船団との距離が縮まってきた。その間も船の周囲には、轟音とともに頻繁に水柱が上がる。李舜臣の乗る旗艦一隻になってしまい、そこに砲撃を集中されているようだ。

高馬進の姿は見えないが、船尾で必死の操船を続けているのだ。板屋船は重い舵を頻繁に切り、安宅船の大砲に狙いをつけさせないようにしている。

いよいよ板屋船が敵船団の真っただ中に突っ込んだ。敵船団は分厚い防御壁のようになっていたが、衝突だけは避けたいのか、次々と舵を切って板屋船を避けていく。やがて薄皮を剝ぐようにして輸送船が左右に分かれていくと、その中心にいた安宅船が見えてきた。

――もはや引くことはできない。心を無にして来島通総を狙うだけだ。

やがて安宅船の上で右往左往する人々の姿が見えてきた。朝鮮水軍の船が衝突覚悟で突っ込んでくると思っているのだ。

眼下にいる李舜臣が手を前後左右に動かし、後方に合図している。姿は見えないが、それを受けた高馬進が舵取り役に指示を出しているに違いない。

――まだ転舵しないのか！

安宅船が面舵を切るか取舵を切るか、李舜臣は見極めているに違いない。

やがて距離が一町（約百十メートル）ほどになった。今どちらにするか決めなければ衝突する。だが李舜臣の腕は真っすぐ前方に伸びた。

――直進するのか！

次の瞬間、安宅船が面舵を切った。瞬時に李舜臣の腕が右を指す。板屋船も面舵を切って衝突を避けようとする。

――だめだ。突っ込むぞ！

互いの舳先が左右に分かれ、安宅船の横腹が見えてきた。

玄照は慌てて装塡作業を終わらせたが、発射できる機会が訪れるとは思えない。それよりも衝突の衝撃で振り落とされる可能性が高いはずだ。

互いの船腹が触れんばかりに近づく。だが何とか擦れ違えそうだ。

帆の下桁に掛けた両足を踏ん張り、玄照は射撃体勢を取った。

次の瞬間、安宅船の巨大な櫓が見えてきた。

——あれが来島か！

二階櫓の中にいる一人の武将が勾欄から身を乗り出し、下にいる船子たちに指示を出している。その武将は、ひときわ豪奢な甲冑に身を包んでいる。

——間違いない。来島通総だ。

両船が舷側を接するばかりに擦れ違う。双方の作り出す波濤が互いの舷側を越え、船上に降り掛かる。板屋船は左右に激しく傾斜し、とても銃撃できる状態にはない。

だが玄照は冷静に狙いをつけた。距離は三十間（約五十五メートル）もない。その時、来島通総らしき将も玄照に気づいた。通総の顔が恐怖に引きつる。

——南無大師遍照金剛！

次の瞬間、波濤の音に負けないほどの轟音が聞こえると、玄照の体は反動で帆に包まれた。

七

「さように困難な状況で、よくぞ成し遂げた」

珍島にある朝鮮水軍本営で、玄照は李舜臣から称賛された。

高馬進をはじめとする諸将も、それぞれ称賛の言葉を並べる。

「あの状況で、よくぞ来島通総を撃ち殺せたな」

「そなたの腕はたいしたものだ」

「ありがとうございます」

――わしは日本軍の要となる海将を殺したのだ。

だが心の奥底に澱のようにたまった後ろめたさは、決して拭いきれない。

――わしは双方を裏切っている。

来島通総を殺されたことで、日本軍の兵站補給部隊は再編を余儀なくされる。それが、漢城への進軍速度を遅らせることは間違いない。いかに秀吉が「敵の信用を得るためには、味方を撃ち殺しても構わぬ」と言ったとしても、まさか来島通総を殺すとまでは思っていなかっただろう。来島通総の喪失は、日本軍にとって大きな痛手となるはずだ。

だがその一方、玄照は朝鮮軍にも偽りを言っていた。来島を撃つことで、李舜臣も高馬進も完全に玄照を信用したらしいが、玄照は翌年の一月十三日までに李舜臣を殺さねばならないのだ。

――わしはどうしたらよいのだ。

「玄照よ、そなたは腕が立つ上に賢い。此度の功により、中人になれるよう申請してやろう」

「おお」というどよめきが起こる。

中人は専門的な仕事を持つ者に、両班同様の待遇を与えるために作られた階級だが、その中には「外国語に通じた者」という項目もあるので、玄照にも門戸が開かれている。

高馬進が玄照の肩を叩き、自分のことのように喜ぶ。

「よかったな。李将軍の推挙なら認められるのは間違いなしだ」

此度の鳴梁海戦の勝利で、漢城でも李舜臣の名は鳴り響いていた。

「おめでとう」

「よかった、よかった」

幕僚たちも口々に玄照を祝福してくれた。

その夜、堪えきれなくなった玄照は李舜臣の許を訪れた。

「構わぬ。入れ」

李舜臣はいつもと変わらず、山中の隠者のような顔つきで『史記』を読んでいた。

「ご無礼仕ります」

「そなたも朝鮮語がうまくなったな」

「はい。使えないと何かと不自由ですから」

「では、この言葉が分かるか」

で言った。

李舜臣は、『史記』に書かれた「士は己を知る者のために死す」という言葉を朝鮮語で言った。

朝鮮語に熟達していることを、もはや隠しておく必要もないので、玄照はその意味を述べた。

「その通りだ。『男子たる者、己の真価を認めてくれた人のためなら死をも辞さず』の謂いだ。わしはさような恩師に出会えなかったが、この国のためなら、死をも辞さないつもりだ」

李舜臣が『史記』を閉じた。

「さて、何の用だ」

「ああ、はい」

うまく切り出せない玄照に、李舜臣が笑みを浮かべて言った。

「そなたは、わしを殺しに来たんだろう」

——えっ、どうしてそれを。

玄照は愕然（がくぜん）として言葉もない。

「そなたの目を見れば分かる。いつも落ち着きなく視線をさまよわせている。後ろめたさで息をするのも辛いはずだ」

「ああ——」

玄照がその場に膝をつく。

「秀吉とは実に賢い男だ。わしを殺すことが朝鮮国の息の根を止めることだと知っている。わしが来島通総を殺したのと同じようにな」

玄照が肺腑を抉るような声で言う。

「わたしは――、その秀吉の刺客なのです」

「だからどうしたというんだ。こうして前非を悔い、わしに白状したではないか。もはやそなたは秀吉の手先ではない」

「ああ、何というお言葉か――」

玄照は頭を垂れ、嗚咽を漏らした。

「もうわしを殺すつもりはないいな」

「も、もちろんです」

「だがわしを殺さないと困る者もいるのだろう。秀吉はそこまで考え、そなたを寄越したはずだ」

それを言われると玄照は辛い。

――このままでは根来寺は廃絶され、玄妙は殺される。

幼い頃、「あにさん、あにさん」と言いながら玄照の後をついて回った玄妙の笑みが、脳裏に浮かぶ。

「だが心配は無用だ」

「えっ、それはまたどうしてですか」

「ある雑説(ぞうせつ)を聞いた」

李舜臣の顔が明るくなる。

「雑説、と――」

「ああ、秀吉の具合が極めて悪いそうだ。もう死んでいるかもしれない」

「何と――」

李舜臣は偽附逆から、そこまでの情報を得ていたのだ。

実際に秀吉は、翌年の八月十八日に死去することになる。鳴梁海戦の際、すでに朝鮮軍にも、「秀吉の死期は近い」という噂は伝わってきていた。

――ああ、仏よ！

玄照は闇の中に一筋の光明を見出(みいだ)した。

「生死の境をさまよう秀吉の頭には、もはやそなたや人質のことなどないだろう。そなたはわしを殺す必要も、囚(とら)われの身になっている者たちのことを案ずる必要もなくなったのだ」

あまりのことに、玄照は感涙に咽(むせ)んだ。

「残るは、いち早く倭賊に退散してもらうことだ」

「では、日本水軍と真っ向から戦うつもりはないのですか」

「ははは」と笑った後、李舜臣は言った。

「戦とは目的あってのものだ。一人でも多くの倭賊を殺すことが、われらの目的ではない。だが、ここで痛手を与えておかないと、秀吉に続く支配者が再び悪心を起こすかもしれぬ」

李舜臣は極めて合理的な頭脳の持ち主で、「恨」といった朝鮮民族特有の感情とは無縁だった。だからこそ、最後の戦いで日本軍に痛手を負わせ、「寄らば斬るぞ」という姿勢を見せておきたいのだ。

「そなたは日本に帰れ」

「えっ、日本に――」

日本に帰れるとは思っていなかった玄照は啞然とした。

「もう倭人を殺すのも嫌だろう。そなたは来島通総を殺したことで十分に罪を償った。だから、もう同胞を殺す苦しみから解放してやる」

――日本に帰れるのか。

いかに両国が戦闘状態とはいえ、釜山まで行けば、壱岐・対馬行きの交易船は出ている。それに乗せてもらえば日本に帰ることも夢ではない。

――だが、それでよいのか。わしは同胞を何人も殺したのだ。

玄照は自分の罪の重さを自覚していた。

「そなたが倭賊の許に戻りたければ、便宜も図ってやる。わが軍や明軍の関を通過する時のために、証書を書いてやろう」

李舜臣は手元の紙に何かをさらさらと書くと、印判を捺した。

「これでよい」

手渡された証書には、「この者は偽降倭だったが、改心してそれを告げた。しかも朝鮮国のために命を惜しまず戦った。この者の表裏なき仁義の心は、李舜臣が保証する」と書かれ、印判が捺されていた。

「誰かに疑われた時、これを見せるがよい」

「ありがとうございます。しかし日本軍が掃討されるまで、わたしはこの地にとどまりたいと思っています」

「なぜだ」

「李将軍にお力添えしたいのです」

「そうか。まだ力を貸してくれるのか」

「はい。何卒――」

玄照が威儀を正す。

「李将軍のお役に立たせて下さい」

「同胞を撃つことになっても構わぬか」

それを指摘されると辛い。だが朝鮮水軍を勝たせないことには、日本軍が退去することはない。それを思えば致し方ないことのようにも思える。

「辛いことですが、両国のためにやらねばなりません」

「そうか。そなたがいれば心強い。では、しばらく共に戦おう」

「ぜひ！」

最後に李舜臣は言った。

「だが、そなたが偽降倭だということは、高馬進に語ってはならぬぞ。かの者は直情の上、そなたを重用した責任を感じ、わしのようにそなたを許すとは限らぬからな」

「はい。そうさせていただきます」

深く頭を下げると、玄照は李舜臣の陣所を後にした。

外に出ると、今年最初の北風が吹いてきていた。

――この北風が日本軍を押し戻す。

玄照は自ら北風となり、日本軍を押し戻そうと思った。

八

翌年の八月十八日、豊臣秀吉が死去することで、豊臣政権の大老と奉行は朝鮮に在陣する日本軍を撤退させることにした。当初は明・朝鮮連合軍と和議を結び、戦わずに撤退させようとしたが、事はそう容易には運ばない。

九月、連合軍は泗川(サチヨン)倭城に籠もる島津勢七千に攻撃を仕掛けた。しかし島津方の巧みな戦略に翻弄(ほんろう)され、大損害を出して撤退した。島津氏の「首注文」によれば、討ち取った首は三万八千七百十七もの数に上った。連合軍の兵力が四万余（一説に二十万）とされるので、ほぼ全滅だった。

十月初旬、連合軍は小西行長ら一万三千七百余の籠もる順天倭城に攻め寄せるが、行長が明軍の一部の将軍に賄賂を贈っていたので、足並みがそろわず敗退する。水軍部隊も海側から上陸戦を行うが、こちらも多くの船が引き潮で座礁し、大損害を出した。

同時期に行われた蔚山城攻防戦でも、一度は苦戦を強いられた日本軍が巻き返しに転じ、大勝利を収めている。

蔚山城、泗川倭城、そして順天倭城の「三路の戦い」において、日本軍は連合軍を寄せ付けない戦いぶりを示した。

だが行長らは、いまだ順天倭城に釘付けされており、その包囲を外部から解いてもらわねばならない。そこで行長は明軍の将に再び賄賂を贈り、安全に撤退できるように取り計らってもらうことにした。

この時、島津・立花・宗勢は昌善島で救援の時機を見計らっており、行長から「話がついた」という一報を受けるや、船団を出帆させた。

ところが連合軍陣営では、あくまで戦うことを主張する李舜臣に引きずられ、約束を破って迎撃することに決した。

ここに慶長の役の最後を飾る露梁海戦が勃発する。

露梁津は本土と南海島の間にある海峡で、鳴梁渡と同じく、潮の流れが速く複雑な上に海峡が狭く、海の難所とされていた。だがここを通らないことには、順天倭城にいる小西勢を救えない。

朝鮮水軍は露梁津の南、南海島の西にあたる観音浦（クワンウンポ）に、明水軍は露梁津の北にある竹島の泊地に軍船を隠し、日本水軍が露梁津を通過する時を狙って、南北から挟撃する作戦を立てた。

その夜、皆が寝静まった高馬進の板屋船で、玄照が海を見ていると、背後に立つ影に気づいた。

「夜は海が美しく見える」

「あっ、李将軍」

「わしはこの海と共に生きてきた。唐土（もろこし）の大河から流れ出る土砂のおかげで、朝鮮の海は茶色く濁っているが、かけがえのないわが海だ。聞くところによると、日本の海は青く澄んでいるそうだな」

「はい。どこの海も青く澄みわたっています」

「山々も緑に覆われているというではないか」

朝鮮半島の山々は、古代からの伐採によって禿山（はげやま）が多い。

「はい。どこの地の山も夏は緑に覆われ、秋には紅葉で朱に染まります」

「さぞ、美しいだろうな」

「はい。喩（たと）えようもなく美しい国です」

玄照の脳裏に故郷の風景がよみがえる。

——だが、もう帰れない。

「そのような美しき国に生まれた者が、ほかに何を求めるのだ」

李舜臣の言葉が胸に突き刺さる。

——その通りだ。われらは「足りている」ではないか。

童子の頃、京で学んできた僧から、どこかの寺の庭にある蹲（茶室に入る前に手を清める手水鉢）に、「吾れ唯だ足るを知る」と彫られていると聞いたことがある。その僧は、「何かを望まず、今の己に満足すべし」の謂いだと教えてくれた。

「われらは秀吉という男の作り出した欲の渦に巻き込まれ、踊らされていたのです。すでに秀吉はこの世の者ではありません。もはや渦は消えました。それで皆、目が覚めたように帰還しようとしています」

「そうだな。もはや欲の渦はない。だが第二、第三の秀吉が現れた時、再び同じ轍を踏まさぬよう、痛手を負わせておかねばならぬ」

「では、日本水軍と雌雄を決するおつもりですね」

「ああ、生きるか死ぬかの戦いになる」

「その決戦はいつ頃になりますか」

「物見船によると、どうやら明日の朝になりそうだ」

——明朝か。

おそらく日本水軍は夜明け前に昌善島の泊地を船出し、一刻ほど後の夜明け頃、露梁津を通ることになる。

「明日は相当の激戦になる。多くの命が失われるだろう」

李舜臣の横顔には、武人というよりも一人の温和な人物の苦悩が刻まれていた。

「わしの命も、その中の一つになるはずだ」

「わたしが——、わたしが将軍の盾となり、お守りいたします」

「ははは、刺客が盾となるのか」

李舜臣が高らかに笑う。

「せっかくだが、わしは十分に生きた。この茶色い海がわしの死に場所だ」

「何を仰せか。李将軍は朝鮮国の再建のために必要なお方です」

「この国のことは、高馬進のような若い者たちに任せればよい。かの者たちは、きっとよい国を作る」

李舜臣が遠い目をする。それは朝鮮国の未来を見据えていた。

——このお方を守らねば。

玄照は決意を新たにした。

九

それまで漆黒の闇に閉ざされていた空が鈍色に変わってきた。わずかに見える星々も急速に輝きを失いつつある。東方を見ると、水平線がわずかに明るんできている。

――いよいよだな。

手にした愛用の鉄砲の感触を確かめる。いつものように冷え冷えとしている。

――こいつが獣のように熱くなり、敵に吠え掛かるのだ。

玄照にとって、もはや敵も味方もなかった。

――何があろうと李将軍を守る。

それだけが玄照の望みだった。

その時、鉄砲に手を掛ける者がいる。

「高馬進様――」

「そなたは何を考えている」

高馬進の瞳が怒りに燃えている。

「突然、何ですか」

「ここのところ、そなたは何かに苦しんでいるように見受けられる」

「ですから、同胞を撃つことに――」

「本当にそれだけか」

高馬進が疑り深そうな口調で言う。

「わたしには表も裏もありません。ただ李将軍に尽くすだけです」

高馬進がため息をつきつつ言う。

「実は昨夜、ほかの船で偽降倭が捕まった」

玄照が息をのむ。

「船から海に飛び込み、逃げ出そうとした。最初は脱走兵かと思ったが、降倭だったので拷問したところ、偽降倭だと吐いたとのことだ」

「では、よかったではありませんか」

「その時、そやつは、偽降倭は自分だけではないと言ったのだ」

玄照が口をつぐむ。

「自分は朝鮮軍の内情を探るために潜り込んだが、中には李将軍を殺すために入り込んでいる偽降倭がいるという」

顔色が変わるのが自分でも分かる。

「まさか、それをわたしだと――」

高馬進は何も答えず、玄照の瞳を見つめた。玄照も負けずに見つめ返す。

一瞬、李舜臣からもらった証書を見せようとしたが、すんでのところで思い直した。

――李将軍は、高馬進は直情なので、偽降倭だと告げない方がよいと仰せだった。

ここで高馬進を怒らせれば、殺されるかもしれない。少なくとも鉄砲を取り上げられ、船底に閉じ込められるはずだ。

「わたしは偽降倭ではありません」

「わしもその言葉を信じたい。だが大事な一戦を前にして、李将軍だけは守らねばならない」

「その通りです」

「それゆえ、その鉄砲は預からせてもらう」

「分かりました」

「戦いが始まる直前に渡す。ただし李将軍に筒口を向けたら最後、そなたは殺される」

そう言うと、高馬進は玄照の鉄砲を受け取り、その場から去っていった。

――致し方ない。

鉄砲を奪われ、手持ち無沙汰になったとたん、喩えようのない不安に襲われた。

――わしは李将軍を守れるのか。

その時だった。

「物見船が戻ったぞ！」

誰かの声にわれに返ると、船子や兵が海峡の方を見つめている。

いまだ明けやらぬ空の下、灯りを煌々とつけた物見船が、こちらに向かってきた。

その舳先に立つ者が必死に手旗を振っている。

「敵だ――。敵がやってくるぞ！」

船上が色めき立つ。

「聞け！」

振り向くと、李舜臣が櫓の上に立っていた。李舜臣は水平線から差すわずかな朝日を背にしていた。その神々しい姿に、そこにいる者たちは皆、陶然としている。

「いよいよ倭賊と雌雄を決する時が来た。もはや後に引くことはできない。これまでの鍛錬の賜物（たまもの）を見せてくれ！」

「おう！」

「よし、出帆！」

その言葉が発せられるや、多くの者たちが船上を行き交い、瞬く間に帆が風を孕んだ。

同じように観音浦を後にする僚船の姿も見える。

しばらくすると、対岸から漕（こ）ぎ出してくる明水軍の姿が見えてきた。

海は穏やかで風も強くないので、李舜臣の思い通りの戦いができるはずだ。

「敵がやってくるぞ！」

遠眼鏡を手にした高馬進が後方で喚く。やがて視界に敵船団の姿が入ってきた。その帆には、丸に十字の紋所がはっきりと描かれている。

「石曼子（シーマンズ）だ。鬼（グイ）石曼子だ！」

敵の主力部隊が島津氏だということは、あらかじめ分かっていたが、いざその雄姿を目前にすると、闘志よりも恐怖が先に立つのだろう。皆の顔に動揺の色が走る。

「よし、あの先頭に突っ込め！」

だが李舜臣だけは意に介さず、櫓の上から突入を命じた。

船が全速力で敵の先頭を目指す。

「おい、これを持て！」

その時、走ってきた高馬進から、鉄砲と弾薬類の入った袋が渡された。

「わたしは後方にいる。そなたの活躍を見ることはできないが、一人でも多くの倭人を倒すことを祈っている」

「分かっています」

玄照は日本人を殺すことよりも、李舜臣の安全を図ることを考えていたので、複雑な表情で首肯した。

「よし、任せたぞ」

そう言うと、高馬進は後方に去っていった。

「戦闘用意！」

高らかに喇叭（らっぱ）が吹き鳴らされ、銅鑼（どら）がガンガン叩かれる。いやが上にも興奮が高まる。それは皆同じなのだろう。もはや誰もが肚を決めたのか、開き直ったかのように口々に何事かを叫び、己の心を鼓舞している。

その時、敵の砲弾が近くに落下した。轟音とともに水滴が雨のように降り注ぐ。玄照は火縄を濡（ぬ）らさないように手で覆った。

彼方（かなた）では明軍も砲戦を開始した。轟音が響くと、次々と黒煙がわき上がっている。鳴梁海戦とは違い、双方が多くの大砲を装備してきているので、凄まじい砲戦が展開されるのは間違いない。

だが朝鮮水軍の船には大砲がなく、胴の間に大鉄砲を出して撃つことしかできない。

いよいよ敵船が近づいてきた。

鉄砲の炸裂音が聞こえる。朝鮮水軍の応射も始まる。

――まだまだ。

玄照は落ち着いて弾を装塡した。

――狙うのは物頭以上だ。

先頭の船で指揮棒を持つ将に狙いを定めた。だが船の揺れはひどく、命中は覚束ない。

――落ち着け。

周囲の降倭は無駄に鉄砲を撃ち始めている。

その時、敵船が射程に入った。櫓の上では、指揮官らしき者が何事か喚いている。

――よし、今だ！

船の揺れが収まったと思った瞬間、玄照は引き金を引いた。

弾が敵将の頭を撃ち抜く。血煙が背後に噴き上がり、その将は茫然とした表情のまま倒れた。

――南無大師遍照金剛！

玄照は「これも両国のためだ。許してくれ」と念じた。

擦れ違いざま、双方が激しく撃ち合う。日本軍の鉄砲足軽は、降倭に対する憎悪を剝き出しにして撃ってくる。

——それは、明日の自分の姿かもしれないからだ。

その不安を打ち消すには、降倭を抹殺するしかないのだ。

やがて船が擦れ違った。

敵船をやり過ごした後、周囲を見回すと、胴の間は血まみれになっていた。

——何ということだ。

日本船の方が鉄砲装備率が高いので、撃ち合いになれば朝鮮水軍の損害が大きくなる。

「しっかりしろ！」

隣に倒れている降倭の一人を助け起こそうとしたが、すでにこと切れていた。

故郷から遠く離れた地で、裏切り者のまま死ぬ無念は察して余りある。

——南無大師遍照金剛。

死んだ降倭のためにできるのは、御宝号を唱えることだけだ。

朝鮮水軍の十三隻は、自ら犠牲になるかのように日本の艦隊に突っ込み攪乱（かくらん）した。だが明水軍は遠く離れて砲戦に終始し、近づいてくる気配はない。

やがて日本水軍に囲まれた朝鮮水軍の船は、火矢を射掛けられて炎上したり、乗っ取られたりし始めていた。

「ひるむな、突っ込め！」

李舜臣が声を限りに叫ぶ。

やがて日本水軍にも被害が出始めた。それを見た明水軍が、ようやく戦場となっている海域に突入してきた。

「やったぞ。これで勝ったぞ！」

ところがそこに日本水軍の第二陣も到着し、大混戦となった。

李舜臣の乗る板屋船は満身創痍（そうい）となり、死人と怪我（けが）人が胴の間を埋め尽くし、移動もままならない。

その時、斜め背後から追い掛けてくる安宅船が見えた。安宅船は板屋船よりも速度が速いので、難なく追いついてきた。その時、並走するようになった安宅船から、何かが投じられた。それを見ると、先端部に三又に分かれた鉤刃（かぎは）が付いている。それが船の内板に引っ掛かる。

――「てすまる」だ！

「てすまる」とは、綱の先に三又に分かれた鉤刃を付けたもので、敵船の垣立（かきだつ）や積載物に当たると、花が開いたように鉤刃が飛び出して外れなくなる。

「早く外せ！」

「叩き切れ！」

兵の怒鳴り声が交錯する。

幾人かの兵が「てすまる」を断ち切ろうとしたが、刃先はがっちりと食い込んでいる上、鉄鎖（てつさ）なので断ち切ることもできない。

二隻は舷側を接したまま並走するようになった。日本軍が乗っ取りを行う時の態勢だ。

——まずい！

そうなれば火力に勝る日本側が有利になる。日本船は舷側に筒衆を並べて容赦なく銃弾を浴びせてくる。玄照も応戦しようとしたが、ここまで撃ち続けていたので、銃身が熱を帯びている。このままでは暴発の恐れがある。

その時だった。

「たいへんだ！」という誰かの声が背後で聞こえた。

振り向くと、李舜臣が膝をついている。

「李将軍！」

日本軍の放った銃弾が、櫓上にいた李舜臣に当たったのだ。

周囲から人が集まり、助け起こそうとしている。

玄照も櫓の上に駆け上った。

腹に弾が当たったのか、李舜臣は血まみれになっていた。すでに目を閉じており、意識もないようだ。

——何ということだ！

波に揺れる船上で、李舜臣を狙い撃ちできる腕の者などいない。

——わしを除いてはな。だが待てよ。

「兄者！」

その時、聞き覚えのある声が空気を切り裂いた。

玄照が顔を上げると、敵船の櫓上に鉄砲を持った一人の男が立っていた。

——まさか！

「玄妙か——」

「兄者、助けに来たぞ。こちらに乗り移れ！」

その間も日本軍の銃撃は続き、李舜臣の船で応戦している者は数えるほどしかいない。

「玄妙、そこで何をやっている。まさか、そなたが撃ったのか」

「そうだ。そんなことより、わしは兄者を助けに来たのだ。きっと生きていると思った。早くこちらに来い！」

「だめだ。近づくな！」

「まさか、その男が李舜臣では——」

「もうよい、撃つな！」

たまらず櫓を駆け下りた玄照は舷側まで走った。それを見た玄妙も、安宅船の櫓から駆け下りてくる。

双方の船は、いまだ舷側を接するように走っている。

「兄者、早く来い」

玄妙が手を差し伸べる。

「わしは戻らぬ。それよりも、ここから去れ！」

「なぜだ。すでに太閤殿下は亡くなった。兄者はもう誰も殺さずともよいのだ！」

「それでも、わしは帰れない」

「だめだ。無理にでも連れて帰る」

玄妙が腕を伸ばして玄照の肩を摑む。凄まじい膂力で、玄照が引き寄せられる。

――この機を逃せば、わしは故国に帰れない。

玄妙に身を任せようかと思った瞬間、玄妙が咳き込み、その手が離れた。

「ああ、兄者――」

片息の発作に襲われたのだ。

その時、舷側をぶつけ合った拍子に、いくつかの「てすまる」が外れ、両船も少し離れた。

「兄者、一緒に帰ろう。共に根来に帰ろう」

玄妙の瞳は涙で濡れていた。

「だめだ。わしは故国を裏切った男だ。もはや帰れない」

「早く、こっちに乗り移ってくれ！」

片息が激しくなったのか、玄妙が口を押さえてうずくまる。

その間も、波濤渦巻く中で両船は舷側をぶつけ合っている。

その時、背後で轟音が響いた。

背中に激痛が走る。

次の瞬間、激浪に翻弄された両船の舷側が激しくぶつかった。その反動で「てすまる」が次々とちぎれていく。二つの船はみるみる離れていった。

「兄者！　ああ、兄者！」

手を伸ばしたまま玄妙が遠ざかっていく。

──さらばだ。

激痛を堪えながら振り向くと、高馬進が立っていた。

「李将軍はお亡くなりになった。そなたが撃ったのだな」

「わたしは撃っていない」

その場に倒れ込んだ玄照の許に、高馬進が近づいてくる。

「では、なぜ今、倭船に乗り移ろうとしたのだ」

「違う。わたしは乗り移ろうとはしていない」

大量の血が口から溢れる。

その胸に高馬進の足が乗せられた。

「この倭賊め。そなたは、わが国にとってかけがえのないお方を殺したのだ」

「待て。わたしではない。敵の放った弾が当たったのだ」

「嘘をつけ。この裏切り者め」

「ち、違う。こ、これを見ろ」

懐に手を入れた玄照は、李舜臣が書いてくれた証書を取り出すと、高馬進に渡した。

「何だ、これは――」

それを読む高馬進の手が震える。

「『この者の表裏なき仁義の心は、李舜臣が保証する』だと――」

「そうだ。わたしは偽降倭だったが改心し、李将軍を守るために戦うことにしたのだ」

「ま、まさか――」

「もうわたしはだめだ。だが、わが赤心だけは信じてくれ」

再び玄照は大量の血を吐いた。すでに意識は薄れてきている。

「ああ、なんてことだ。わしはなんということをしたんだ！」

高馬進はその場に膝をつくと、玄照の傷口を見た。だが手当ての施しようもないのか、その顔が蒼白になっていく。

「高馬進、わたしは李将軍を守れなかった。だが将軍は死を覚悟していた。これからは、あなたたち若者がこの国を再建すればよいと仰せだった」

「ああ、玄照、死ぬな！」

「高馬進、自分を責めるな。これも運命(さだめ)なのだ。あなたや李将軍に出会えて――」

玄照は力を振り絞り、最後の言葉を言った。

「本当によかった」

「死ぬな、玄照！　死なんでくれ！」

高馬進の絶叫が遠ざかっていく。

気づくと、玄照は何も聞こえない静寂の海を漂っていた。

やがて闇の中から、根来寺が見えてきた。豪壮華麗な堂塔伽藍が、かつてと変わらずよみがえっていた。

――帰ってきたのか。

寺の山門をくぐると、死んでいった者たちが笑みを浮かべて走り寄ってきた。

この時、玄照は自らに死が訪れたことを覚った。

陥穽（かんせい）

一

「豊臣家の天下を守らねばならぬ」

その言葉が家康の口から発せられた時、思わず広家は畏まっていた。

「だが、このままでは守れぬ」

家康が憤然として横を向く。その視線の先には赤々と焚かれた篝がある。それに照らされた家康の顔は、普段の温厚そうなものとは一変し、不動明王もかくのごときかと思わせるほど赤く輝いていた。

――内府は本気で怒っているのか。

広家には、家康の本心がうかがい知れなかった。


慶長三年（一五九八）九月初め、前月に没した豊臣秀吉の仏事も一段落し、吉川広家は帰国の挨拶をすべく伏見の徳川屋敷に赴いた。

この六月まで広家は朝鮮半島に渡海していたため、家康と相見えるのは天正二十年（一五九二）二月の肥前名護屋陣以来となる。

　この時、毛利勢の一手として渡海した広家は、翌文禄二年九月にいったん帰国したものの、国元にいたので家康には会っていない。

　──何と答えればよいのか。

　毛利家中随一と謳われた頭脳を持つ広家でさえ、家康の真意は測りかねる。

　見るでもなく見ていた篝から、家康の視線が広家に移った。

「太閤殿下亡き後、天下は乱れに乱れるだろう」

　──それは、内府次第ではないのか。

　心中ではそう思うものの、広家は石のように沈黙していた。

「吉川殿は、そう思わぬか」

「はい。そうなるかもしれませぬ」

　膝に手を置き、頭を半ばまで下げた広家は、どちらともつかない返事をした。

「わしは亡き太閤殿下に大恩がある。その殿下の一粒種である秀頼様は、いまだ六つでしかない。われら大名は手を相携え、秀頼様を守っていかねばならぬ。だがわしは、もう戦が嫌なのだ」

　予想もつかない言葉が、家康の口から発せられた。

　それは、誰よりも戦場に立ってきた男だから吐ける言葉に違いない。半島に渡って地獄を見てきた広家にも、その気持ちは分かる。

「わしは戦が嫌だから、戦のない世を作りたい。太閤殿下が身罷られた今、このままわしが何もしなければ、野心を抱く者たちによって大乱が起こる。その大乱を未然に防ぐべく、その首謀者と目される者を糾弾せねばならぬ」

広家は内心、「そんな無茶があってたまるか」と思っていた。すでに豊臣家を中心とする政治体制は固まっており、それに反旗を翻す者が出てくるなど考え難い。そうした状況であるにもかかわらず、あえて家康は混乱の火種を撒こうというのだ。

「吉川殿は、どう思われる」

「あっ、はい。ご尤もなことかと――」

話の途中で確認を取るのが家康の癖だった。自らの発言に同意を求めることで、話し相手を後に引けなくさせるのだ。それが分かっていながら、家康の人望と実績に気圧された相手は、「違います」とは言えない。

家康が感慨深そうに続ける。

「わしとて若ければ話は別だ。泰然と構え、非道な者が起てば、天下の軍を催して討てばよい。だが人は衰え、いつか死ぬ。それゆえわしが戦場に出られるうちに、逆賊を平らげておきたいのだ」

家康はすでに五十七歳になっていた。肥満もしてきており、突然の病に襲われないとも限らない。

――己が動けるうちに、膿を出しておきたいのだな。

家康の真意がようやく見えてきた。

だがその反面、「豊臣家のための膿出し」が、豊臣家の力を削ぐことにつながるのも否定できない。

「そこでだ。よもや安芸宰相殿が秀頼様に弓を引くことはないと思うが――」

安芸宰相とは、広家の主筋にあたる毛利輝元のことだ。

「もちろんです。そんなことは毫も考えておりません」

ここは強く否定しておかねばならない。

「安芸宰相殿の赤心は心得ておる。ならばこそ手を貸してほしいのだ」

「手を貸すと――」

「そうだ。狐どもを炙り出し、陥穽に落とす」

「いかなる手で」

「毛利家に起ってもらう」

――何だと。

予想もしなかった言葉に、広家は何かの聞き間違いかと思った。

「仰せの趣旨がよく分かりませんが」

「分からぬか。尤もなことだ」

家康が傍らに控える本多正信を顎で促す。

軽く一礼した正信は、広家の方に膝の先を向けると、くぐもった声で言った。

「毛利家に偽りの謀反をしていただきます」

「偽りの謀反と仰せか」

広家が息をのむと、家康が話を替わる。

「そうだ。狐どもを炙り出し、陥穽に追い込むのは容易でない。彼奴(きやつ)らは豊臣家の藩屏(はんぺい)たるわしを討ちたくて仕方がないからだ。だがしばらく大人しくしていれば、わしがほどなくして死ぬことも知っておる」

――秀頼様は若い。その取り巻きや奉行衆にしてみれば、待てば落ちてくる柿の実を、あえて木に登って取りに行く必要はない。つまり時を味方に付けているのは、狐どもというわけだ。

家康の言う狐どもが誰かは、言うまでもない。だが広家は思い切って問うてみた。

「内府のお考えになられる狐とは、どなたのことか」

「知りたいか」

「は、はい」

「当家と毛利家を除くすべてよ」

「いや、それは――」

「ははは」と家康が丈夫そうな歯を見せて笑う。

「そこまではいかぬとも、狐や餓狼(がろう)はそこかしこにおる。わしは、そ奴らを順に退治していかねばならぬ」

「つまり当家が、謀反人どもを焚きつける役割を担うというわけですな」

家康が首を左右に振る。

「焚きつけるのではなく、実際に起ってもらう。毛利家が挙兵すれば、謀反人どもは安堵して本性を現す」

「いや、それは――」

毛利家としては、そんな条件をのめるものではない。

「お力添えしたいのはやまやまながら、われらも謀反人にされてしまう恐れがあります」

「それなら起請文を出そう」

家康が顎で正信に合図すると、正信は懐から取り出した起請文を広家に差し出した。

すでに用意されていたらしく、家康の花押が書かれている。

――確かに、間違いないな。

素早く家康の花押を確かめると、広家は内容に目を移した。

そこには「毛利家の挙兵は、偽りであり云々」と書かれていたが、それだけではなく、そこには驚くべきことも記されていた。

――但馬・播磨両国から西は、九州と四国も含めて毛利家を「触れ頭」にして五十万石を加増するだと。

「触れ頭」とは大名たちの統括責任者の謂いで、実質的に秀頼を頂点として、東西を家康と毛利輝元で分割統治するということだ。

「西国の差配を当家に任せていただけると――」

正信が嗄(しわが)れ声で答える。

「そういうことになります。豊臣家は天下人の象徴として君臨し、東西の仕置（統治）は、われらが執政として手分けして行うということです」

――つまり豊臣家の統治機構を骨抜きにし、天皇家同然の形ばかりの存在にするというのか。

家康の天下構想が見えてきた。

「それは太閤殿下のご遺志でもある」

家康が目に涙を浮かべんばかりに言う。

秀吉は二度にわたり、「東国を家康、北陸を前田利家(まえだとしいえ)、西国を輝元と小早川隆景(たかかげ)に任せる」という起請文を出している。

この一文が書かれた時は、すでに広家の父元春(もとはる)は没していたので、隆景だけが輝元の補佐役として名を挙げられていたが、元春が健在なら、間違いなくそこに名があったはずだ。つまり秀吉は、日本国全土を直仕置(じきしおき)（直接統治）するつもりはなく、全国を東国、北陸、西国と四国、そして九州に分割し、触れ頭と呼ばれる大大名に統治させるつもりでいたのだ。

家康が中空に視線をさまよわせつつ言う。

「わしは殿下のご遺志を守りたい」

その顔には真摯(しんし)な思いが表れており、芝居をしているようには見えない。

「それは毛利家も同じ」

「では、力を貸してくれるな」

だが、これほどの重大事を、広家の独断では決められない。

「それがしは毛利家の中枢にはおりますが、一人で物事を決めるわけにはまいりません」

家康が膝を叩く。

「おう、そうだ。毛利家には『三矢の戒め』があったな」

「それをご存じとは恐懼の至り」

毛利家には「三矢の戒め」という元就の書置があった。これは自身の三人の子（毛利隆元・吉川元春・小早川隆景）に対し、「一矢では容易に折れるが、三矢であれば折るのは難しい」という例を挙げ、兄弟の結束を説き、自らの死後は集団合議制を布くことを命じたものだ。

「あれはいい話だ。だがな――」

家康の面に失望の色が広がる。

「貴殿一人が、毛利家を取り仕切っているわけではないのだな」

「はい。そういうことになります」

それが事実なのだから仕方がない。

「では、別の起請文を出そう」

家康が背後に目配せする。「筆と硯の用意をしろ」という合図に違いない。

「あいや、お待ちを。しばしご猶予をいただけますか」

家康の顔が不機嫌そうに歪(ゆが)む。

「狐を炙り出す方法は、ほかにもある。毛利家がこの話に乗らぬなら、それでもよい」

家康が立ち上がりかける。

——今、家康の機嫌を損ねてしまうのは、毛利家にとって得策ではない。

広家の頭脳がめまぐるしく回転する。

「分かりました。起請文をいただきます」

「それでよい」と言いつつ、家康が浮かしかけた腰を戻した。

「むろん事がうまく運べば、貴殿に毛利家の当主の座を与えてもよい。そうだ。そこまでは起請文に書いてはおらぬので、ここで書き直そう」

——わしが毛利家の当主になるのか。

突然の家康の言葉に、広家は茫然(ぼうぜん)とした。

父の元春と兄の元長(もとなが)の死により、吉川家が一時的に力を失っている間に、秀吉の覚えめでたい小早川隆景は、毛利家から独立した大名に取り立てられた。しかもその所領は三十七万石という大領だった。一方の吉川家の所領は十四万石にすぎない。かつては毛利家中の両翼として同格の位置にあった両家だが、豊臣政権下で差がついてしまい、広家は忸怩(じくじ)たる思いを抱いていた。

「それは真(まこと)でございますか」

「ああ、わしは豊臣家の執政だ。かようなことは、いかようにもなる」

家康が手を打って部屋の外にいる者を呼ぶと、「ご無礼仕る」と言いながら、文机を抱えた近習と祐筆が入ってきた。

家康は機嫌よさそうに起請文の文面を告げると、最後に自らの花押を書き、正信を介して広家に渡した。

そこには、先ほどの起請文にも書かれていた「毛利家の謀反は謀反にあらず」「毛利家を西国の触れ頭とし、五十万石を加増する」ということに加え、「蔵人殿（広家）を毛利家当主とする」と書かれていた。

「これでよろしいか」

「はい。申し分ありません」

起請文を持つ広家の手が震える。

正信が一つ咳払いすると言った。

「では、こちらにもいただけますかな」

「えっ、何をでござるか」

「互いに表裏なきことを示す起請文を取り交わすのが仕来りかと」

「ああ、そうであった」と家康も追随する。

「吉川殿の起請文もいただきたい」

「いや、それは――。毛利家として約束はできません」

「そうではない」

家康の顔が不機嫌そうに歪む。

「わしは、吉川殿お一人の意思を確かめたいのだ。まさか吉川殿は己一個の考えも、毛利家に委ねているのではありますまいな」

「そんなことはありません」

広家には、毛利家中ながら家臣ではないという矜持があった。毛利家では、輝元が成人した頃から旗本や馬廻衆を中心とした吉田家中（毛利家直臣団）が力を持ち、吉川・小早川両家は外縁部に押しやられていたので、その思いはいっそう強くなっていた。

「われらとて――」

正信が相手を気遣うように言う。

「無理にとは申しません。ただ内府が起請文を出し、それを懐に収めるだけでは、内府に対して礼を欠くことになりませんかな」

家康は不満もあらわに横を向いている。

――書いてもよいではないか。

確かに広家の個人名で出す起請文を、輝元や取り巻きらに、とやかく言われる筋合いはない。

――わしは毛利家中だが、家臣ではないのだ。

その微妙な立ち位置は、毛利家中にいないと、なかなか理解してもらえない。

「分かりました」

「よきご分別」

そう言うと正信は、広家の代わりに文言を述べると、それを祐筆に書かせた。

――「内府の命に従うことで相違なし」か。

文言はあいまいで、どうにでも取れるようなものだったが、逆にそれなら問題はないと思った。

広家は花押を書き、正信に手渡した。

家康が布袋のような頰を震わせる。

「これにて、われらは一蓮托生。吉川殿、それでよろしいな」

「はっ、仰せの通りに候」

広家が平伏する。

「向後は、黒田殿を手筋として話を進めます」

正信が言い添える。

「黒田殿ですか」

「はい。黒田甲斐守長政殿です」

この時、豊臣政権の毛利家に対する手筋（外交窓口）は増田長盛だが、秀吉健在の頃は長政の父の黒田孝高（如水）が担っており、息子の長政がそれを引き継ぐのは自然な流れだった。

「では、これにて」

家康が去るのを見送った後、広家も座を立った。そこに正信がやってきて、広家の肩を抱くようにして言った。

「これにて万事うまくいきます」

その口臭に顔をしかめながら、広家は「これでよかったのか」と己に問うた。

二

吉川広家は、毛利元就の次男元春の三男として永禄四年（一五六一）に生まれた。元春は安芸国大朝（おおあさ）の国人・吉川氏を相続しているため、生まれた時から広家の姓は吉川だった。

広家の長兄には元長がいたが、若くして病没し、次男の元棟（もとむね）は他家に養子入りしていたことから、三男の広家に吉川家の家督が回ってきた。さらに父と兄の担ってきた毛利家の最高意思決定機関「御四人（おんよにん）」の一人の座も、広家は引き継ぐことになる。

毛利元就には長男の隆元を筆頭に、吉川家に養子入りした元春や、小早川家に養子入りした隆景といった息子たちがいた。ところが長男の隆元が四十一歳で病没し、その時に嫡男の輝元が十一歳だったこともあり、元就は輝元を輔弼（ほひつ）する機関として「御四人」体制を発足させた。

この四人は元春と隆景に重臣二人を加えたもので、輝元の権限を著しく制限するものだった。

輝元は天文二十二年（一五五三）の生まれで、広家より八歳年上の従兄弟にあたる。だが輝元は、優柔不断で何事も人任せにすることが多いため、吉田家中への権力集中を危惧した元就によって「御四人」体制が布かれたのだ。

毛利家の最重要事項を決定するこの機関は、元就が期限を設けなかったため、元就の死後も継続され、吉川家でも元春と元長の死後に広家が継承していた。だが、それぞれの家が順次、代替わりしていくことで、次第に形骸化しつつあった。

そうしたこともあり、権力を自分に集中させたい輝元と、集団合議制を守りたい広家の利害は対立した。そこに頭角を現してきたのが、安国寺恵瓊という僧侶だった。この頃、恵瓊は輝元の代弁者的立場に就き、強い権力を握っていた。

また毛利家中の抱える問題の一つに「秀元の処遇」があった。これは長らく輝元に実子ができなかったので、いったん秀元（元就の四男元清の子）を養子にしたのだが、輝元に実子（後の秀就）ができたので、秀元が跡取りの座を取り消されたのだ。

こうした場合の慣例に従い、輝元は相応の所領を秀元に与えねばならない。だが当主権力の強化を目指す輝元は、何のかのと言って決定を遅らせていた。

これを見かねた秀吉は、死の直前に秀元の望む裁定を出したが、輝元は石田三成ら奉行衆と結託し、秀吉の死後、それを覆した。その結果、裁定は秀元の意に添わないものとなった。

こうしたことから毛利家中は、輝元、秀元、広家の三派に分かれた。輝元は石田三成ら奉行衆に近く、秀元はどっちつかず、広家は家康に近いという立場で、まさに毛利家の新たな三本の矢は、分裂の危機を迎えていた。

吉田城本曲輪内にある輝元の常の間に呼ばれた広家が、「ご無礼仕る」と言って入室すると、輝元と恵瓊が同時にこちらを見た。

輝元はまだ四十六歳だが、肥満から頬の肉が垂れてきている。一方、恵瓊は六十二歳という高齢ながら、精悍そのもので全く老いを感じさせない。

「待っていたぞ」

「ご無沙汰仕りました」

輝元に慇懃に頭を下げた広家は、恵瓊に蔑むような視線を向けた。

「恵瓊殿も相変わらず達者なようですな」

「吉川殿におかれましては、伏見で内府とご面談したそうで」

広家の皮肉に恵瓊がやり返す。

「仰せの通り。内府への帰国の挨拶を済ませねばなりませぬからな」

「それにしては、たいそう手厚いもてなしを受けたとか」

恵瓊が皮肉交じりに言う。

——此奴、何が言いたい。

広家と恵瓊の関係は、その立場からも個人的な相性からも最悪だった。

「徳川家の伏見屋敷では、茶の一つも出ませんでした。さすが内府は吝いお方だ」

「いや、拙僧は内府と直々に会えるのは珍しいとの謂いで、『手厚いもてなし』と申したまで」

「ほほう。それが、そんなに珍しいことなのですか」

「はい。高位の者でも、たいていは本多佐渡（正信）ら取次役が会うだけですからな。内府直々にお会いになられるなど、よほど気脈を通じた方でないとあり得ません」

——気脈を通じた、だと。

広家は鼻白んだが、それをおくびにも出さず、やり返した。

「さすが恵瓊殿、徳川家中のことまで、よくご存じだ」

二人の視線が火花を散らす。

「もうよい」

輝元がうんざりしたように言う。

「此度、貴殿を呼び出したのは上方の件だ。恵瓊——」

輝元が恵瓊を促すと、恵瓊は「得たり」とばかりに得意の弁舌を振るい始めた。

「さて、太閤殿下が身罷られたことで、天下の行方は混沌としてきました。とくに徳川内府が野心をあらわにしてくることは明白。われらは、それを阻止して秀頼様を守っていかねばなりません」

本を正せば、毛利家に滅ぼされた安芸武田（たけだ）氏の傍流に位置する恵瓊だが、毛利家の外交僧となってからは、その交渉の巧みさによって毛利家に多大な貢献をしてきた。さらに秀吉にも気に入られ、伊予（いよ）国に六万石を与えられ（異説あり）、僧侶でありながら大名という特異な地位を築いていた。

恵瓊の言葉に感情が籠（こ）もる。

「大坂（おおざか）の奉行衆は前田・上杉（うえすぎ）・宇喜多の三大老を味方に付け、内府征討を画策している模様。当方としても大坂方に味方し、西国の覇権を確立するに越したことはありません」

輝元が右手を挙げて恵瓊を制すると、広家に顔を向けた。

「貴殿は、こうしたことをよく知っているだろう。して当家の方針をどうすべきか、考えを聞かせてほしい」

――わしから大坂方に付く同意を取り付けたいというわけか。この場では、結論を出さない方がよいだろう。

家康と起請文を交わしてはいるものの、広家は結論を急ぐつもりはなかった。

「事を急（せ）いてはいけません。それぞれの有利不利を見極めてから、当家の方針を決定すべきでしょう」

「それは違います」

恵瓊が言下に否定する。

「内府が天下人となれば、秀頼様のみならず、われらも遠からず滅ぼされます」

恵瓊は有能なだけでなく、何かを見通すことにかけては右に出る者がいない。

かつて恵瓊が織田信長の全盛期にその没落を予見した「信長の天下は三年から五年は持つだろう。だがそのうち、高転びに、あおのけに転ぶであろう」という言葉は、あまりに有名だった。

「だが恵瓊殿、大坂方に付いて負ければ元も子もないのだぞ」

「戦はさせません」

恵瓊が得意げに言う。

「前田・上杉・宇喜多に加えて当家が大坂方となれば、いかに戦上手の内府とて、容易には手を出せません」

――それは坊主の算術だ。

たとえ石高や兵力で相手を凌駕（りょうが）できていても、人の心の弱さに付け入られれば、衆や一揆（いっき）といった集団は意外にもろい。元服してからずっと戦場を行き来してきた広家には、その機微がよく分かる。

「恵瓊殿、徳川家中は結束が固い。その上、黒田長政、池田輝政（てるまさ）、藤堂高虎、細川忠興（ほそかわただおき）、蜂須賀家政といった与党どもは一蓮托生を決めている。彼奴らが戦を辞さないとなれば、われらも相応の覚悟が必要になる」

黒田や池田らに比べれば、加藤清正、福島正則、浅野長政、加藤嘉明といったあたりは、まだ話し合いの余地がある。しかしこの四人が家康を支持すれば、雲行きは怪しくなる。

「吉川殿、それは心得違いというもの。無二の一戦をせずに時を稼げばよいのです。小牧・長久手合戦が、よき例ではありませんか。殿下と内府は互いに致命的な痛手を負うことを避け、陣城合戦に終始しました」

　事実はその通りなのだが、それができたのは秀吉と家康という求心力のある大将が、両陣営にいたからだ。

「つまり恵瓊殿は、決戦を回避し、拠点を固守し、調略によって長期戦に持ち込もうというのですな」

「仰せの通り」

「かつて関東の北条家は同様の策を取ったが、国衆の城が次々と降伏開城し、何もできなかったではないか」

「それは天下の兵を敵に回したからです。兵力が互角なら膠着状態になります」

　議論は平行線をたどり、一刻（二時間）ばかりが経過した。

　――そろそろ引き時か。

　輝元があくびを漏らしたのを見た広家は、今が話を打ち切る潮時だと見た。

「いずれにせよ、旗幟を鮮明にするのは早すぎます。まずは恵瓊殿とそれがしが上方に赴き、双方の動向を見極めます。それでよろしいですな」

「そうだな。恵瓊、ひとまずそうせい」

輝元が眠そうな目で言う。

この場で事を決したかった恵瓊は不満げだったが、輝元の言には従わざるを得ない。

「致し方ありません。それなら、すぐにでも上方に向かいましょう。そこで情勢を見極め、わが家中の方針を決定するということでよろしいな」

——わが家中だと。毛利家は、いつからそなたのものになった！

広家は怒りを抑え、首を縦に振った。

「そういたそう。では、あちらで——」

そう言い残すと、広家がその場を後にした。

——何とかこの場は凌げたが、難しいのはここからだ。

広家は気を引き締めた。

三

慶長四年（一五九九）一月、家康は諸大名の無許可の縁組を禁じる秀吉の遺命を破り、伊達・福島・蜂須賀・加藤（清正）家との縁組を進めた。

これに対して前田利家と奉行衆は問罪使を送るが、家康は逆に恫喝して追い返した。

これに怒った三成ら奉行衆は、利家に家康討伐の旗頭になってくれるよう要請するが、利家は「まずは話し合いを」と言って、家康と面会して誓詞を取り交わすことで事態を収拾させた。

ところが閏三月三日、肝心の利家が病没することで情勢が急変する。

加藤清正、福島正則、黒田長政、細川忠興、浅野幸長、加藤嘉明、池田輝政といった豊臣家武断派七将が、大坂の石田邸を襲撃しようとした。彼らは朝鮮役の論功行賞で、三成が秀吉に不当な報告をしたと思い込んでいたのだ。

これを事前に察知した三成は、伏見城の治部少丸へと難を逃れる。三成は家康に執り成しを頼み、家康も仲立ちするが、喧嘩両成敗を持ち出し、七将に矛を収めさせる代わりに三成に隠居を迫った。

隠居などしたくない三成は、伏見にいた輝元と連絡を取るべく小西行長に使者になってもらう。尼崎に在陣していた毛利勢を大坂に呼び寄せ、七将を威嚇しようというのだ。

輝元は三成の要請に応えようとしたが、尼崎の広家が「秀頼公のお墨付きなくして兵乱は起こせません」と書状で諫言し、また大谷吉継も輝元に会って強硬策を諫めた。

結局、反撃をあきらめた三成は、家康の提示した条件をのみ、佐和山へと退隠する。

これで事態が収まったと見た広家は、尼崎に兵を置いたまま伏見へと急行し、輝元と恵瓊を交えて密談したが、「ひとまず情勢を観望」という線を確認したにとどまった。

六月、輝元に対して家康から詰問状が届く。養子の秀元に対する給地配分を、輝元がいつまでも決めないことを難詰するものだった。豊臣政権の執政として、家康は秀吉の遺命を持ち出し、毛利氏領国内の肥沃な地を秀元に分け与えるよう命じてきた。確かに秀吉の遺命は出ているので、輝元はこれに従わざるを得ない。

家康としては毛利家中を分裂させる火種を撒くと同時に、自らが豊臣政権の政務執行者として、毛利家中の問題であろうと介入できることを周囲に示すという狙いがあった。

しかも、これによって秀元は家康与党となった。

九月、いったん国元に戻っていた広家は輝元の代理として、秀頼に重陽の節句の祝詞を述べるべく大坂に入った。

秀吉生前は諸大名が居並んで述べた祝詞も、今は代理として家臣を立てる者が多い。それぞれ事情があるにせよ、豊臣家の勢威が衰えてきている証拠だった。

家康を除く四大老は国元に帰っているため誰一人としておらず、秀頼が中央に座しているとはいえ、諸将の口上を家康が聞く形になった。これでは天下人が誰か分からない。

その直後のことだった。家康暗殺計画が露見した。五奉行の一人の浅野長政が、秀頼側近の大野治長と手を結び、家康襲撃を企てたというのだ。しかも、その謀主は前田利長だという。

早速、浅野長政と大野治長は捕縛され、「御預け」に処される。

狐たちを罠に追い込むべく、家康は着々と手を打っていた。

いまだ大坂が動揺している最中の九月下旬、広家の大坂屋敷に突然の来訪者があった。

「ご無礼仕る」

そのがっしりした体軀を折り曲げるようにして入ってきたのは、黒田長政だった。

「お父上には、かつてたいへんお世話になりました」

七歳年下の長政が相手でも、広家は丁重に接した。背後に家康の影がちらついているからだ。

「父の如水（孝高）からは、徳川家と毛利家の間に相違がないよう、しっかりと取り次ぐよう命じられています」

厳密には長政は公儀、すなわち豊臣政権の正式な手筋ではない。だが正式な手筋の増田長盛は主に恵瓊と連絡を取り合っているので、広家とは疎遠になっていた。

広家が慎重に言葉を選ぶ。下手なことを言って、誤解されるのを防ぐためだ。

「此度は内府も危ういところでしたな」

「危ういところ――」

長政が首をかしげる。

「まさか浅野殿が内府を暗殺しようなどとは、考えてもみませんでした」

「ああ、あれは狂言でござるよ」

「狂言と――」

広家はわが耳を疑った。

「はい。浅野殿は狐の炙り出しに一役買ったまで。しかし引っ掛かったのは雑魚一匹でした」

「雑魚とは、大野治長殿のことで」

「ご明察。それで致し方なく無理に大魚を釣り上げようとしましたが――」

「大魚とは前田利長殿ですな」

「その通り。しかし前田殿は、母親の芳春院殿（利家の正室まつ）を人質に差し出して平身低頭する始末。まことにもって浅ましき有様でした」

――何ということだ。われらは田舎狂言を見せられていたのか。

広家は、かつての家康の言を思い出した。

「狐を炙り出す方法は、ほかにもある。毛利家がこの話に乗らぬなら、それでもよい」

――つまりあの時の言葉通り、内府は別の手筋を使って炙り出しを行っていたということか。

広家は家康の周到さに舌を巻いた。

「これでは埒が明かぬというので、次は会津中納言（上杉景勝）に難癖をつけようとしております」

「まさか、あの上杉家を――」

上杉家百二十万石の当主景勝は、養父謙信の気風を受け継ぎ、頑固な上に誇り高い。

「上杉家は、前田家と違って容易には頭を下げないはず。きっと引っ掛かってくると思いますが、いかんせん、それでも内府は心もとないと仰せなのです」

「いや、お待ちあれ。会津中納言と奉行衆の絆は堅固。上杉家が難癖をつけられて兵を差し向けられるとなれば、治部少（三成）らも黙ってはいないでしょう」

「それは分かりません。彼奴らは勝てると踏まない限り、起つことはないでしょう」

「つまり、われらにどうせいと仰せか」

長政が笑みを浮かべて言った。

「上杉家が危機に陥れば、治部少らは毛利殿や宇喜多殿を大坂に呼び寄せ、挙兵するでしょう。その際、話に乗ったふりをして大坂まで出てきてほしいのです」

――いよいよ「炙り出し」の時が来たのか。

広家は緊張した。

「われらが大坂まで参らずとも、治部少らは挙兵するのでは」

「治部少だけならそれもあり得ますが、敵陣営に大谷刑部（吉継）ある限り、よほどの勝算がなければ起たぬはず」

――確かに刑部は慎重居士だ。

かつて秀吉は「刑部に百万の兵を与えて軍配を執らせてみたい」と言ったが、それは軍略に長けているというよりも、慎重に事を運ぶので、軍配を預けても心配ないの謂いだった。

「それでも起たない時は――」

「その時こそ、吉川殿の腕の見せ所でしょう。毛利家大事の吉川殿が強硬策を唱えれば、奉行たちも『これは勝てる』と思い込み、挙兵することでしょう」

「しかし、それでは何かの拍子に、われらと内府が戦うことにもなりかねません。とくにわが方には、安国寺恵瓊という奉行衆と親しい者もおります。彼奴らが勝手なことを仕出かすやもしれません」

「いかにも仰せの通りですな」

そう言いながら、しばし腕を組んで考えに沈んだ後、長政が言った。

「それなら山に登られよ」

「山と仰せか」

「そう。どこが戦場になろうと、近くに山があるはず。山に登ってしまえば、戦はできませんからな」

さも妙案を思いついたかのように、長政がにやりとする。

――山か。

それはいいかもしれないと、広家は思った。

「しかし、何かの手違いが生ずることも考えられます」

「すでに吉川殿は、内府と起請文を交わしていると聞きます。それがあれば、多少の手違いが生じたところで差し障りはありますまい」

「そう仰せになられても――」

「ご心配には及びません。内府は信ずるに足るお方です」

「では、あてにしてよろしいのですな」

「申すまでもなきこと」

――ここが切所か。

毛利家を西国の王とし、自らが当主の座に就く大望を叶えるのは、この時を措いて他にはない。

「分かりました。何とかやってみます」

「そのお言葉を聞いて安堵しました。内府もお喜びだと思います」

そう言うと長政は帰っていった。

――肚を決めたら突き進むだけだ。

一抹の不安を抱えつつも、広家は覚悟を決めた。

四

長政の言ったとおりに事態は進んでいった。

家康は会津に戻った上杉景勝に対し、弁明のための上洛を促したが、逆に景勝の執政の直江兼続から、「直江状」と呼ばれる宣戦布告状に等しいものを送り付けられた。

これに激怒した家康は、「豊臣家に対する謀反」と決めつけて陣触れを発する。

慶長五年（一六〇〇）六月十八日、家康は福島正則や池田輝政を引き連れて伏見を出陣し、七月二日に江戸に着くと、会津攻めの軍議を開いた。これにより、国内全土に大乱が迫っているという空気が満ちてきた。

七月十二日、大坂方の中心と目される諸将が佐和山城に参集していた。

「本日は、よくぞお集まりいただいた。いよいよ時が到来しました」

石田三成が覚悟を決めるように言う。

「内府が会津に出向いている今を措いて、われらが起つべき時はありません」

「だが治部少、ここで勝負して勝てるのか」

増田長盛が渋い顔で疑問を口にする。

「勝てる」

だが三成の面には、自信が溢れていた。

「しかし勝つためには、要件（前提条件）がある。恵瓊殿」

——何だと。

三成は、広家を差し置いて安国寺恵瓊に話を促した。

「われら毛利家中は一致団結し、秀頼様に馳走する所存」

——いつ、そうなったのだ。

広家の知らないうちに物事は進んでいた。

——恵瓊め、約束を反故にしたな。

かつて伏見で輝元と恵瓊を交えて協議した折、毛利家は「ひとまず情勢を観望」で一致していたにもかかわらず、恵瓊は水面下で大坂方との話を進めていたのだ。

「吉川殿も、ご異存はありませんな」

三成が迫る。

「お待ちあれ。われらの主である安芸宰相は国元におり、すぐに出てくることは叶いません」

恵瓊がすかさず口を挟む。

「これはしたり。吉川殿に伝えるのを失念しておりましたが、すでに使者を送り、宰相には上洛の支度を促しております」

――此奴、わしに相談せず、宰相を呼び出したのか！

広家は腸が煮えくり返る思いだったが、恵瓊の方が一枚上手なのは間違いない。

だがこの場で、それをなじるわけにはいかない。家中の不和や不一致は、他家の連中に見せられないからだ。

「さすが恵瓊殿、よく気が回ることですな」

「いやいや、拙僧がうっかりしておりました。ご容赦下され」

広家の皮肉をいなすかのように、恵瓊が剃り上げた頭を撫でながら笑う。

――此奴、覚えておれよ！

二人のやり取りにあきれたのか、三成が咳払いすると言った。

「毛利家の賛同が得られたことで、われらも意を決しました。のう刑部殿」

三成に促された吉継が落ち着いた口調で言う。

「治部少殿の言う通り、毛利殿のご加勢があれば、われらが負けるとは思えません」

──何だと。此奴らは勝てると思っておるのか。

大言壮語などしたことのない吉継が自信に溢れているのを見て、広家は不安になってきた。

「で、いかなる算段で内府に勝つおつもりか」

広家が単刀直入に問う。

「まずは、われらの総大将の座には、安芸宰相殿に就いていただきたい。それならば、策をすべて話しましょう」

──それは困る。

出かかった言葉を、広家が何とか抑えると、恵瓊が当然のように言った。

「ありがたきお言葉。わが主も総大将の大任を果たすべく、粉骨砕身いたします」

「吉川殿も、それでよろしいな」

三成が疑り深そうな視線を広家に向ける。それを見た広家は不承不承うなずいた。

「では、われらの策をお話ししましょう。まず東海道を扼す瀬田宿と、東山道を扼す愛知川宿に関を設け、遅れて東に向かう者どもを慰留し、われらに味方にすべく申し聞かせます。続いて、われらの勢力圏の東端に位置する岐阜城の織田中納言殿（秀信）にお力添えいただき、木曾川に架かる橋を落とすなどして敵の進軍を阻みます。われらはその間、会津に向かった諸将の妻子を大坂城に取り籠みます」

三成の説明が続くが、広家の胸には不安が兆し始めていた。

――まさか殿が大坂方の総大将に担がれるとは思わなかった。いくら起請文があろうと、そんな地位に就いてしまえば、此奴らが滅んだ後、何らかの責を負わされるやもしれぬ。

「大谷殿には北陸道を制圧後、秀頼様の御座所を築くべく濃尾平野に進出いただく。前田家の抑えは丹羽殿らに担っていただく」

丹羽殿とは、かつての織田家重臣・丹羽長秀の息子の長重のことだ。長重の所領は加賀国の小松で、前田家が畿内に進出するのを阻む位置にある。

「東海道を西進してくる敵を岐阜城と大垣城で支えている間に、われらの勢力圏にありながら敵方の伏見城、田辺城、安濃津城、松坂城などを主力勢で攻略する。その後は市松（福島正則）を説き、清須城を開けさせます」

大垣城は清須城の北西九里余にある。三成らは大垣城に入り、岐阜城の織田秀信と連携して清須城に圧力を掛けようというのだ。

「それほど多くの城を攻めると仰せか」

「しかり」

三成が才槌頭を上下させる。

――城を落とすためには多大な損害を覚悟せねばならぬ。それを知らぬから、此奴は武辺者たちから愛想を尽かされるのだ。

三成にとって現場の兵たちは将棋の駒も同然なのだ。だが大坂方の勢力圏に身を置く限り、広家は慎重にならざるを得ない。

「吉川殿は、どう思われる」

三成が挑むように問う。

「いかにも、よき策かと」

「そうであろう。刑部殿とそれがしが練りに練った策ですからな」

三成が自信を持って続ける。

「宇喜多殿、小早川殿、島津殿、長宗我部殿、鍋島殿、立花殿、小西殿といった錚々たる面々が、われらに味方すると言ってきています。安芸宰相も間もなくこちらにやってくるでしょう」

ここで言う小早川殿とは、隆景が没した後、小早川家を継いでいた秀秋のことだ。秀秋は北政所の甥で、長らく子のいなかった秀吉の後継候補の一人とされてきたが、秀頼が生まれたことで、厄介払いされるように小早川家に養子入りさせられていた。

恵瓊が得意げに言う。

「仰せの通り、宰相は間もなく大坂に着くと思われます」

広家の知らないうちに、事態はどんどん進んでいた。

上方にいる毛利勢は、秀元・恵瓊・広家らの諸勢を合わせて一万ほどだ。これに輝元が全軍を率いて加われば、毛利勢だけで四万ほどになる。そうなれば、まさに総力を挙げて大坂方を後押しする形になり、万が一、敗れた場合に言い逃れはできなくなる。

「石田殿、では、われらはいかがいたす」

広家が問う。

「毛利家中のお三方には、まず瀬田の陣所の普請作事をお願いしたい」

――よかった。城攻めなど頼まれてはたまらぬからな。

広家は内心、胸を撫で下ろした。

「では、わが主は――」

「まずは大坂城にお越しいただき、その後のことは話し合いながら進めさせていただきます」

「承知仕った」

――輝元を大坂城に入れてしまえば、何のかのと言い張って出さないこともできる。

広家はめまぐるしく頭を働かせた。

「では、これにて」

後に「佐和山謀議」と呼ばれる軍議は、これで終わった。

――治部少め、われらを捉えて放さないつもりだな。

広家は気を引き締めていかねばならないと感じた。

五

「佐和山謀議」から五日後の七月十七日、四万の精兵を率いた毛利輝元が大坂城に入城した。これに勇を得た三成と吉継は、前田玄以、増田長盛、長束正家の三奉行連名の「内府ちかひの条々」という弾劾書を全国の大名に送った。実質的な宣戦布告状である。これにより家康は豊臣公儀から敵と見なされ、上杉征伐の大義も失った。

十九日、大坂方は徳川方の伏見城攻撃を開始する。ほぼ同時に細川幽斎（藤孝）の田辺城へも攻略部隊を差し向けた。

この一報を受けた家康は上杉征伐を中止し、随行する諸大名に西上を命じる。家康自身は江戸城に入り、当面の情勢を観望することにした。

対する大坂方は、いち早く西進して清須城に入った福島正則に説得工作を試みるが、一蹴されて攻撃態勢を整え始める。

一方、瀬田の陣所が完成したことで、秀元・恵瓊・広家の毛利家別動隊は、伏見城攻撃に向かわされた。だが毛利家中が戦闘に加わる前の八月一日、伏見城は落城し、徳川方の将兵の大半が討ち死にを遂げた。

戦乱は各地へと飛び火していった。北陸戦線では徳川方となった前田利長が七月二十六日、二万六千の大軍を率いて金沢城を出陣した。

これに対し、本拠の敦賀（つるが）城に戻っていた大谷吉継は、小松城、大聖寺城、北庄（きたのしょう）城といった味方の城を使って、前田勢を北陸に釘付（くぎづ）けしておく作戦に出る。

前田勢は大聖寺城を落としたものの、大谷勢が海路、背後の金沢を突くという虚報に惑わされ、主力を撤退させてしまう。結局、残った軍勢で丹羽勢と戦うが、膠着状態となって兵を引くことになる。前田勢を濃尾平野に進出させなかったことで、吉継の軍略は奏功した。

その頃、家康が江戸から出陣しないことに業（ごう）を煮やしていた福島正則、黒田長政、細川忠興ら三万五千の徳川方先手衆は、彼らだけで岐阜城攻撃を決定する。

八月二十二日、二手に分かれて攻め寄せた福島らは、野戦を挑んできた織田勢を蹴散（けち）らし、翌日には岐阜城を落城に追い込んだ。福島らはこの勢いで大垣城に迫る。

岐阜落城の一報を聞いた三成は大垣城で籠城するか、その西方の関ヶ原盆地に敵を誘引して戦うかで迷っていた。

この頃、毛利家別動隊は、長宗我部・長束両勢と共に伊勢国の安濃津城攻撃に投入されていた。

安濃津城に籠もるのは、小大名の寄り合い所帯の総勢千七百で、一方の大坂方は、毛利・長宗我部・長束らを中心にした三万の大軍だ。

戦いは八月二十四日に始まったが、翌日には落城が確実となり、城方は広家の降伏勧告に従い、開城を決定した。

広家率いる毛利勢はこの戦いに主力として投入され、それなりの戦果を挙げることで、大坂方としての旗幟を鮮明とせざるを得なかった。それでも、たった一日の戦いで城方が降伏してくれたのは、不幸中の幸いだった。

そこに届いたのが黒田長政からの書状だった。そこには「奉行衆が関ヶ原まで引こうとしている。関ヶ原は山に囲まれた狭隘な地なので入りたくない。それゆえ貴殿は、後詰に行くので大垣城にとどまるよう、三成に書状をしたためてくれ」と書かれていた。

それを了承した広家は、恵瓊から三成にその旨を伝えさせた。これに安堵した三成は、大垣の線で敵を押しとどめるべく、小西行長、島津義弘、宇喜多秀家ら大坂方の主力勢を大垣城に集結させることにした。

二十九日まで安濃津城にとどまっていた毛利・長宗我部・長束勢だったが、七万に膨れ上がった徳川方先手衆が大垣城を包囲したという一報が届き、急遽、大垣城の後詰に赴くことにする。

九月七日、大垣城近くに到着したものの、広家に戦う意思はない。敵は七万の大軍であり、後詰決戦などもってのほかだ。

広家は「近くにある山に登れ」という黒田長政の言葉を思い出し、大垣城から四里余西方にある南宮山に登り、情勢を観望することにした。長宗我部・長束両勢も、それに続いて南宮山の背後の栗原山に登った。

福島正則ら徳川方先手衆の中には黒田長政もおり、広家が攻撃してこないと確信しているかのように、南宮山と栗原山を無視していた。

一方、毛利勢が南宮山に布陣したと知った大垣城の三成は、大坂城の増田長盛に密書を出し、南宮山について「人馬の水もないほどの高山であり、有事には人数の登り下りもできない」と書いている。

つまり三成は、ようやく広家ら毛利家別動隊が当てにならないと覚(さと)ったのだ。それゆえ輝元を出馬させ、南宮山の西にある松尾山(まつおやま)に入れるよう、長盛に要請した。

またこの頃、関ヶ原の西方半里の山に秀頼の御座所を築いた大谷勢が、松尾山の山麓(さんろく)に陣を布いた。三成と吉継は輝元を松尾山に入れるつもりでおり、吉継はその前衛の位置に就いたのだ。

さらに三成から後詰要請を受けた小早川秀秋も来援した。ところが何を思ったのか、秀秋は松尾山に登ってしまう。

松尾山には伊藤盛正(いとうもりまさ)が陣を布き、輝元の陣所とすべく松尾山城の修築に当たっていたが、秀秋はそれを追い払う形で城に入った。松尾山城に輝元を入れたかった三成としては、早くも誤算が生じてしまった。だが今更(いまさら)、どうすることもできない。

広家・恵瓊・秀元の三将が率いる毛利家別動隊でも、それぞれの思惑が齟齬(そご)を来し始めていた。

恵瓊は秀元と広家の許に再三にわたって使者を送り、大垣城近くまで進出することを要請してきた。

秀元は南宮山から退去し、大坂の輝元に合流しようと言う。だが退路には小早川・大谷両勢がおり、行く手を阻まれて逆戻りさせられる可能性が高い。

広家は南宮山に居座ることを主張し、何とか二人を納得させた。

ところが九月三日、前々日の一日に家康が江戸城を出たという一報が届くや、恵瓊は何も言わなくなった。恵瓊も家康との決戦は避けたいのだ。

——いよいよ内府が動いたか。

家康が動くことで、ただでさえ有利な情勢に持ち込んでいた徳川方の優位は盤石になる。ここまでは、大坂方が勝つことも念頭に置いていた広家だが、もはやその可能性はないと見切った。

——肚を決めるか。

広家は配下の信頼できる者を呼ぶと、夜陰に紛れて黒田長政に連絡を取るよう命じた。むろん「内府に忠節を尽くす」「大坂城の輝元は秀頼様の命を奉じて上洛しただけで、戦う意思はない」という二点を伝えるためだ。

十三日、家康が十一日に清須に着陣したことで、事態が変化すると見た広家は、秀元と恵瓊を交えて軍議を開くことにした。

前日までの雨で大地はぬかっていた。霧も深く、篝火(かがりび)の届かない場所は、漆黒の闇に閉ざされている。『慶長記』によると、「十五日小雨ふり、山あひなれば、霧ふかくして十五間先は見えず」とあり、南宮山からも眼下の情勢はほとんど摑めない。

「で、どうする」

秀元が二人に問う。

「まずは大坂まで引くべきかと」

恵瓊が弱気をあらわにする。

——此奴は内府が怖いのだ。

広家は笑い飛ばしたかったが、これだけ大坂方に不利な情勢となってしまえば、毛利家大事となる気持ちも分からないではない。

「そなたは、どう思う」

秀元が広家に水を向ける。

「大坂の殿からは、ここで静観するよう命じられております」

輝元は大坂方に積極的に加わっていたが、岐阜城の陥落後、一転して弱気に転じ、家康との和談の機会を探り始めていた。むろん広家にも、その可能性を探れという指示があった。

「だが、兵を引くなら今だぞ」

「大垣城を見捨てることになりますが、それでもよろしいか」

「致し方あるまい」

「待たれよ」と恵瓊が口を挟む。

「少なくとも、かような山に籠もっていては身動きも取りにくい。万が一、大垣城が落ちたら、われらは孤立する」

「では、どうせいと言うのだ」

秀元が苛立ちを隠さず問う。

「中山道を通って瀬田まで引き、戦況を見極めた上で進退を決めるべし」

広家が失笑を漏らしつつ言う。

「恵瓊殿、ここにおれば、毛利家は大坂方への義理を果たしつつ、徳川方とも戦わずに済みます」

秀元が困惑したように問う。

「本当に戦わずとも済むのか」

「それほどご心配なら、内府と不戦の約を取り交わしましょう」

「不戦の約だと」

「そうです。いわゆる和睦です」

「しかし、ここまで大垣城を押し詰めておいて、内府は和談に応じるのか」

「そこです」

広家が声を潜める。

「いかに慎重な内府とて、勝てる戦をあえて避けるはずがありません。つまり不戦の約を結ぶのは、内府とわれらだけ——」

「何と！」

恵瓊が床几（しょうぎ）を蹴って立ち上がる。

「では吉川殿は、大垣城にいるお味方を見捨てると仰せか。不戦の約は大垣籠城衆も含めた形にせねばなるまい！」

珍しい動物でも見つけたかのように恵瓊を見た後、広家が言った。

「坊主、口出しいたすな」

「何と無礼な。拙僧は宰相殿の信任を得て――」

「坊主、それ以上、口を利けば、この場で斬って捨てる」

恵瓊が息をのむように立ちすくむ。それを無視して秀元が問う。

「そなたは、不戦の約を内府と結べるのか」

「結べぬこともありません」

秀元がため息をつく。

「そなたが内府に通じているという雑説は、真だったのだな。これでは勝てる戦も勝てぬわけだ」

「若」と、広家がかつての呼び名で秀元に言う。

「われらほどの身代になれば、二股（ふたまた）を掛けるのは当然。それがしが内府に通じていなければ、われら毛利家は、すべてを失うことになりましたぞ」

その言を尤もと思ったのか、秀元は口をつぐんで横を向いた。

「恵瓊殿」と広家が声を掛ける。

「それでよろしいな」

恵瓊は何も答えない。

「では、そなたの首を落とし、内府に送り届ける。さすれば内府も、わが赤心を信じるはず」

恵瓊が不承不承言った。

「構いません」

これで毛利家別動隊は戦わないことで一決した。

「では、明日にも内府に使者を送り、不戦の約を結びます。お二方ともよろしいな」

二人が渋々うなずく。

――これでよい。

広家は大坂方を大垣城ごと家康に献上し、なおかつ毛利勢は戦わないという困難な芸当をやり遂げた。

六

大垣城をめぐって続いていた膠着状態に変化が現れたのは、九月十四日の深夜のことだった。

広家が南宮山の本陣でうつらうつらしていると、物見が走り込んで来るや、大垣城が燃えていると告げてきた。

——すわ、落城か！

慌てて急造の高櫓に登ると、確かに大垣城が燃えている。だがそれは、中心部ではなく外曲輪と呼ばれる外郭部だった。

——外曲輪が落ちたということか。

次第に戦場の喧騒が近づいてくる気がする。

「あれは何だ」

広家の問いに物見が答える。

「松明のようで」

大垣城の方から南宮山に向かって、松明が列を成して近づいてきていた。

「どういうことだ」

広家には、全く想定していない事態だった。

「使者が入ります！」

その時、背後で近習の声が聞こえた。

「誰からの使者だ」

高櫓の上から下をのぞくと、黒田長政の使者がいた。

「皆、下がっていろ。使者だけここに通せ」

やがて長政の使者が登ってきた。

「申し上げます。わが主からの口伝。先ほど大坂方が大垣城の外曲輪を焼き、攻囲陣を突破して西方に向かっています」

「何だと！」

——では、あの松明の列は大坂方だというのか。

ようやく広家にも事態が理解できた。

「しかし大垣の城は、そなたらが包囲していたのではないのか」

使者が渋い顔で答える。

「隙を突かれて包囲を突破されたのです」

「まさか」

徳川方が意表を突かれたのだ。

城から落ちる際、一部を焼くのは昔からの定法だが、この場合は外曲輪を焼くことで、包囲陣をそちらに引き付け、その隙を突いて脱出を図ったらしい。

「敵は、間もなくこの山の裏手を走る伊勢街道を通り、関ヶ原方面に抜ける模様」

「中山道ではなく伊勢街道を通ってくると申すか」

「はい。美濃街道を通って垂井で中山道に抜ければ、赤坂にいる徳川内府の主力勢に道を阻まれます。それゆえ伊勢街道を使うのでしょう」

伊勢街道とは大垣の南西から南宮山の南を抜け、松尾山との間を通って関ヶ原で中山道に合流する街道のことだ。関ヶ原からは松尾村、藤下村、山中村、さらに山と山の間の隘路を抜けて琵琶湖南端の瀬田に至る。

「で、どうする」

「わが主は、毛利勢には南宮山と松尾山の間の隘路を扼してほしいとのこと。さすれば敵の行軍が滞ります」

「われらが道を扼すのか」

「しかり」

広家は愕然とした。

「もはや一刻の猶予もありません。兵を山麓に下ろしていただくだけで構いません。さすれば道は狭いので敵の行軍は滞り、われらが敵の後備に追いつけます」

「それは理屈だが——」

「お急ぎ下さい。大坂方の先頭は、もう眼下に迫っています」

「分かった。兵を山麓に下ろす」

「では、すぐにでもお願いします」

そう言うと使者は去っていった。

広家は出陣の支度をするよう近習に命じたが、ふと気づいた。

——待てよ。このままわが手勢を山麓に下ろしてしまえば、戦に巻き込まれるのではないか。

事情を知らない福島らが先頭で追い掛けてくれば、戦わざるを得なくなる。

——われらとの取り決めは、徳川方の諸将に周知されているのか。

疑念が次々と頭をもたげてくる。

——黒田殿を介して内府と不戦の約を結んでいるが、われらも敗軍に巻き込まれ、大坂方として戦わざるを得なくなるのではないか。

「出陣の支度が整いました」

物頭(ものがしら)が告げてきた。

「待て」と言って制すると、広家は伊勢街道を見下ろせる高櫓まで走った。

空は白んできていたが、こちらに向かってくる松明は、いまだ赤々と燃えている。松明の列は大垣方面から延々と続いていた。

時折、散発的な筒音が聞こえてくる。大坂方の殿軍(でんぐん)と福島らの間で戦いが始まったのだろう。

——いかにも今、われらが道を扼せば、大坂方は立ち往生する。

大坂方は南宮山の毛利勢を味方と信じ、その山麓を通過しようとしていた。逆に追手の福島らは南宮山を警戒しているのか、行き足が鈍っているようにも見える。

——どうすべきか。

頭を悩ませているうちに時は刻々と過ぎていく。すでに大坂方の先手部隊は、南宮山麓に掛かろうとしている。

そこに再び黒田長政の使者が走り込んできた。南宮山の北東に位置する垂井方面に大坂方はいないので、使者の行き来は自由にできる。

「吉川殿、何をやっておられる！」

「今、駆け下るところだ」

「ぐずぐずしておれば、敵が逃げてしまう」

「それは分かっておるが――」

「まさか貴殿は、大坂方とも気脈を通じておるのではないか」

使者の顔が怒りに歪む。

「そ、そんなことはない」

「いや、そうに決まっている。それでは、われらは南宮山に攻め寄せますぞ」

そう言うと、使者が踵（きびす）を返した。

「お待ちあれ」と広家が取りすがる。

「黒田殿には、よしなにお伝え下され。われらに二心などない」

「二心がないなど聞いてあきれる。現に二心があるから迷っておられるのであろう」

「それは違う。われらには『三矢の戒め』があり、何事も合議で決している。それゆえ、わしの一存では決められないのだ。徳川内府に忠節を尽くしたいのはやまやまながら、若殿や恵瓊の合意を取るまで兵は動かせない」

すでに大坂方の大半は山麓を抜けようとしている。

「もはや時を逸しました。わが主の意向は内府の意向。これで内府の機嫌を損じねばよいのですが」

使者が皮肉交じりに言う。

「何を言うか。治部少らが包囲陣を突破したのは、そなたらが油断していたからであろう。われらは指示通りに動き、治部少らを大垣城にとどまらせたではないか！」

広家の言葉には何も答えず、使者は無言で高櫓を下りていった。

去りゆく松明と、追い掛けてきた松明を交互に見ながら、広家は茫然としていた。

そこに秀元と恵瓊が駆け付けてきた。

「吉川殿、聞いたか！」

いつも泰然自若としている秀元の顔にも焦慮の色が表れている。一方の恵瓊の顔は蒼白になっている。

「聞きました。大坂方が去った後、市松らが、われらの陣の下を走り抜けていきます」

三成らはすでに眼下を通り過ぎ、今は福島らの松明が追い掛けていく。

それを苦々しげににらみつつ、秀元が言う。

「このままでは、われらはこの山に孤立する。いかなる形で敵に通じているかは知らぬが――」

「敵ではない！」

広家の怒りに驚いた秀元が言葉を換える。

「分かった。いずれにせよ貴殿が内府とどのような起請文を取り交わしているのか、わしは与り知らぬが、このままでは事情を知らぬ者たちが道を引き返し、攻め掛かってくることも考えられる」

「市松らは、治部少の首を取りに行ったので心配は要りません」

「そんなことはない。治部少らが関ヶ原の陣所に入れば、市松は攻めるに攻め難く、道を引き返してくるやもしれぬ」

確かにこのままいけば、福島らは関ヶ原に入ることをためらうかもしれない。

その時、恵瓊が眼下を指差しながら言った。

「今なら伊勢街道が空いている。この隙に伊勢街道を南下しましょう」

——それは妙案かもしれない。

確かに今なら伊勢街道に徳川方の姿はない。

「待て。あれは何だ」

秀元の問いに恵瓊が答える。

「あれは内府の兵ですぞ！」

——赤坂に陣を張っていた内府が、伊勢街道を封鎖しようと出張ってきたというのか。

このままでは、毛利家別動隊は徳川勢の攻撃を受けることになる。

恵瓊が唇を震わせて言う。

「こうなっては、中山道を通って関ヶ原に出て奉行衆に合流するしかありませぬ」

——本気で大坂方となるつもりなら、その手はある。

中山道方面には、池田輝政の部隊が回っていると物見が伝えてきていた。確かに池田勢は六千程度なので、突破することは難しくない。だが中山道から関ヶ原に出れば、小早川・大谷両勢の左翼の位置に着くことになる。

——さすれば大坂方の思惑通りになり、三成らは決戦態勢が整うというわけか。

さすがの福島らも、毛利勢が大谷勢の左翼にいれば、おいそれと手を出してはこないはずだ。

だが広家は、大坂方として家康と戦うつもりはない。

「恵瓊殿、それは愚策だ」

「なぜに愚策か!」

「戦に巻き込まれる」

「しかし、ここにいれば孤立してしまう」

「分かっている。だが戦に巻き込まれるよりも、ここにいて内府と話をつける方がよい」

「何を仰せか。いかに内府と通じているとはいえ、内府はそれほど甘くないはず。二重三重の陥穽を設け、毛利家を葬り去ろうとしているのは明らかなことだ」

恵瓊の言うことには一理も二理もあった。

——やはり内府は、奉行どもだけでなく、われらも陥穽に落とそうとしていたのだ。

広家は、毛利家が陥穽に落ちかけていることを覚った。

恵瓊の言う通りに関ヶ原に出てしまえば、大坂方として戦う羽目になる。その一方、ここにいれば孤立し、包囲されて攻撃を受けることも考えられる。

その時、「入ります！」と言って、使番が入ってきた。

「背後の栗原山にいた長宗我部・長束両勢が伊勢街道を南下していきます」

それを聞いた秀元が問い返す。

「何だと。それでは内府の兵と正面から当たることになるぞ」

「いいえ。徳川方は道を空けてやり過ごしています」

三人が顔を見交わす。

「どういうことだ」

広家の問いに恵瓊が答える。

「内府は自軍を傷つけたくないのでは」

決戦に備えて兵を損じないため、逃げる者は追わないという軍略もある。

秀元が即座に反応する。

「われらも続こう」

「いかにも」

恵瓊も追随する。

「いや、待たれよ」

だが広家は釈然としない。

「内府が、われらだけを見逃さなかったらどういたす」

二人が啞然とする。

「そんなことがあろうか」

秀元が目を剝く。

「内府にとって、われらも長宗我部も同じ敵ではないか」

「いや、小さな敵など後でどうにでもなる。内府の真の狙いは、われら毛利家を滅ぼすことにあるのでは」

広家の言に二人が顔を見合わせる。

「そういうことだったか」と言って秀元が唇を嚙むと、恵瓊が「初めから大坂方として、肚を決めて戦えばよかったのだ」と言って口惜しがる。

「お待ちあれ」と言って二人を制すと、広家が問うた。

「毛利家には『三矢の戒め』がある。今ここには、若、そして宰相殿の代わりとしての恵瓊殿、そしてそれがしがいる。この場は『三矢の戒め』に従い、三人が合意できる策を取ろう」

「尤もだ」

「異存なし」

二人がうなずく。

「では、恵瓊殿の言う関ヶ原への進出はいかがか」

二人は何も言わない。

「恵瓊殿、よろしいのか」

「いかにもこの場は、ぎりぎりまで戦に巻き込まれぬようにするのが上策。関ヶ原に出てしまえば、功を焦った市松らの攻撃を受けることも考えられる」

「よくぞ分かってくれた。では、ここに居座り、話をつけるという策はいかがか」

秀元が首を左右に振る。

「ここにいれば孤立する。餓狼どもが駆け付けてくれれば、われらは何の城構えもない山で戦うことになる。さすれば降伏以外、内府は受け入れてくれぬだろう」

「では、伊勢街道を南下するしかない。しかし内府が襲い掛かってくることも考えられる。それでもよろしいな」

広家が念押しすると、恵瓊が観測を述べる。

「内府は何らかの事情で戦えないのでは――」

「何らかの事情とは」

「兵力が少ないとか」

「恵瓊殿の言う通り、それは十分に考えられる。しかも長宗我部・長束両勢同様、われらは窮鼠（きゅうそ）も同じ。福島ら先手が勝っても、後方の内府が負ければ、内府の名声は地に落ちる」

「では、やるか」

秀元の問いに広家がうなずく。

広家は兵をまとめると、伊勢街道をひた走った。徳川勢は長宗我部・長束両勢の時と変わらず、何の干渉もせずに道を空けた。それにより毛利家別動隊は、戦場から逃れることができた。

一方、石田三成らは関ヶ原の少し先にある山中村で陣形を立て直し、迎撃態勢を取った。敗走という形になれば兵が四散するので、敵と一当たりし、整然と退き陣に移ろうというのだ。

巳の刻（午前十時頃）、徳川方の先手となる福島正則・細川忠興・加藤嘉明勢が、松尾山山麓に陣を布く大谷勢に突き掛かった。だがその時、松尾山を駆け下ってきた小早川勢が大谷勢を横撃したため、大谷勢は瞬く間に瓦解する。

大坂方だった小早川秀秋は、初めから裏切るつもりで松尾山に陣を布いたのだ。

結局、秀吉が百万の兵の進退を任せたいと言っていた大谷吉継は、その力を片鱗も発揮できず関ヶ原の露と消えた。

一方、小早川勢の裏切りに色を失った三成らは浮足立つ。そこを福島らが再び突進し、三成らは一刻も持ちこたえられずに敗走した。

かくして天下分け目の決戦は、呆気なく終わった。

七

家康のいる大坂城二の丸は、いまだ戦勝気分に包まれていた。行き交う者たちの顔は上気し、手振り身振りを交えながら、声高に自慢話をしている者もいる。その中をかき分けるようにして、広家は家康の許に向かった。

背後からは、擦れ違った武士や茶坊主たちの「あれは毛利家中では」「詫びを入れに来たのだ」「浅ましきことよ」といった言葉が聞こえる。

彼らの声は広家の耳にも入ってくる。だが広家は、それらを無視して進んだ。

——見ていろよ。わしが毛利家の当主になれば、彼奴らは口をつぐむ。

対面の間に案内され、家康を待つ間、広家は浮き立つ心を抑えかねた。

——わしは難事をやり遂げ、内府を天下人へと押し上げたのだ。功第一は市松らではなく、わしではないか。

小半刻ほど待っていると、先触れの近習が家康の来室を告げた。やがて本多正信と黒田長政を引き連れ、家康が入ってきた。

——黒田殿も同席するのか。

すでに長政には進物を贈り、伊勢街道をふさぐという形で力添えできなかったことを詫びていたが、この場に同席するとは思わなかった。長政からは進物の礼状をもらっているだけで、肚の中でどう思っているかは分からない。

家康が座に着くのを見計らい、広家が戦勝の祝いを述べる。

「もうよい」

だが家康は、不機嫌そうに広家の並べる美辞麗句を遮った。

「はっ、はい」と言いつつ、広家が口をつぐむ。

上目遣いに家康の方を見ると、不快をあらわにして横を向いている。傍らの正信と長政も無表情だ。

――どういうことだ。

沈黙に耐え切れず、広家が切り出す。

「それがしは起請文の通りに動きました。つきましては当初の約定通り――、ということでよろしいですな」

「当初の約定と申すか」

家康が垂れた頰を震わせる。

「はっ、はい。われらが大坂方と偽ることで、謀反人どもを炙り出し、陥穽に落とせたのは間違いありません。それゆえ――」

「陥穽、か」

家康が苦笑する。

「吉川殿」と長政が憐れむように呼び掛ける。

「貴殿は指示に従わなかったではないか」

「いや、それは――」

「それがしは内府の意を受け、大坂方の行く手をふさぐように依頼した。だが貴殿は山を下りなかった。それゆえ大坂方は陣形を整えて当たってきた」

「仰せの通り」と正信が付け加える。

「もしも金吾中納言（小早川秀秋）が貴殿のように様子見をしていたら、互角の戦いになったはず。ここにおられる黒田殿も首となっていたやもしれません」

「そう仰せになられても、大坂方が包囲陣を破るなど考えてもおりませなんだ。それゆえわれらは、すぐに動けず――」

　家康が憎々しげに言う。

「金吾には感謝してもしたりぬ。それに引き換え、貴殿には落胆した」

「お待ち下さい。われらには『三矢の戒め』という決まりがあり、若殿と恵瓊の同意を取り付けねばならなかったのです」

「『三矢の戒め』か。物は言いようだな」

「あの時は恵瓊めが強硬に反対し、それで山を下りる好機を逸したのです」

「恵瓊とな」

「はい。恵瓊です。すべての責は恵瓊にあります」

「そなたは、すでに死んだ者に罪を負わせるのか」

恵瓊は三成と小西行長と共に、すでに首を落とされていた。

「あっ、いや、そういうつもりはありませんが――」

「わしは貴殿らが伊勢街道を南下する時、貴殿らを攻撃しなかった。それで不戦の約を守り、炙り出しの功には報いたつもりだ」

戦後に聞いた話では、秀忠に託した三万四千の主力勢が中山道を通過中、上田城の攻撃に手間取り、九月十五日の決戦に間に合わなかった。しかも本多忠勝や井伊直政の部隊は福島ら先手衆に随行させているので、この時、家康率いる直属部隊は二万五千ほどに減っていた。つまり戦闘を始めてしまえば、勝てても家康は相応の損害を覚悟せねばならなかったのだ。

――だから内府は、われらに打ち掛かれなかった。それを「約を守り、功に報いた」と申すか。

だが相手はすでに天下人なのだ。不平を言うわけにはいかない。

「しかも、そなたは戦況次第で大坂方に付くつもりでいたな」

「そんなことは、毫も考えておりません」

「では佐渡、あれを見せてやれ」

家康が顎で命じると、正信が手文庫から多くの書状を取り出し、広家の眼前に並べた。

それらは輝元が大坂城から出したもので、どれにも「大坂方に馳走してくれ」と書かれていた。

「これは恵瓊のやったことです」

「違います。これらは安芸宰相のご意思によるもの」

正信が首を左右に振る。

「恵瓊は貴殿らと一緒にいたはず」

「――――」

事実はその通りだった。広家には何の申し開きもない。

「毛利家に対する沙汰は後日、申し伝える。まあ、それなりの覚悟をしておくのだな」

そう言うと、家康は座から立ち上がった。

「お待ち下さい。では、この起請文はいかがなされるのか！」

広家は懐から起請文を取り出すと、「毛利家の謀反は謀反にあらず」「毛利家を西国の触れ頭とし、五十万石を加増する」「蔵人殿を毛利家当主とする」と読み上げた。

それを黙って聞いていた三人から失笑が漏れた。

「何をお笑いになられる。この起請文を天下に晒(さら)せば、内府は大嘘つきになりますぞ」

広家は破れかぶれになっていた。

「それなら、それを諸将に見せて『家康はかような表裏者だ。共に挙兵して討とう』と言えばよかろう」

家康は自信に溢れていた。

「貴殿がさようなことをしても、味方に付く者はおらぬ」

その言葉に正信と長政がうなずく。

「だが、わしに恥をかかせることはできる。それゆえそんなことをすれば、これを——」

家康が懐から何かの書付を取り出した。

「安芸宰相にお見せすることになるだろう」

それは広家の書いた起請文だった。

「これを宰相に渡せば、貴殿の底意は明白となる。毛利家中に貴殿の居場所はなくなる」

「ああ、そんな——」

すべては周到に練られていたのだ。

「だが貴殿も馬鹿ではなかった。あそこで山を下りれば、戦に巻き込んで毛利家を取り潰しにしてくれたものを。まあ、三十万石ぐらいの身代なら、わが子や孫にも害を及ぼせまい。それでよいな」

——毛利家百二十万石を三十万石に落とすというのか！

広家はこの時、家康の掘った陥穽の深さを知った。

——どのように忠節を尽くそうが、初めから毛利家を陥穽に落とすことは決まっていたのだ。

追い討ちを掛けるように、「吉川殿」と長政が慈愛の籠もった声音で言う。

「もはや内府は天下人であり、毛利家を五万石くらいの身代に落とすこともできた。われらもそう申し上げた。しかし慈悲深い内府は『それでは家臣の多くが路頭に迷う』と仰せになられ、何と三十万石もの大領を残したのだ。そなたは生涯、内府に足を向けて寝られぬぞ」

——わが毛利家が三十万石だと。ああ、何たることか。しかも内府の天下取りに手を貸したにもかかわらずか。

だが、この陥穽は周到に仕組まれており、広家が脱出する術はなかった。

広家は、これで手を打つべきだと覚った。

「それで——、それで構いません」

それを聞いた家康は、ふくよかな頰を震わせながら言った。

「それは重畳（ちょうじょう）」

正信と長政も笑みを交わしている。

広家は落とされた陥穽の底を見た。それは、とてつもなく深く暗いものだった。

家康謀殺

一

家康の警固隊長を務める寄合組頭の永井直勝から呼び出しを受けたのは、十月十日の夜のことだった。

明日はいよいよ大坂に向けて出陣するので、駿府城内は慌ただしい雰囲気に包まれていた。篝が各所に焚かれ、城内は昼のように明るく、複数の人間が砂利を蹴ってどこかに走る音や、物頭らしき者の怒鳴り声が絶える暇もない。

足軽小者や荷駄人足たちが寝起きする長屋を出た吉蔵は、誰にもつけられていないことを確かめると、直勝のいる詰所に向かった。

出陣を控えたこの夜、家族持ちは城下の自宅に戻ることが、独り身の者は駿府の町に繰り出すことが許されていた。むろん、城門が閉まる時間までに戻らなければ打ち首となる。

虫の声が背後の気配を消すが、吉蔵ほどの草になると、虫の声に交じる足音や衣擦れの音を聞き分けるのは容易だ。

吉蔵は伊賀出身の草で、内通者を見つけ出すために輿丁になりすましていた。

輿丁とは身分の高い人の輿を担ぐ者たちのことで、輿かきとも呼ばれる。また草とは忍のことで、多くは敵国の諜報活動に従事しているが、吉蔵のように防諜活動を担っている者もいる。

永井直勝のいる詰所は、家康の警固隊長というその役柄から本曲輪内にある。そのため、いくつかある門で誰何されたが、その度に直勝から渡された過所（通行許可証）を提示したので、なんなく通過できた。

ようやく詰所に着いて「輿丁の吉蔵」と名乗ると、番士はすでに聞いているのか、黙って通してくれた。表口で直勝の家臣らしき者に呼び出された旨を伝えると、奥にある座敷に案内された。そこは六畳ばかりの殺風景な部屋で、短檠が襖絵と二つの丸茣蓙を照らしている。

しばらく待っていると、複数の者が近づいてくる気配と「ここで待て」という声が聞こえた。

続いて襖が開き、長身痩軀の武士が入ってきた。永井直勝である。

「待たせたな」

「待つのには慣れているので。たいしたことではありません」

平伏する吉蔵の頭上から、直勝の銅鑼のようによく響く笑い声が聞こえた。

直勝は永禄六年（一五六三）の生まれなので、今年で五十二歳になる。三河国大浜郷の地侍として、古くから徳川家の家臣だった永井氏だが、さほど身分は高くなかった。

しかし天正十二年（一五八四）の小牧・長久手の戦いにおいて、直勝が敵大将の池田恒興を討ち取るという大功を挙げ、五千石を賜ってから一気に家運が騰がった。その後、慶長五年（一六〇〇）の関ヶ原の戦いでも功を挙げ、二千石を加増された直勝は、七千石の大身になっていた。

——つまり、戦国の世を腕一本でのし上がってきた兵だ。

重臣たちの門地門閥に連なっていない者がこれだけの禄を食むのは、徳川家中では珍しい。

「実は、ちと困ったことが起こった」

直勝が渋い顔をする。年よりも老けているためか、顔に刻まれた皺が灯火に照らされて深い陰影を刻む。

「困ったこと、と仰せになりますと」

「実は昨日、豊臣方の使者が網に掛かったのだが、襟に短冊状の書置を縫い込んでいた」

外から入るわずかな隙間風に、短檠の灯が揺れる。

「その書置は佐竹あてのもので、『大御所様は途次に手の者が殺すので、それを合図に、江戸にいる大樹を背後から襲っていただきたい』と書かれていた」

この時、大御所様こと家康は駿府に、大樹こと現将軍の秀忠は江戸にいた。家康は十月十一日に駿府を発つ予定だが、秀忠は江戸で諸大名の動静を見極めてから、大坂に向けて出陣することになっている。

「つまり大御所様の周囲にいる者の中に、内通者がいるというのですね」

「そうだ。周囲を固めているのは、武士から小者や荷駄足軽まで、すべて出自も明らかで内通などするはずのない者ばかりだが、内通者というのは五年も十年も前に入り、すっかり信用されていることもある。秀吉が生前に入れていたやもしれぬ」

――いかにも、その通りだ。

家康の周囲に侍る者たちで、輿丁や荷駄人足など身分の低い者たちは皆、出自が確かで信用できる者ばかりだ。しかし五年以上前から潜入し、家中の信用を得ていれば、出自までは問われない。

「大御所様の最も身近におるのが輿丁だ」

「仰せの通りで」

家康の供回りは、先頭に供侍四人、輿丁、馬の口取り、草履取り、鷹匠、槍持ち二人、挟箱持ち二人、後備に供侍二人が就く形になっている。

「これは、大坂城内に放っている者から入った雑説だが」

そう前置きしつつ直勝が言う。

「修理めが、誰かと密談しているのを小耳に挟んだらしいのだが、そこで修理は『輿丁を動かす』と言ったというのだ」

修理とは、実質的な大坂方の総大将となる大野修理亮治長のことだ。

「輿丁の中に刺客がいると仰せか」

「この雑説が真説だとすれば、そういうことになる」

輿丁というのは家康の近くに侍るので、報告にやってくる者たちの話を否応なしに聞くことになる。すなわち人払いされない限り、家康の耳に入る情報を輿丁たちも聞く。そのため口が堅く、絶対に裏切らないと思われる者だけが就いていた。

「確かなことは分からぬが、念には念を入れておくに越したことはない」

――大坂への道中のどこかで、輿丁の誰かが大御所様を害す、と永井様は言いたいのだな。

直勝が眉間に皺を寄せながら続ける。

「輿丁を全員、替えることも考えたのだが――」

それが、最も安全で手っ取り早い解決法には違いない。

「ところが、そうはいかなくなったのだ」

「どうしてですか」

「大御所様は、『すべて、これまで通りにせい』と仰せなのだ」

「これまで通り、というのは――」

「大御所様は『大坂方など何ほどのこともない』という強気の姿勢を崩したくない。そのためには、これまでの慣例を何一つ変えずに、物見遊山のように大坂に向かいたいと仰せなのだ。道中で鷹狩りを行い、舞なども楽しむつもりでいるらしい」

家康は慎重には慎重を期す男だ。しかし今回のように徳川家中だけで戦うわけではない場合、味方となる諸家中の目を気にする必要もある。

「まあ、輿丁の中に刺客がいるというのは、雑説や惑説の域を出ない話だ。それゆえ、そなたに輿丁どもの様子を探ってほしいのだ」

直勝の許(もと)には、こうした話はいくつも入ってくるのだろう。それをすべて真に受けていれば、出陣など覚束(おぼつか)ない。そのため、輿丁に目を光らせることだけでも吉蔵に託したいのだ。

「それとなく輿丁どもの様子をうかがい、疑わしい者がおれば、わしに告げろ」

「分かりました。しかし、それに気づく前に狙ってきたらどうします」

直勝の目が光る。

「防げぬか」

「相手の技量にもよりますが、まずは防げましょう」

「そなたを輿丁にしておいてよかった。任せたぞ」

「承知仕(つかまつ)りました」

警固詰所を出た吉蔵は大きなため息をついた。

――厄介なことになったな。

空を見上げると星が瞬(また)いている。ここのところ雨の多い日が続いたが、今夜の空は晴れており、このままなら明日の出陣式は晴天下で行われるに違いない。

亥の下刻（午後十時頃）、輿丁たちの長屋に戻ると、頭の角右衛門が長屋の前で待っていた。

「どうしたんですか」

「遅いから心配していたんだ」

「門限は守りますよ。さもないと、これが飛びますからね」

吉蔵がおどけた仕草で首に手刀を当てたが、角右衛門は真顔のまま言った。

「いずれにしても、おまえが帰ってきてよかったよ。さもないと、わしも腹を切らねばならなくなる」

「まさか、あっしが最後で」

「ああ、そうなんだ。これでほっとした」

角右衛門に導かれるままに輿丁の詰所に入ると、角右衛門、法善坊、与一の三人が顔をそろえていた。

「どこに行っていた」

吉蔵が座の中に割り込むと、法善坊が咎めるように問う。

「女のところだ」

「まあ、一ついきなよ」

与一が、濁酒の入った割れ茶碗を回してきた。

「すまねえ」

吉蔵が茶碗を口に持っていきかけた時、頭の角右衛門が咳払いした。

「まずは聞け」

角右衛門が威儀を正す。

「皆も知っての通り、此度の大坂方との戦は、徳川家の命運を決するものとなる。道中もそうだが、戦場での進退を滞りなく行うべく、われらも覚悟をせねばならない」

「へい」

三人が一斉にうなずく。

頭の角右衛門は三人の輿丁より少し年長で、頭髪は少ないものの、屈強な体軀の持ち主だ。

四人は厳しい審査の末、家康の輿丁となった者たちで、体力と忠誠心にかけては、武士たちに劣らないものがあった。

ただしこの仕事は、長くて三十代後半までしかできない。衰えが見え始めたり、若くても働きが悪かったりすると、すぐに替えられる。この四人も、次々と人が入れ替わった末に固定されたので、組となってから、まだ二年ほどしか経っていない。

「此度は、大御所様の天下が定まる晴れの舞台だ。皆、過ちのないよう、心して掛かるのだぞ」

「へい」

「助っ人は舞師の天十郎となる」

舞師の天十郎は専門の輿丁ではないが、補助要員として角右衛門の指揮下に入れられていた。舞師といっても天十郎は優男ではなく、吉蔵たちに劣らぬ筋力の持ち主だ。しかし天十郎は、舞師という誇りがあるからか四人となじもうとしない。

「天十郎はもう帰ってきたんですかい」

吉蔵の問いに角右衛門が答える。

「小屋で寝ているはずだ」

天十郎は舞師という本来の仕事柄、衣装などの荷物が多いので、長屋の一室を与えられている。

「それならいいんですが――」

「天十郎は鍛錬が足らぬので、できれば担がせたくない。それゆえ、おまえらは負傷せぬよう気をつけてくれ」

「へい」

皆が声を合わせると、角右衛門はほっとしたように絵図面を広げ、道中の難所や宿泊する予定の場所などを説明した。

それで散会となり、皆はそれぞれの寝床に向かった。むろん個室ではなく、荷駄人足もいる大部屋だ。

――今のうち、よく寝ておくか。

周囲の寝息を聞きつつ、吉蔵は深い眠りに落ちていった。

二

十月十一日、家康が駿府を出発した。

輿に乗る直前、家康は周囲に拝跪する四人に一言、「世話になる」とだけ言って乗り込んだ。その言葉だけで、輿丁たちは身が震えるほど感動し、「この人のためなら水火も辞さぬ」という気持ちになる。

家康の輿は、屋根と板壁で囲われた屋形と呼ばれる座席部分を二本の轅が支え、前後それぞれ二人の担ぎ手が肩で担ぐ「輦」という形式だ。

高齢だったり、肥満していたり、何らかの病を患っていたりする武将は、輿に乗って戦場に赴く。今川義元は肥満のため、大谷刑部は眼病を患っていたため馬に乗れず輿を使ったのは、この時代でもよく知られた話だ。

家康は壮年になってから肥満してきたので、馬をやめて駕籠や輿を利用することが多くなった。とくに輿は駕籠よりもはるかに楽なので、長い旅には輿ばかりを使うようになった。輿の弱みは、座が高所にあるため銃撃の的になりやすいことだが、先駆けの衆が道中の安全を入念に確認しつつ進むので、その心配はほとんどない。

家康は道を急ごうとしない。この日は、駿府からいくらも行かない藤枝に宿を取った。

藤枝には同心円状に縄張りされ、四重の堀を持つ田中城がある。その中心部に近い二の丸御殿に泊まった家康は、枕を高くして眠った。

その夜のことだった。尿意を催した吉蔵が寝床を抜け出して厠に向かうと、先客がいた。厳密には先客かどうかは分からないが、ぼんやりと佇み、夜空を見上げている。

――探りを入れてみるか。

そう思った吉蔵は、用を足した後、声を掛けてみた。

「法善坊さん、冷えてきたね」

「何だ、吉蔵か」

法善坊は吉蔵より二つ年上の三十二歳。奥三河の豊根村出身で、かつて修験をしていたことから法善坊と呼ばれている。その肉体の頑健さは四人の中でも際立っているが、子供の頃から修験の父に連れられ、駿河から遠江にかけてのほとんどの霊山（修験道場の山）に登ったことがあるという話を、吉蔵は聞いたことがある。

――つまり事を成した後の逃走経路については、ほかの者たちより一日の長がある。

優れた草の者でも、修験の跡を追うのは容易でない。修験は何の痕跡も残さず深山に踏み込み、そこでずっと暮らすこともできる。さすがに草でも、そこまではできない。

「法善坊さんも用足しかい」

「ああ、それもあるが、眠れんので月を眺めていた」

「そりゃまた、どうして」

月光に照らされた法善坊の半顔が、こちらを向く。

「気が張っていて眠くならないのだ」

法善坊が怒ったように言う。

「明日からはたいへんだ。眠っておいた方がよい」

「そうだな」と言いつつ、逆に法善坊が問うてきた。

「吉蔵は、なんで輿丁になった」

「あらたまって何だい」

「いや、聞いてみたくなっただけだ」

輿丁や荷駄人足の間では、問われない限り、互いの出自や前職を語ることはない。

「荷駄人足をやっていて声を掛けられた。うまい飯が腹いっぱい食えると言われてね」

輿丁は体力を使う仕事のため、栄養価の高い食事を取らせてもらえる。

「そんな理由だったのか」

法善坊が意外な顔をする。

「法善坊さんは」

「わしも同じようなものだ」

「だけど、修験をやめて輿丁になるというのも、あまり聞いたことがないな」

「ああ、そのことか」

法善坊が口辺に笑みを浮かべた。

「たいしたことではない。故郷に戻ろうと吉田まで来たところで路銀が尽き、野垂れ死

にしかけていたところに、大御所様の行列が通りかかった。その時、路傍で倒れている
わしを見つけた大御所様は、わざわざ行列を止め、永井様に『介抱してやれ』と仰せに
なったという話だ」

「ははあ、それで輿丁を」

「お側近くに仕え、ご恩を返すには、こうするしかないからな」

「見上げたものだな」

大げさに驚いて見せたが、疑念は消えない。

「吉蔵よ、われらは槍を取って戦うわけではない。よほどの負け戦にならぬ限り、命の
危険はない。だが大御所様をお守りしているという一点において、われらも武士同様の
誇りが持てる」

――この男は本気なのか。

確かに法善坊が拾われた話は、吉蔵も小耳に挟んだことがあり、嘘ではないだろう。

となると法善坊は比類なき忠義者となり、刺客の可能性はなくなる。

吉蔵は鎌をかけてみることにした。

「確か法善坊さんは、大坂に行ったことがあると言っていたね」

「ああ、一度だけな」

「それでは、太閤殿下の城も見たのかい」

「もちろん外からは見たさ。その大きさといい、絢爛豪華さといい、言葉に尽くせない

ものがあった」

法善坊が遠い目をする。

「それほど大阪城はたいそうなものなのかい」

「うむ。まさにあの城こそ、難攻不落と呼ぶべきだろうな」

「その時、どのくらい大坂にいたんだい」

「一月ほどな」

「知己がいたんだね」

「そうだ。父の友がいて、そこに厄介になっていた。わしはまだ十四だったので、大坂の人の多さに圧倒された」

——滞在したといっても少年の頃か。

法善坊が嘘をついていなければ、大坂方に伝手があるという可能性は低い。

「明日は早い。そろそろ行くか」

そう言うと、法善坊は先に立って歩いていった。

翌十二日には、東海道の難所の一つ、大井川の渡河が待っていた。

後の世の俗謡に「箱根八里は馬でも越すが、越すに越されぬ大井川」と歌われることになる大井川は、東海道を横切る川の中でも随一の暴れ川として知られている。

島田宿を過ぎ、あとわずかで大井川に掛かろうという時、先駆けの将が戻り、ここのところの長雨で大井川が増水し、とても渡れないという。島田宿に戻り、水が引くのを待ちましょう」と告げると、家康は「わしが見る」と言って輿を進ませた。渡れるかどうかを自分の目で判断しようというのだ。言うまでもなく、家康以上にその見極めに長けた者はいない。

先駆けの将が「大御所様に何かあっては一大事。島田宿に戻り、水が引くのを待ちましょう」と告げると、家康は「わしが見る」と言って輿を進ませた。

川がよく見える場所まで輿を運ばせると、家康は御簾を引き上げ、しばし川を観察した後、傍らに侍る永井直勝に言った。

「渡れぬことはあるまい」

「いかにも仰せの通り。ただこの場は、念には念を入れた方がよろしいかと思われます」

「念には念、か」

「急がぬ旅であらば、なおさら――」

「しかしな」

家康がため息交じりに言う。

「大井川の増水など知らぬ諸大名は、どう思う。きっと『大御所は、最後になって豊臣家に弓を引けなくなったのだ』と噂するはずだ」

大坂の陣が始まる前まで、上は大名から下は庶民まで、家康が不退転の覚悟で豊臣家を滅ぼすつもりでいると思う者は少なかった。そもそもこの戦いは、双方の間を取り持ってきた豊臣家宿老の片桐且元を、大野修理ら主戦派が城から追い出したことに起因する。つまり家康の大坂行きは、秀忠の娘婿である秀頼の周囲を取り巻く奸臣たちを取り除くことが目的だと思われていた。

「とは仰せになられても、大御所様に万が一のことがあれば、徳川家はどうなります」

「それでは問うが、天気は下り坂ではないか」

家康が天を指差す。

「いかにも軍師の風雨考法（天気予報）によりますと、今後は雨が多くなるかと」

「それでは、今のうちに渡っておくべきだろう」

この時代、渡河の決断は極めて難しい。ずっと晴れの日が続き、水が引くこともあれば、逆に雨天となって増水することもある。武将たちは、軍師や地元民が言うところの「富士の高嶺に笠雲が懸かっていれば、翌日は大雨」といった根拠の怪しい風雨考法に頼っていた。

「分かりました」

直勝が根負けした。

「おい」と家康が輿丁たちに声を掛ける。

「はっ、ははあ」

その場に拝跪していた輿丁たちが、一斉に畏まる。

「わが命は、そなたらに懸かっている。しっかり頼むぞ」

「命に代えても、お守り申し上げます」

角右衛門の言葉の語尾が震える。

　これにより、渡河を決行することになった。

　直勝は大井川の川越人足をすべて借り上げ、下流に配置した。それだけでは不十分と思ったのか、輿を待たせると、さらに足軽小者や徒士の中で泳ぎが得意な者を川に入れた。これにより家康が溺れることはないと思われたが、輿がひっくり返れば、何があるかは分からない。いかに健康とはいえ、家康は七十三歳という高齢なのだ。

　これまでと変わらず、輿は四人だけで担ぐ。大人数が取り付くと、逆に安定を欠く上、うまく進まないからだ。

「行くぞ！」

　前方右手を受け持つ角右衛門が、気合を入れる。

　草鞋を渡河専用の大ぶりなものに履き替えた輿丁たちは、ゆっくりと川に入った。

　それぞれの持ち場は、右手前方に角右衛門、右手後方に与一、左手前方に吉蔵、左手後方に法善坊となる。左手は下流側なので、四人の中でも屈強な吉蔵と法善坊が受け持つことになった。

　ちなみに輿丁の持ち場は固定されておらず、頻繁に変わる。片方の肩に負担を掛けないためだ。ただし渡河など「ここ一番」の場合は、最も力を発揮できる陣形で臨む。

　いよいよ輿が川に入った。岸から離れるに従い、次第に川水の音が耳を圧し、これまで聞こえていた喧騒が遠のいていく。

──こいつはきついな。

川岸から見ているよりも大井川の流れは速く、その力で足が下流に持っていかれそうになる。それでも水が腰くらいまでなら、輿はびくともしない。ところが胸くらいになると、にわかに安定を欠いてくる。

輿を先導していく川越人足たちは、巧みに浅瀬を探り、そちらに導いてくれるが、水位が腹より下の浅瀬は次第になくなってきた。

そうこうしている間に、輿は川の中ほどに至った。前方を行く川越人足たちは皆、首まで水につかり、懸命に川底を探るが、浅瀬は見つけられない。

馬で追いついてきた永井直勝が、馬鞭を振りつつ何事かを指示しているが、直勝の馬も首まで水につかり、息も絶え絶えに足をかいている。

──どうやら、引き返すことになりそうだな。

ちらりと背後を見ると、家康が御簾を引き上げて様子を見ている。

ようやく人足たちが道を見つけた。彼らは下流側で手をつないで一列になり、道を指し示している。それでも、胸くらいの深さはありそうだ。

「よし、進め！」

直勝の命に応じ、輿はそちらに向かった。

その時、輿が傾いた。吉蔵が深みにはまったのだ。

輿は左手前方に傾き、対角となる右手後方の与一は、轅にぶら下がる恰好になった。

水が口の辺りまで来た。吉蔵は轅を高く差し上げようとするが、そうなると息ができなくなる。

もはや輿を支えているだけで精一杯となった。

輿は、じりじりと下流側に流されていく。

遂に、頭まで隠れる深みにはまった。一瞬にして四人の均衡が崩れ、吉蔵は轅から手を放した。

「うわー！」

水に押し流されながら、吉蔵は輿を一瞥した。

ところが、どうしたわけか輿は倒れていない。

――どういうことだ。

一瞬、下流側に法善坊の姿が垣間見えた。

輿の屋形部分の下に入った法善坊が、一人で輿を支えているのだ。

――しまった。手伝わなくては。

体勢を立て直した吉蔵は、流れに逆らって輿に向かおうとするが、それより早く、隊列にいた者たちが駆け付け、輿を支えた。

それにより、瞬く間に輿は安定を取り戻した。

皆で轅に取り付くような形で、再び渡河が始まる。常の場合、祭りの時の御輿のように、皆で轅を持って運ぶことはしないが、この場は緊急時なので仕方がない。

吉蔵も復帰し、輿は徐々に対岸に近づいていった。

――それにしても、何という怪力か。

しばしの間とはいえ、法善坊は凄まじい水圧を堪え、一人で輿を支えていた。

――これで、奴ではないことがはっきりした。

法善坊が刺客であれば、事故に見せかけて家康を流してしまうこともできたはずだ。

――しかし奴は、そうしなかった。

やがて輿は対岸に着いた。

皆はその場にへたり込み、声も出ない。

直勝たちに手を取られるようにして輿を降りた家康は一言「大儀」と言うや、肩を抱かれるようにして休憩場所に向かった。

三

一行は著しく体力を失ったので、金谷宿で大休止となった。

角右衛門と法善坊には、此度の件で家康から褒美が下されるというので、家康が休んでいる商家に向かった。

二人を見送った後、輿の傍らに座って与一と談笑していると、近在の女房たちが握り飯を配り始めた。

「おっ、この握り飯には、秋しらすが入っておるな」

与一がおどけて言う。

「あれ、どうして分かるね。獲(と)れたばかりのしらすは、すぐに茹(ゆ)でるので、ほとんど匂いがせんのに」

握り飯を入れた竹籠(たけかご)を抱える中年女が、驚いたように問う。

「わしは人一倍、鼻が利くんだ」

与一は得意げに言うと、握り飯を二つもらってきた。

「そらよ」

与一の投げた握り飯を摑むと、吉蔵は飯にかぶりついた。

「随分としらすが入っておるな」

吉蔵の横に座った与一は、握り飯を二つに割って中を見ている。

「こいつはうまい」

早速、吉蔵が舌鼓を打つ。

「獲れたてだからな。この季節の駿河湾のしらすは、どこよりもうまい」

吉蔵と与一が握り飯を頰張って談笑していると、少し離れた場所に天十郎が座った。

「おい、こっちに来いよ」

与一が声を掛けると、二人と同じように握り飯を持ち、天十郎がおずおずと近寄ってきた。

「吉蔵さん、それにしても危なかったな」

与一が、しらすを口の周りに付けたまま言う。

「うむ。予想していたよりも川が深く、足を取られてしまった」

「あれはしょうがないよ。それよりも法善坊さんの力は凄いもんだな」

「ああ、人とは思えないほどの怪力だ」

「おい、天十郎」

二人の会話に入ろうとしない天十郎に、与一が話しかける。

「誰かが怪我でもすれば、おまえさんが代わりをやらねばならないんだ。もっと皆と交わろうとしろよ」

「ああ」と返事をしたものの、天十郎は浮かない顔をしている。

——何を考えている。

「おい」

吉蔵は率直に問うてみた。

「何か気に病んでいることでもあるのか」

天十郎がその白面（はくめん）を歪（ゆが）ませる。

「わしは戦が怖いんだ」

「戦が怖い、だと」

「ああ、怖い。わしは何よりも戦が嫌だ」

「それは皆、同じだ」

与一が口を尖らせる。

「じゃ、おまえさんたちは戦場にいたことがあるのか」

吉蔵と与一が顔を見合わせた。

――いかにも、戦場にいたことはないな。

関ヶ原の戦いの後、家康は最前線に出ていないので、輿丁たちも身の危険を感じたことはない。

「わしは、かつて恐ろしい目に遭った」

天十郎が、訥々とした口調で語り始めた。

元々、天十郎の家は小田原にあり、当主は代々天十郎を名乗り、「舞々」と呼ばれる雑多な舞を披露することを家業としていた。とくに天十郎家は「神事舞太夫」という屋号を持つほど格式が高く、小田原北条氏から扶持米を給されるほど重用されていた。

天正十八年（一五九〇）、七歳だった天十郎は小田原城内にいた。城内といっても二里半に及ぶ惣構（大外郭）に囲まれているため、狭いという感覚はない。

外の状況が分からぬまま籠城戦は続いていた。むろん天十郎は幼いため、普段と何ら変わらず過ごしていた。

そんなある日、大人たちが「戦が終わった。お味方の負けだ」と言って騒ぎ出した。何事かと思っていると、父母や一座の者たちが、家財道具や舞台衣装を車に載せ、城から脱出するという。

大人たちの話を聞いていると、どうやらこの日一日だけ、城門が開かれるという。城を出る者の大半は箱根越えを避けて東に向かった。箱根山には野伏（のぶせり）（盗賊）が出没するからだ。しかし「神事舞太夫」一座は城を出て西に向かった。父の知り合いが駿府にいるからだという。しかも豊臣方によって、東海道中の安全は確保されているという噂が流れていた。

後に知ったことだが、城を取り巻いていた豊臣勢は略奪御法度だったらしいが、小田原を離れてしまえば、略奪は見て見ぬふりをされていた。

箱根山に差し掛かろうとする時、足軽部隊に出くわした。それは某大名の正規軍だったが、「金を払わねば、ここから先へは通さぬ」と言うので、持ち金をはたいて許してもらった。ようやく下りになり、三島（みしま）に向かっていると、かつて山中城のあった場所に関が設けられており、そこで関銭代わりに家財道具の一部を奪い取られた。

それでも命があるだけましだったが、山中城を少し下ったところで本物の野伏と出くわし、残る荷物のみならず母と二人の姉をも強奪された。父は泣く泣く三島まで下ったが、どうしても三人を取り戻すと言い、隠していた金を使って三島で武器を買い、一座の者たちと箱根山へと戻っていった。

それ以降、天十郎が家族の姿を見ることはなかった。父から天十郎を託された一座の老人は、天十郎の手を引いて駿府まで行き、知己に天十郎を託すと姿を消した。

ところが父が恃みとしていた駿府の知己は、天十郎を奴婢のごとく扱った。それゆえ天十郎は十歳の時にそこを出奔し、街道で舞を見せて食いつなぐという生活を続けた。

ここまでは不運続きの人生だったが、幸運が舞い込んだ。

ある時、街道で舞っていると、その舞を徳川家の武士に認められ、小者として雇われた。その後、家康臨席の祝宴で舞う予定だった者が腹痛を起こして舞えなくなったため、代わりに舞い、それが家康の気に入り、近くに侍ることを許された。

「おまえも苦労してきたのだな」

与一がしんみりと言う。

「ああ、いかにも苦労してきた。だがこうした世の中だ。何事にも耐えねばならん。でも戦だけは御免だ。これから大坂の城を落とせば、小田原の何十倍もの人々が、わしのような目に遭う。それを思うと、とても明るい気分にはなれないのだ」

「ということは――」

吉蔵は探りを入れてみた。

「徳川家はおまえの敵だったのだな」

「そういうことになる」

「さぞ、恨んでおるのだろうな」

「ははははは」

天十郎が高笑いする。

「わしのような舞師には、敵も味方もない。ただ、こうして食べさせてもらえるだけで十分だ。大御所様が天下を取れば戦はなくなる。それを願って舞うだけだ」

――いかにも筋は通っている。

天十郎が恨むとしたら、秀吉の命令で小田原合戦に駆り出された徳川家ではなく、総大将の豊臣家のはずだ。しかも徳川家中には、小田原時代の知己もいるらしく、談笑している姿をよく見かける。

「与一よ」

珍しく天十郎が、与一に水を向けた。

「おまえは、どうして輿丁になった」

「わしか。わしなど本を正せば伊奈谷の農民だ。とくに面白い話はない」

与一が信州伊奈谷の農家の出だったのは、風の噂に聞いていた。

「ということは、祖先は武田家に仕えていたのだろう」

「ああ、母方の祖父様は、武田家で足軽働きをしていたそうだが、長篠崩れで行方知れずになったという。でも、わしの知ったことではない。わしは農家の三男なので、家を出ねばならず、流れ流れて輿丁に収まったという次第だ」

その辺りの経緯を、与一に問おうとした時、逆に天十郎が問うてきた。

「吉蔵さんは伊賀の出だってな」

「ああ、そうだよ」

「伊賀の者たちは、かつて大御所様の伊賀越えでよき働きをしたので、随分と重用されておるな」

天正十年（一五八二）、信長が本能寺で横死した時、堺から京に向かっていた家康一行は、急遽進路を変えて伊賀の山中を越えて伊勢に入ろうとした。船で伊勢湾を渡り、三河に戻るためだ。この時、敵方となった伊賀衆の襲撃を幾度となく防いだ服部半蔵ら徳川方伊賀衆は、その時の功を認められて重用されるようになった。

「いかに伊賀衆とて、働きの悪い者は弾き出される」

「やはり吉蔵さんも、服部様の手筋か」

この時、服部半蔵は秀忠に付いているので、ここにはいない。

「ああ、そうだ。服部様の口利きで輿丁に加えていただいた」

「ということは、草というやつか」

「いいや。わしはただの農夫だ。草の鍛錬など受けていない」

そこまで話したところで、角右衛門と法善坊が戻ってきた。

角右衛門によると、法善坊は褒美に黄金をもらったが、「当然のこと」として辞退したため、家康は「実に殊勝」として、その五倍の黄金を下賜し、「輿丁仲間で分けるように」と言ったという。

「大御所様は皆にも褒美を出すことによって、法善坊に断らせないようにしたのだ」

角右衛門が黄金を五つに分けていく。

天十郎は満面に笑みを浮かべ、与一は「夢のようだ」と言って飛び上がっている。

「ほれ、吉蔵」

「あっしもいただけるんで」

「当たり前だ。あれは、おまえが悪いわけではない」

「ありがとうございます」

吉蔵は押し頂くようにして黄金をもらった。

「それでは、そろそろ出発だ。ここからは難路が続く。心して掛かれ」

「はっ」

家康が輿に戻り、一行は再び西に向かって動き出した。

四

金谷宿を過ぎると、道は急な上りになる。牧之原(まきのはら)台地に向かう金谷坂だ。坂を上りきり、下り坂に掛かると、徳川家の支城の一つの牧之原城(諏訪原(すわはら)城)が見えてくる。

それを過ぎると、道は再び急な上りになる。別名「小夜の中山(さよのなかやま)」と呼ばれる菊川(きくがわ)坂だ。

その急坂を下ると日坂(にっさか)宿となる。この宿は東海道中でも三番目に小さいので、小休止も入れずに通り過ぎ、一行は掛川(かけがわ)宿に向かった。

掛川宿に入ったのは夜になってからだった。

その日の仕事が終わると、輿丁たちはその場にへたり込んだ。さすがに輿を担ぐのに慣れた吉蔵たちでも、終日にわたって上り下りが続くと、体が悲鳴を上げる。

この日は皆、飯を食ってから倒れるように眠った。だが吉蔵は監視を怠るわけにはいかない。眠気を堪えてずっと起きていたが、いっこうに怪しい動きをする者はおらず、さすがの吉蔵も、朝方には少しまどろんでいた。

翌十三日、疲れも取れた家康一行は掛川宿を出発した。この日は、駿府を出た時の青空が嘘のように、空一面に重そうな雲が垂れ込めていた。それでも家康は道を急がない。浜松城で軍議があるとかで、この日は、掛川から浜松まで八里ほど進んだだけで宿泊となった。

十四日、舞坂（まいさか）宿を経て今切（いまぎれ）の渡しから船に乗り、浜名（はまな）湖を渡った一行は、昼過ぎには対岸の新居（あらい）宿に着いた。浜名湖は明応（めいおう）七年（一四九八）の大地震で砂堤が決壊し、海とつながったため、今切の渡しから船を使って対岸に渡らねばならない。多くの船が集められ、次々と将兵が乗っていく。家康は輿を下りて船に乗ったので、吉蔵たちも空の輿を船に載せて浜名湖を渡った。

この日の上り下りは、白須賀（しらすか）宿の手前にある潮見（しおみ）坂くらいだったので、浜松から十里ほどの距離を難なく踏破し、夕刻には吉田宿に入った。

十五日、吉田宿を出た一行は、次の宿泊地の赤坂宿に向かった。

その間には、御油（ごゆ）の松並木と呼ばれる五町半にも及ぶ並木道がある。この松並木は関ヶ原の戦いの前、西から来る敵を想定し、要害地形の少ない東海道で、少しでも敵の進軍速度を落とすために築かれた防御施設の一つだ。すなわち昼でも暗い鬱蒼とした松並木を築き、そこに味方を潜ませて戦わせようという構想の下に設けられたものだ。

松並木の中ほどまで来た時、輿の中にいる家康が、「止めよ」と命じてきた。何事かと訝しんでいると、用を足したくなったらしい。

輿を下ろすと、家康が大儀そうに姿を現した。

「どうかなされましたか」

慌てて駆け寄る直勝に、腹をさすりながら家康が答える。

「昨夜食べた笹鰈の刺身が当たったらしい」

便所などないので家康は松並木の中に入っていく。その周囲を直勝の配下が固めた。

「大御所様は大丈夫か」

法善坊が心配そうに呟く。

やがて小さな起伏の先に家康の姿が見えなくなった。松並木は意外に奥深い。

――いかに徳川家でも、この森のすべては確かめられまい。

吉蔵の胸内で、何かの予感がした。

「おい、与一」

角右衛門の声が聞こえた。

「われわれは行かんでいい。ここにとどまれ」

こうした場合、主人の警固は専門の部隊が行い、輿丁は輿を守る。いざという時、主人を乗せて避難するためだ。

「おい、与一、何をやっている」

角右衛門が声を掛けた方を見ると、与一が松並木の奥に分け入ろうとしている。

「おい、戻ってこい」

次の瞬間、与一が家康の向かった方へと走り出した。何事か喚いているが、よく聞き取れない。

「法善坊、吉蔵、与一を止めろ！」

角右衛門の命に応じ、二人が与一の後を追う。

街道で待機していた警固兵も、与一の行動に気づいて色めき立った。

「どうか射ないで下さい！」

角右衛門の声が背後でした。弓兵が矢をつがえているに違いない。

――しまった。

背後から風を裂くような音がした。状況の分かっていない味方の弓兵が、矢を射てきたのだ。

吉蔵は咄嗟に窪地に飛び込んだ。その頭上を矢が通り過ぎ、松の幹に突き刺さる。

その時、かすかに焔硝の臭いがした。

――与一は、この臭いに気づいていたのか。

与一の鼻が人一倍利くことを、吉蔵は思い出した。

次の瞬間、筒音が轟いた。

喚き声が交錯する。

背後から兵たちが押し寄せてきた。

——急がねば。

下手をすると、殺気だった味方に斬られることも考えられる。

吉蔵は再び駆け出した。

ようやく家康の姿が消えた起伏の向こう側に出た。

再び筒音が空気を切り裂く。

「曲者だ！」

「あっちだ。あっちへ逃げたぞ！」

松並木の間に、家康の豪奢な着物がちらりと見えた。

吉蔵もそちらに向かう。

「あっ」

そこには、肩で息をしている家康がいた。その傍らに横たわる与一の体に、血止め薬を振り掛ける法善坊の姿も見える。

「大御所様、ご無事で！」

直勝らも飛び込んできた。

「敵の刺客は討ち取りました。ご安心めされよ」

竹筒の水を飲んだ家康が、息も絶え絶えに答える。

「分かった。敵は一人か」

「はい。大坂方の雇った猟師のようで、ここに潜み、われらを待ち受けていたようです。全くもって不覚でした」

「そうだったか。そこに飛び込んでしまったのだな。危ういところであった」

家康が与一に慈愛の籠もった眼差しを向けた。

「この輿丁が、わしの盾とならなければ、わしに弾が当たっていたところだった」

――そうだったのか。

鼻の利く与一は、いち早く焔硝の臭いに気づき、家康を追い掛け、その人盾となったのだ。むろん警固の兵はいたはずだが、周囲を警戒すべく、家康と数間の距離を置いていたため、人盾とはなれなかったのだ。

懸命に与一を治療していた法善坊が手を止める。

「今、息絶えた」

法善坊が首を左右に振った。

「この者の名は何と申す」

家康が問うと、直勝が答えた。

「与一といい、伊奈谷の農家の出です」

「見事な心掛けだ。故郷に眷属がおれば褒美を取らせよ」

「はっ、心得ました」

家康に肩を貸して助け起こした直勝が目配せする。それを見た法善坊が遺骸となった与一を担ぐ。それを背後で支えながら、吉蔵は道を引き返した。

——ということは、与一は刺客ではなかったのか。

これで刺客の可能性があるのは、角右衛門と天十郎の二人に絞り込まれた。

「ああ、与一——」

迎えに来た角右衛門が絶句する。その傍らでは、天十郎が肩を震わせていた。

街道に戻った一行は、速足で松並木を出ることになった。与一の遺骸は後続部隊が埋葬と供養をしてくれるというので、それぞれが別れの言葉を述べただけで出発した。

その後は何事もなく、家康は無事に赤坂宿に到着した。

十六日からは、与一の代わりに天十郎が輿を担ぐことになった。しかし天十郎は次の宮宿で熱田神宮に舞を奉納することになっているので、それまでは代わりの者が立てられた。

十六日、岡崎に泊まった一行は翌十七日、熱田神宮のある宮宿に向かった。

この日は何事もなく、その夜、一行は宮宿に入った。ここで二泊し、明日の夜、戦勝祈願の舞を奉納することになった。

熱田神宮の門前町として栄える宮は、東海道中最大の宿で、行き来する人の数も尋常ではない。

家康が宿所とした熱田神宮は、城郭並みの防御力があるので心配は要らないが、使者が頻繁に出入りし、いやが上にも緊張感が高まる。この旅は物見遊山ではなく軍旅であることを、その度に思い知らされた。

十八日は休みとされ、兵たちは三々五々、昼酒を飲みに門前町まで出かけていった。

天十郎は吉蔵たちと離れ、どこかで稽古をしているようだ。

宿舎とされた旅籠でごろごろしていると、荷駄人足の一人が誘いに来た。あまり親しくない男なので断ると、「うまい黒餅を出す店がある」と残念がる。

――黒餅は永井様の家紋ではないか。

その意味をすぐに理解した吉蔵が男と連れ立って外に出ると、男は町家の間を縫うように歩き、少し郊外の農家の門前まで来ると、「それではこれで」と言って立ち去った。

荷駄人足の中にも、吉蔵と同じような仕事をする者が紛れ込んでいるのだ。

農家の前で案内を請うと、中間のような者によって中に通された。

その奥まった一室に永井直勝がいた。

「此度は、いろいろあって心の休まる暇もない」

直勝がため息交じりに愚痴る。

「仰せの通り。まさか与一が、あれほどの忠義者とは思いませんでした」

「法善坊といい、与一といい、実に見事な心構えだ」

直勝の言葉が皮肉のように聞こえる。

「永井様、いずれにせよ、これで内通者は角右衛門か天十郎に絞られました」

「分かっておる。実はな――」

直勝が思わせぶりに言う。

「天十郎に舞を奉納させるのは知っておろう」

「はい。演題は確か『屋島』とか」

「そうだ。観世流の『屋島』のシテを天十郎にやらせることにした。義経の亡霊役だ」

直勝は一拍置くと、苦々しげに言った。

「ところが、義経は腰に太刀を差している」

「それが、何か」

「正面席には大御所様が座る。舞台の端から五間もない。そんなところで真剣を帯びた男に舞われるのだ。こちらは気が気でない」

「それなら竹光にしたらいかがか」

「そなたは奉納舞を知らぬのだな」

直勝があきれたように首を左右に振る。

「神事によって清められた太刀を差して舞うから奉納舞になるのだ」

「ははあ」

さすがの吉蔵も、そこまでは知らなかった。

「しかし永井様、その状態で大御所様を害しても、天十郎は逃げられませんよ」

「そこなのだ。御油の松並木の一件でも分かったと思うが、これまでと違って大坂方の送り込んでくる刺客は、己の逃走経路までは考えていない。つまり己の命など顧みず、大御所様を殺そうとしてきておる」

「ということは、どのような場でも危険はあると――」

死を覚悟している刺客ほど厄介なものはない。

「そういうことになる。そこでだ」

直勝が身を乗り出す。

「そなたは舞台下に隠れていてほしいのだ」

「舞台下と――」

「そうだ。われらは大御所様の周囲を固めているが、瞬時に突き掛かられれば、万が一ということもある。それゆえ天十郎が舞台から飛び下りたら、そなたは舞台下から飛び出し、背後から組み付いてほしいのだ」

――もしもさようなことになれば、それしか手はないな。

直勝の言うことは理に適っている。

「しかし舞台下では、天十郎の様子が分かりません」

「そなたは、正面座の脇にいるわしの方を見ていればよい。わしが刀の柄を二度叩いたら飛び出すのだ」

「ははあ、なるほど」

「大御所様の命は、そなたに懸かっている。遅れるなよ」

「分かりました」

吉蔵は、直勝に命じられるままに舞台下に潜むことになった。

五

熱田神宮の拝殿前の広場には臨時の舞台が設営され、その周囲には、昼かと見まがうばかりの多くの篝が焚かれていた。

ワキの謡で『屋島』が始まる。

〈月も南の海原や　月も南の海原や　屋島の浦を尋ねん〉

『屋島』とは『平家物語』に取材した作品で、讃岐(さぬき)の国の屋島浦にやってきた都の僧が、老漁夫に宿を借りようとしたところ、老漁夫が屋島での義経たちの活躍を見てきたように語り始める。その様があまりに真に迫っていたので、「もしや」と問うたところ、義経の亡霊だとほのめかして姿を消すという話だ。

〈面白や月海上に浮んでは波濤(はとう)夜火に似たり〉

天十郎が登場した。特徴のある甲高い歌声が、舞台下にも聞こえてくる。

――いよいよだな。

舞台下の周囲にめぐらされた幕のつなぎ目から、吉蔵は正面の様子をうかがった。

正面座の家康は無表情に舞台上を見ていたが、時折左右に控える熱田神宮の神官と、小声で何かを話している。

甲冑姿の直勝は、正面座の端に拝跪していた。ちょうど吉蔵のいる位置の前だ。

〈源氏の方にも続く兵五十騎ばかり　なかにも三保の谷の四郎と名のつて　真先かけて見えしところに〉

シテとツレの掛け合いが続く。

〈平家の方にも悪七兵衛景清と名のり　三保の谷を目がけ戦ひしに〉

普段の歯切れの悪さが嘘のように、天十郎は朗々たる節回しを披露している。

そのまま何も起こらずに中入となった。

——天十郎は刺客ではない。

ここまでの様子から、吉蔵はそれを確信した。天十郎は久しぶりに『屋島』を舞うことで緊張し、舞の手と謡曲を思い出すだけで精一杯に違いない。天十郎の張り詰めた気持ちは、舞台下で聞いていても感じ取れる。

やがて屋島の浦人による語りが入り、後半部分が始まった。

鼓の音が耳朶を震わせ、囃子方の「ヤ声」と「ハ声」が舞手たちを煽り立てる。

舞台上では慌ただしく足を踏むようになり、にわかに動きが激しくなってきた。

直勝を凝視していると、その左手がゆっくりと柄に向かった。

――まさか。

いまだ天十郎は舞台の上で舞っている。地謡にも囃子鼓にも不自然なところはない。

直勝の左手が柄に触れる。

柄を二つ叩けば、吉蔵は飛び出さねばならない。

――待てよ。

吉蔵が舞台下に潜んでいることを、どれだけの人間が知っているのかは分からない。

何も考えずに飛び出せば、事情を知らない者に斬り捨てられることも考えられる。

直勝の視線は、舞台上の天十郎に釘付(くぎづ)けになっている。

天十郎を追い立てるかのように、囃子方の拍子や掛け声が高まる。

シテの天十郎とワキの僧侶(そうりょ)役の掛け合いも、次第に熱を帯びてきた。

〈春の夜なれど曇りなき　心も澄める今宵の空〉

〈昔を今に思ひ出づる〉

〈舟と陸との合戦の道〉

〈所からとて〉

〈忘れ得ぬ〉

天十郎らしき足音が舞台の前面に踏み出した。

その瞬間、直勝は身構えると刀の柄を二度、叩いた。

――今だ。

ここで出なければ、天十郎に背後から組み付くことはできない。

だが、吉蔵は飛び出さなかった。

一瞬、直勝がこちらを見る。その眼差しからは何の感情も読み取れない。

やがて足を踏む音が静まると、シテとワキの声がやみ、地謡の声が高まった。

春の夜の波より明けて
敵と見えしは群れいる鷗（かもめ）
鬨（とき）の声と聞えしは
浦風なりけり高松の
浦風なりけり高松の
朝嵐とぞなりにける

地謡が止むと万雷の拍手が起こった。

奉納舞が幕となったのだ。

気づくと吉蔵は、全身に汗をかいていた。

その後、祈禱（きとう）らしきものが行われ、この日の予定はすべて終わった。

宿舎に戻ってみると、皆から天十郎が祝福されていた。

天十郎は、自らの役割をつつがなくこなせたという安堵（あんど）の色を顔に浮かべている。

翌十九日、一行は宮宿を出発し、その日の宿泊予定地の桑名(くわな)宿に向かった。宮宿から桑名宿までは、「七里の渡し」と呼ばれる東海道中における唯一の海路となる。

多くの船が桟橋に着けられ、差配役によって、どの部隊がどの船に乗るか指図されている。家康の輿は箱型の大きな船に載せられた。おそらくこれが、安宅船(あたけぶね)と呼ばれる軍船なのだろう。

一行は、桑名宿から再び陸路を行くことになるが、船団には大量の兵糧や馬糧が積まれ、大坂に先行することになる。

安宅船は、吉蔵がそれまで乗ったどんな船よりも安定していた。

干潮なので沖を行くため、桑名までは二刻(ふたとき)ほどの船旅になる。

吉蔵が舳先(へさき)の辺りから海を眺めていると、隣に直勝が来た。

慌てて拝跪する吉蔵に、直勝は「構わぬ」と言って立たせた。

「なぜ、あの時、出なかったのだ」

「天十郎に危険はないと察したからです」

「どうしてだ」

「それは、草の勘というものです」

「草の勘、か」

直勝が冷笑を浮かべたので、吉蔵は鼻白んだ。

「結句、永井様の見立て違いだったではありませんか」

「ああ、そうだ。わしは緊張していたのか、天十郎の動きを見誤った」

——いい加減にしろ！

直勝はそれで済むかもしれないが、あそこで飛び出せば、吉蔵は忠義面した侍に斬られたかもしれないのだ。

「となると天十郎は、刺客ではありませんね」

「ああ、間違いないだろう」

「とすると、残るは角右衛門と」

進行風が、白いものが交じり始めた直勝の鬢を揺らす。

「おそらく、そうだろうな」

「しかし角右衛門は——」

「ああ、出自も確かでこの仕事も長い。大御所様を襲えば、事の成否にかかわらず、故郷にいる女房子供は皆殺しにされる」

唯一の妻帯者の角右衛門は、駿府近郊に家族を残してきており、そうしたことからも、刺客には最も似つかわしくないと思われていた。

「実はな——」

直勝が、その細い目を光らせる。

「新たな一報が入った」

「大御所様が大坂に向かっていると聞いた大野修理が苛立ち、『輿丁は何をやっておる』と言っておるのを聞いた者がいる」

「聞いた者というと、近習か茶坊主で」

「それは誰でもよい。いずれにせよ、修理の近くに侍る者だ」

直勝が不機嫌そうに続ける。

「つまり輿丁の誰かが刺客だというのは、以前より確かになったということだ」

「となると、やはり角右衛門ですね」

「そういうことになる。角右衛門の動きに注意を払え」

「分かりました」

「角右衛門とは意外だが、これまで証拠が摑めなかったことからして、そなたも思いのほか役に立たぬな」

そこまで言うと、直勝はぶらりと行ってしまった。

──役に立たないのは、あんたも同じではないか。

吉蔵はむっとして唾を吐いた。

やがて桑名宿の象徴とされる一の鳥居が見えてきた。

船が桟橋に着けられる。

桑名城に入城した家康は、早速諸将を集めて軍議に入った。大坂方の情報が逐一伝えられるらしく、それに応じて様々な対応策が講じられているようだ。宮宿以上に頻繁に使者の行き来があることから、それが察せられた。

明朝まで輿丁に用はなく、宿場に出ることを許された。

角右衛門が皆を酒に誘ったが、法善坊は知り合いの修験に会いに行くと言って出ていき、天十郎は「寝かして下さい」と言って横になった。心身ともに疲れ切っているのだ。

偶然、角右衛門と二人になる機会が持てたので、吉蔵は誘いに応じた。

桑名宿は宮宿に次ぐ東海道中第二の宿だけあり、たいへんな賑わいだった。

そこかしこから客引きのだみ声や女の嬌声が聞こえてくる。兵たちも、これが今生最後の酒と女になるかと思えば財布の紐も緩む。そこに付け込むように、「ええ店に案内しまっせ」と客引きが近づいてくる。

表通りに出るや、角右衛門と吉蔵も客引きに捕まった。これも一つの縁だと思い、客引きに袖を引っ張られるままに薄汚れた引手茶屋に入った。

再三にわたって女を勧める客引きに「女は要らぬ。酒と飯だけだ」と言ったのに、客引きは地元の日向臭い中年女を二人も連れてきた。二人はさかんに酒を勧める。酒を飲ませていい気分にさせ、抱かれようという魂胆なのだろう。

酒を禁じられているわけではないが、翌日の仕事にも差し支えるので、しばらく酌をさせた後、礼金を上げて女たちを追い払った。

これで、ようやく二人になれた。

「そういえば角右衛門さんには、お子さんがいましたね」

「ああ、二人の子に恵まれた。五歳と三歳になる」

「男と女という順番でしたっけ」

「いや、二人とも女の子だ」

「それじゃ、まだ、お務めは終わってないってことですね」

「そうだな」

二人が笑う。

「角右衛門さんは、確か駿河の産でしたね」

「いや、正確には伊豆の韮山（にらやま）の生まれなのだが、小田原の北条家が滅んだので、仕事を求めて駿府に出た」

「それまでは北条家に仕えていたんですね」

「わしではなく、父が小者をやっていた」

直勝たちから信頼を寄せられているように見える角右衛門だが、徳川家と重代相恩の間柄ではなかった。徳川家は膨張の一途をたどってきたため新参者が多いが、角右衛門もそうした一人だった。

「それでは、小田原城が落ちた時に――」

「ああ、そうだ。韮山城が開城し、駿河に逃れてきた。その点、天十郎と同じだな」

牛蒡（ごぼう）の煮付けを、さもうまそうにつつきながら角右衛門は言う。

その態度は、変に警戒したところもなく自然体に見える。

「大坂に行ったことはあるんですか」

「当たり前だろ。二度ほど大御所様の輿を担いでいった」

家康が輿を使い始めたのは四、五年前だが、その頃、吉蔵は輿丁となっていなかったので、角右衛門と一緒に大坂まで行ったことはない。

「大坂っていうのは、どんなところで」

「そうさな」

角右衛門が遠い目をする。

朴訥で真面目なだけが取り柄の角右衛門だが、そういう者ほど警戒すべきだと、吉蔵は子供の頃から教えられてきた。

「道を歩けぬほど、人がたくさんいるところだ」

「へえ、そんなに」

「淀川沿いにどこまで行っても、町屋が軒を連ねている」

この時代、江戸はまだまだ片田舎を脱した程度の規模で、大坂こそ日本の中心だった。

「それほど凄いんですか」

「ああ、その人の多さといったら凄まじいもんだぞ」

「城には入ったんで」

「そりゃ入ったさ。大御所様は二の丸にいらしたからな」

角右衛門は得意げに、いかに大坂城が広大かを語った。

「そんなところに攻め入って勝てるんですかね」

「天下の諸侯がわれらに与(くみ)しているのだ。大坂方に勝ち目はないだろう」

その言葉には、多少の憐憫(れんびん)が含まれている。

「中に知己はいないんで」

「えっ」

角右衛門の顔色が瞬時に変わる。

「そんなもん、おらんよ」

「それならいいんですがね。知己がいたら救い出したいと思うのが人情でしょう」

「よせやい。われらは大御所様の側近くに付き従う輿丁だ。敵方に知己などいたら、すぐに外されちまう」

「そりゃそうですね」

吉蔵が話題を転じようとした時、角右衛門が逆に問うてきた。

「おまえは、どうなんだい」

「どうなんだいって――」

「大坂城内に知己でもいるのかい」

「よして下さいよ。そんな者おりません」

吉蔵は、あえて大げさに顔の前で手を振った。

「それならいいんだが。まあ、大御所様の側近くに仕える者は、何事にも十分に注意しておくべきだな」

角右衛門がいつになく鋭い目つきで言ったので、吉蔵は慌てて視線を外した。

その後、二人は宿に戻り、寝床に入った。法善坊と天十郎はすでに寝息を立てている。

――さて、分からぬ。

角右衛門の様子には、刺客らしい要素は感じられない。しかし何の疑いも抱かず、無防備に大坂の話をするところなどは逆に作為を感じる。

――とにかく様子を見ることだ。

吉蔵は蓆布団を首まで引き上げると、角右衛門の様子をうかがった。

六

二十日、一行は桑名宿を出発した。前日がほぼ海路だったこともあり、疲労は残っておらず、調子よく進んだ。

「よお、ほい」

「へい、ほーい」

角右衛門の取る調子に、残る三人が唱和する。

慣れというのは恐ろしいもので、輿を担いで山道を行くのは、この仕事に就いた頃と比べれば格段に楽になってきている。

次の宿泊予定地の亀山宿までは、上り下りの激しい峠道が続く。そのため何とか天気が持ってほしかったのだが、ぽつりぽつりと雨が降ってきた。そう言えばここのところ、いつ雨になるか分からない空模様が続いていた。

亀山宿は小さいので、前方を行く主力部隊は関宿に泊まることになった。家康が亀山宿に泊まるのは、城があるからだ。

翌二十一日は朝から雨だった。この日は、東海道中でも箱根越えに次ぐ難所と言われる鈴鹿峠を越えねばならない。

次の宿泊予定地は近江国の水口宿で、八里ほどの道のりだが、険しい山道を行くため、夜までに到着できるかどうかは定かでない。

雨はすべてを重くする。

前日までの調子が嘘のように足が重くなる。それは吉蔵だけではないらしく、無尽蔵の体力を持つ法善坊でさえ、苦しそうな顔をしている。

昼食を取ると、まず天十郎が音を上げた。致し方なく、荷駄人足の中から輿丁をやったことのある者が交代した。

鈴鹿峠に差し掛かる頃には、吉蔵もへとへとになった。

休憩の度に担ぐ場所は替えられたが、苦しさは変わらない。

遂に家康が駕籠で行くと言い出した。

角右衛門は平身低頭し、自分たちの不甲斐なさを詫びたが、家康は「致し方なきことだ」と言って駕籠に乗った。

人が乗っていない輿を担ぐのは楽だ。四人は生き返ったように走り出した。

しかし、それまでに時間を食ってしまい、夕方までに水口宿に着くことはできない。家康は用心深いので、夜の行軍だけは避けたがる。それゆえ二十一日は、近江国の入口にあたる土山宿に泊まることになった。

もちろん家康だけは、宿町の旅籠に泊まるわけにはいかない。そんなところに泊まれば、焼き討ちに遭うことも考えられるからだ。

人を走らせ周囲を探させ、この日は天台宗大日寺の塔頭・長松寺に泊まることになった。その構えは、築地塀をめぐらせただけの簡素なものだが、それでも街道筋の宿よりはましだ。

永井直勝が大声で指示しながら、寺の周囲に兵を配置する。

一方、寺内の警戒は家康の近習と小姓に任された。

家康の泊まる方丈の周囲には篝さえなく、隣接した僧坊に泊まる近習や小姓が、廻り番で警戒に当たることになった。城に泊まることの多かったこれまでとは違い、襲撃者にとっては、かなり狙いやすい状況に思えた。

しかも長松寺の裏手は甲賀の深い山々につながっており、そこを越えれば水口に抜けられるので、刺客が家康を殺してから逃げるには理想的な地形だった。

「明日は早い。もう寝るぞ」

「へい」

角右衛門の声で皆、一斉に寝に就いた。角右衛門は呼び出しがあった時にすぐに出られるようにと、出入口の近くに寝る。

輿丁たちの宿舎は、長廊を隔てて屋根付きの渡殿(わたどの)で方丈とつながっている。輿丁の中に刺客がいるとしたら、これほど家康を殺す好機はない。それでも一人で方丈に侵入することは不可能に近い。方丈に隣接した次の間に、近習や小姓が控えているからだ。

——これでやるとしたら、一人が「怪しげな物音がする」などと言って彼らの注意をそらし、その間に、いま一人が方丈に忍び込むしかない。

それ以外の方法は、吉蔵にも思い浮かばない。

疲労から睡魔が襲ってきたが、しばらくの間、何とか起きていようと思った。周囲が寝静まり、寝息や鼾(いびき)が聞こえてきた頃だった。

かすかな衣擦れの音がすると、半身を起こした男がいる。外の篝が一瞬、遮られたので、目を閉じていても、それが分かる。

——角右衛門か。

目をつぶったまま耳に神経を集中する。

上半身だけ起こした角右衛門は、皆が寝入っているか確かめているようだ。すかさず吉蔵も、口を半開きにして規則正しい寝息を漏らした。

――どうするつもりだ。

少し目を開けると、障子をわずかに開け、外の様子をうかがう角右衛門の後ろ姿が見えた。

続いて角右衛門は、音を立てないように障子を開けると外に出た。厠に行くのは自由なので、ここまでなら何ら怪しむべき行動ではない。

角右衛門の影が長廊を通って渡殿に向かっていく。

それを確かめた吉蔵は蒲団から這(は)い出すと、あらかじめ用意してあった黒布を懐から取り出し、顔を覆った。そして障子を少しだけ開け、角右衛門の去った方角に目を凝らした。

外の篝によって、ほんのりと照らされた長廊の奥に角右衛門はいた。

右に行けば厠だが、左に行けば渡殿を経て家康の眠る方丈となる。

――どちらに行くつもりか。

うなじに冷や汗が流れる。息をのむような時が過ぎる。

顔をわずかに出し、片目だけで様子をうかがっていると、角右衛門は左に向かった。

――やはり、そうだったのか。

全身に緊張が漲(みなぎ)る。いよいよ正体を現した刺客が事に及ぼうとしているのだ。

――しっかりしろ。ここからが勝負だ。

己を叱咤した吉蔵は懐に入れた鎧通しを確かめると、滑るような速足で角右衛門の後を追った。

鎧通しとは、甲冑の修理などに使う小刀のことだ。伊賀者なら、これ一つでたやすく人を殺せる。

角右衛門が消えた角に体を隠し、吉蔵は再び片目だけで様子をうかがった。

――いた。

角右衛門は、僧坊と方丈を結ぶ渡殿から方丈の方をうかがっていた。

家康の眠る方丈の手前左手には次の間があり、そこに小姓たちは詰めている。寝ずの番をしている者がいるらしく、障子の中はわずかに明るい。しかも反対側は中庭になっており、そこに篝を灯しているので、怪しい者が方丈に向かえば、影が映るようになっている。

――だから二人でないと、この仕事はうまくいかないのだ。

長松寺に着いてすぐに、吉蔵はこの構造を確かめていた。しかし角右衛門は、それをする暇がなかったらしく、そこで考えあぐねているように見える。

次の間の前を通り過ぎれば、影がはっきりと映り、小姓たちに誰何されるに違いない。しかも運の悪いことに、腰高障子ではないので、廊下を這いずって方丈に向かうこともできない。

張り番の小姓や近習が、うつらうつらしているという僥倖に賭けるしかないが、ここまで慎重に事を運んできた刺客が、そんな博打を打つとは思えない。

いずれにせよ、角右衛門が刺客なのは間違いない。

――よし、やるか。

相手を驚かせずにこちらの存在を知らせるには、虫の声が一番だ。しかも虫の声なら、小姓たちに聞こえても無視されるだろう。

言うまでもなく伊賀の出の吉蔵は、こうした声音を本物と同じに模写できる。

吉蔵が虫の声をまねると、角右衛門の首が、ゆっくりとこちらを向いた。

吉蔵はにやりとすると、滑るように角右衛門に近づいていった。

「まさか、あんたが刺客だったとはな」

角右衛門の耳元で吉蔵が囁く。

「――」

意外にも、篝に照らされた角右衛門の顔に驚きはなかった。

「角右衛門さん、一人では無理だよ」

「――」

それでも無言の角右衛門に、吉蔵は焦れてきた。

「駿府にいる時、大坂の密使らしき者から擦れ違いざまにこよりを渡された。そこには、もう一人輿丁を口説き落としたので、そいつと力を合わせて家康を殺せと書かれていた。ところが名までは伝えられなかった。まさかそれが、あんただったとはな」

「ということは、おまえが――」

「ああ、家康の命を奪うべく侵入している大坂の手の者だ。二人で力を合わせても、褒美の黄金十万貫は、それぞれに下される」

次の瞬間、人の気配がした。

「出合え、出合え！」

――何だと。どういうことだ！

境内の砂利を蹴立てて走り来る音が聞こえる。咄嗟に部屋へ戻ろうとしたが、そちらからも数人が走ってくる。

「見つかった。逃げよう！」

しかし角右衛門は、吉蔵の袖を取って放さない。

「まさか、あんた――」

懐から鎧通しを取り出そうとしたが、その手首を摑まれた。

「放せ！」

「この裏切り者め！」

角右衛門がのしかかってきた。

吉蔵は、罠に落ちたことにようやく気づいた。

「捕らえよ」

次の間の障子が開くと、直勝が姿を現した。

警固の兵によって吉蔵は組み伏せられ、瞬く間に縛り上げられた。

「吉蔵、やはりそなただったか」

直勝がさも無念そうに言う。

「くそ！　なにゆえ分かった！」

直勝が冷静な声音で言う。

「大井川で輿が流されそうになった時、そなたは輿を支えるふりをして転倒し、輿を流そうとしただろう。そこでわしは宮宿での奉納舞の折、そなたを試してみた。そなたは、わしの合図が見えたにもかかわらず、天十郎に組み付こうとしなかった。それによって刺客がそなただと思った。それでわしは角右衛門に力を貸してもらうことにした」

――そうだったのか。

死が逃れられないと分かると、妙に落ち着いてきた。

「それでは、『もう一人いる』と書かれたことよりは――」

「あれは、そなたをはめるための罠だ。さすればそなたは、仲間を探して力を合わせようとするからな」

「そんな罠など仕掛けず、わしを殺せばよかったものを――」

「わしとて人だ。そなたが裏切り者だという確信を持てなかったのだ。目を掛けてきたそなたを疑わしいだけで殺すなど、わしにはできぬ」

直勝が無念そうに顔を歪ませる。

──相手が一枚上手だったな。

口惜しさが込み上げてきたが、この期に及んで見苦しい真似だけはしたくない。

「さすが家康の警固を担うだけのことはある。わしの負けだ」

直勝が、いかにも残念そうな顔で問う。

「吉蔵、何が不満だったのだ」

「不満などない。わしはただ──」

「ただ、何だ」

「家康らが伊賀越えした折、地侍だったわが家は、その進路にあたるというだけで、訳の分からぬままに焼き討ちに遭い、それを止めようとした父や兄は半蔵に殺された」

「そんなことがあったのか」

直勝が啞然とする。

「たとえ危急の折だろうとあまりの仕打ち。その時から、わしは家康の命を狙ってきた」

「そんな過去を持つそなたが、どのようにして徳川家中に紛れ込めたのだ」

「年恰好の似ている伊賀者を殺し、そいつになりすました」

「ということは、そなたは吉蔵ではないのか」

直勝が驚きで目を見開く。

「当たり前だ。半蔵とて、すべての伊賀者と顔見知りではないからな」

「われらを見事に欺いたな」

「そういうことになる。見破られれば、その場で死ぬだけのことよ」

直勝は唇を嚙むと、周囲に命じた。

「始末せい」

「いや、そこまで手を煩わせては伊賀者の恥」

「では、自ら命を絶つというのか」

「それが、家康の命をつけ狙った者の矜持だ」

吉蔵は哄笑すると、奥歯に仕掛けた鴆毒を食い破った。

大忠の男

一

「何と、和睦すると仰せか！」

大坂城七手組の詰の間で、渡辺糺から和睦の話を聞かされた七手組頭の速水守久は、愕然として言葉もなかった。

「致し方ないことだ。なにせ備前島から放った砲弾が天守の大黒柱に当たった上、おふくろ様の居室まで壊したんだからな」

備前島とは大坂城の北を流れる淀川の中洲のことで、徳川方はここにオランダ製の大砲を据え、昼夜を分かたず砲撃を続けていた。その中の何発かは城内に届き、天守の大黒柱を折った。そのため応急処置を施したものの、天守は傾いてしまった。

それに驚き慌てた「おふくろ様」こと淀殿は、徳川方と和議を結ぶと主張して譲らない。結局、大坂方の主導権を握る大野兄弟らも、その方針で一決したという。

「戦はこれからというのに――」

「昼夜を分かたぬ砲撃に、女房たちが音を上げたのだ」

すでに守久たちは慣れっこになっていたが、相変わらず会話もままならないほどの砲声が続いている。

「太閤殿下も、これほど早く大砲の矢頃（射程）が延びてくるとは思いもしなかったのだ。この城は北西方向に厚みがないからな」

紀が口惜しげに佩楯を叩く。二人とも戦闘は継続中なので甲冑姿だ。

「それにしても、女房衆がさような条目で合意するとは——」

和議の下交渉は、淀殿の乳母の大蔵卿局と家康の側室の阿茶局の間で行われた。

「わしも条目を見て驚いた」

紀が他人事のように言う。

そこには「秀頼が大坂城を明け渡すのなら、望み通りの国を進上する」「秀頼の知行を減らすことはしない」「淀殿を人質として江戸に送ることはしない」「籠城している牢人衆の罪は問わない」と書かれ、ここまでは受け入れやすいものだった。

だが「城中、三の丸の建築物の破却、並びに堀の埋め立てを行う。それは徳川方が受け持ち、二の丸の建築物の破却、並びに堀の埋め立ては、豊臣方の人数で行うべし」という一条には納得できなかった。

「女房衆は、城というものを知らぬのでは。さようなことをされれば、天下の堅城が丸裸になってしまいます」

「そうなのだ。さすがにわしも反対した。だが修理は、『二の丸を破却すると言って時を稼いでいれば、そのうち大御所も死ぬだろう』と言うのだ」

修理とは大野治長のことだ。淀殿の乳母である大蔵卿局の息子ということで、淀殿からも厚い信頼を寄せられていた。

「大御所がいくつまで生きるかなど、誰にも分からぬことです。そんなあてにならないことを頼りにするなどもってのほか！」

「そうは言っても、おふくろ様が『そうしなければ自害する』と言ってきかないので、もう誰も逆らえぬわ」

「では、後藤(ごとう)や真田(さなだ)は何と申しておりますか」

「後藤や真田だと。かの者たちの意見など聞かぬでもよいわ」

後藤とは又兵衛基次(またべえもとつぐ)のこと、真田とは左衛門佐信繁(さえもんのすけのぶしげ)のことだ。

「とは仰せになられても、実際に戦うのは——」

「かの者たちは豊臣家譜代ではない。豊臣家の方針はわれらが決める」

「分かりました」

そのことについて守久が何と言おうが、大野兄弟や紀が聞かないのは分かっていた。

「いずれにせよ、今話した条目で和議を結ぶことに決まったので、七手組の諸将に伝えておいてくれ」

紀はそう言うと、そそくさと詰の間から去っていった。

——何と言うことだ。

目の前の恐怖から逃れたいがために、淀殿は和議を主張したに違いない。

だがそれは、しばしの間、命を長らえることでしかないのを、守久は知っていた。

――果たして修理の思惑通りに行くか。

それがいかにあてにならないか、守久には分かっていた。


速水甲斐守守久は、近江国浅井郡速水村の土豪の家に生まれた。

天正元年（一五七三）に秀吉が長浜城主になった頃、父が出仕し、守久も小姓に出された。その後、近習から近習組頭を経て黄母衣衆となった守久は、小田原合戦で石田三成の組下となって関東を転戦し、館林城と忍城攻めで武功を挙げた。その結果、秀吉の身辺警固部隊、すなわち大坂城七手組頭の座に就いた。その頃には一万石を拝領し、配下五百から六百を抱えるようになっていた。

秀吉の死後、徳川家との間に緊張が高まってからは、主に片桐且元を助け、大野治長ら淀殿側近との橋渡し役を担ってきた。慶長十九年（一六一四）十月、徳川方との決戦が決定してからは、防戦施設の作事と知己の大名たちを勧誘する任に当たってきた。

開戦から二ヵ月が経った同年十二月二十日、依然として砲声が殷々と轟く中、守久は秀頼に呼び出されて対面の間に伺候した。

型通りの挨拶が終わるや、秀頼は満面に笑みを浮かべた。

「甲斐よ、こうして二人で話すのは久方ぶりだの」

秀頼がその巨体を揺するようにして笑う。

「上様――」と言ったきり、守久は言葉に詰まった。

かつて秀吉の馬前を駆け、秀吉と共に焚火を囲みながら濁酒を酌み交わした日々が突然よみがえってきた。守久にとって秀吉は、恩人であり、友であった。

――だがわしは、その大切なご子息一人守れぬのだ。

秀吉の死後、守久たちは豊臣家を懸命に守り立てようとした。だが時代の流れも人の心も家康に吸い寄せられていき、秀吉に大恩ある大名たちは、誰一人として大坂方に与さない。

親しくしていた者たちに味方してくれるよう、守久も書状を書いた。だがその多くは返事もなく、たとえあったとしても、逆に「大御所に逆らうのは得策ではない」と諫められる始末だ。

――逆らおうとは誰も思っておらぬ。天下も要らぬ。ただ豊臣家が続けばよいのだ。

守久と且元、そしていま一人、武将茶人の古田織部だけが、そうした現実を見据えていた。

――だが城内の者たちには、それが分からぬのだ。

三人はそれを嘆き、徳川家に抗う愚を懸命に説いたが、大野治長ら側近たちに聞き入れてもらえず、織部は自ら城を出て京に隠棲し、且元は城を追い出された。

――そして、わしだけが城に残った。

武辺(ぶへん)しか取り柄のない守久には、秀頼を守って堂々と戦う以外の道はない。

「甲斐よ、どうした」

気づくと守久は首(こうべ)を垂れて拳(こぶし)を固めていた。

「上様、甲斐は――」

「もうよい。何も申すな。致し方なきことなのだ」

「分かっております。分かっておりますが、われらの力及ばず――」

秀吉が諸大名に与えた大恩が、こんなに早く効力を失うなど、大坂方の誰も考えていなかった。

「甲斐、いくつになった」

「はい。五十を少し超えました」

「そうか。もうそんなになるのか。五十を過ぎて見る世間の風景はどんなものだ」

殿中でしか生活していないためか、秀頼は突飛な質問をすることがある。

――だが、このお方は虚(うつ)けではない。

守久は秀頼の中に秀吉の賢さを見ていた。しかも秀頼には秀吉にはない思慮深さがあり、そこにいるだけで人を従わせる武将としての器量もある。

――しかし、それが仇(あだ)となってしまうとはな。

慶長十六年(一六一一)三月、秀頼は家康と二条(にじょう)城で対面した。その時、秀頼は家康に対して全く物怖(ものお)じせず、堂々たる態度で接した。背後に控え、その様を一部始終見てきた守久は、あまりの頼もしさに涙が出る思いだった。だがこの対面で秀頼に恐れを抱いた家康は、なりふり構わず秀頼を殺すことに力を入れるようになった。

「どうだ。何が見える」

「五十になって見えるものと申しましても――」

「何も変わらぬか」

「はい。山の姿も花の色も変わりません。しかし――」

　守久が力を込めて言う。

「人の心は変わるものだと覚りました」

　それを聞いた秀頼は一拍置くと言った。

「そうか。人の心は変わるものか」

「残念ながら変わります。亡き太閤殿下から、あれだけの大恩を受けて大領を得た者たちに、一人としてそれをなげうってでも大坂に馳せ参じる者はおりません。誰もが右に倣えとばかりに大御所に従い、逆に――」

　秀頼が言葉を引き取る。

「わしを殺そうと攻め寄せてきておると申すのだな」

「そうです。この世に忠義者など一人としておりません」

「それは、さような不忠者たちに大領を与えた父の目が曇っていたからだ。かの者たちを責めても仕方がない」

ちなのだ」


「何と慈悲深い――」

「甲斐よ、さような者たちがおらずとも、わしにはそなたがおる。そなただけではない。大坂城内に残った者たちは皆、忠義者だ。亡き父がわしに残してくれた宝は、そなたたちなのだ」

「もったいない」

　守久の手の甲に大粒の涙が滴る。

「だが現世(うつしよ)は甘くない。いかに忠義者がそろっていようと、こうして天守にまで砲撃を浴びせられるようになれば、打つ手も限られてくる」

　いまだ断続的に砲声は轟いている。

「だがわしには、大御所にない強みが一つだけある」

「それは――」

「若さよ」

　それこそが、家康が恐れる秀頼の最大の強みなのだ。

「大御所がわれらに百倍する兵を集めてこようが、年齢だけは覆せぬ」

「仰せの通りです」

「それゆえ、時はわれわれに味方している。つまりいかに時を稼ぐかが、わが武略になる」

「よくぞそれをお分かりで――」

「それゆえ、この場は和議を結び、時を稼ぎたいと思う」

そこまで言われてしまえば、守久に反論はない。

「そなたが和議の使者に立ってくれぬか」

「それがしに――」

「むろん正使は有楽斎殿、副使は大野修理にする。そなたには警固を任せることになる」

それを聞いた守久は胸を撫で下ろした。

「それなら、お引き受けいたします」

守久は元来、口下手で交渉ごとが苦手だった。

ちなみに有楽斎とは本名を織田長益といい、信長の弟にあたる。関ヶ原合戦では東軍に属したが、淀殿のたっての願いで客分として大坂城に入っていた。

――そしてもう一人は修理か。彼奴が和議に合意したというなら安心だ。

治長が使者に立つということは、城内の強硬派が矛を収めたということになる。

「そなたは二人の背後に控え、江戸右大臣が、この和談を本気で進めようとしているか否かを見極めてくれ」

江戸右大臣とは徳川秀忠のことだ。大坂城内では秀忠を将軍として認めていないので、江戸右大臣と呼ぶ。

「お任せ下さい」

「交渉の日は二十五日。場所は岡山陣だ」

「承知仕りました」

守久が青畳に額を擦り付けた。

二

十二月二十五日、正使の織田有楽斎に副使の大野治長、さらに大坂城七手組の伊藤長実、堀田盛重、青木一重と共に、守久は徳川方の岡山陣に向かった。

守久の率いる大坂城七手組は、伊藤ら三人のほかに郡宗保、野々村雅春、中嶋氏種、真野頼包の七人から成っている。つまり彼らを統括する守久は七手組頭という立場になる。

七手組は馬廻衆と近習衆から選抜され、それぞれ五百から六百の兵を率い、主に秀頼の警固に当たっていた。

言うまでもなく守久を含めた八人は、誰もが赫々たる武功の持ち主だ。

三の丸を出ると身の毛もよだつような殺気を感じた。周囲に敵しかいない中、振り向くと、織田有楽斎と大野修理の乗る輿が続き、その後方から七手組の三人が付き従っている。

城を出てから半里ほど行くと、岡山が近づいてきた。その周囲は徳川方の兵でびっしりと埋まっている。

——これほどの勢威なのか。

今更ながら、天下は持ち回りだという気がしてくる。

——だが天下を取られようと、豊臣家だけはつぶしてはならぬ。

守久は、武辺者だからこそ現実を把握していた。この世は実力と実績がすべてであり、それをこの世の中で誰よりも持っているのは家康なのだ。

その点、片桐且元の苦労は並大抵ではなかった。冬の陣の少し前、大野治長らと外交方針をめぐって対立した且元は、身の危険を感じて城から退去した。その直前、長年にわたって朋友だった守久を呼び出し、「事ここに至れば城を退去するほかない」と打ち明け、「一緒に出ないか」と持ち掛けた。

だが守久は首を左右に振った。それを見た且元は、「わしは豊臣家に忠節を尽くして死にたかった。だが、このままでは表裏者の汚名を着せられ、殺されるだけだ。そなたは、わしの分まで忠義を貫いてくれ」と言って去っていった。

——いつしかわしは、城内で「忠義専一の士」とまで言われるようになった。

それが「不器用者（賢くない者）」という言葉と表裏一体になっていることを、守久はよく知っていた。

「よくぞおいでいただけました」

陣幕の前で待っていたのは古田織部だった。

馬を下りた守久が丁重に頭を下げる。

「宗匠が、ここにいらっしゃるとは思いませなんだ」

すでに織部は七十二歳という高齢だ。常識的に考えれば、戦場にいる年齢ではない。

「大納言様に願い出て、皆様方の案内役を仰せつかりました」

「そうでしたか。なにぶん敵陣ですので、宗匠がいらっしゃれば心強い限りです」

「ご心配には及びません」

背後の輿から有楽斎と治長も降りてきた。有楽斎と織部は千利休の下で相弟子だったので、早速、旧交を温め合っている。

やがて織部の先導で、いくつかの陣幕をくぐり、最奥部に設えられた秀忠の御座所に伺候した。

この日の会談は有楽斎と治長が主になるので、守久は後方に控えていた。和睦条件は、すでに双方の女房たちが交渉を済ませており、その条件を確認した上で調印するだけだ。守久は秀忠の様子を注視していたが、将軍となったためか、以前に比べて落ち着きが出てきており、そうした心の内をのぞかせることはなかった。

――まずは和議に応じて兵を引くだろうな。

その話しぶりからも、引くと見せかけて騙し討ちをするような気配はない。

その後、約定書が交わされ、織田有楽斎と秀忠側近の榊原康政が血判署名した。

これで和睦の儀は終了したので、豊臣家の使者たちは上段の間の秀忠に一礼して去ろうとした。

その時だった。

「そなたが速水甲斐だな」

秀忠の視線が守久に据えられる。

「はい。速水甲斐守に候」

「豊臣家の武辺を支えているのは、そなただと聞いた。此度も鴫野の陣では、見事な働きだったというではないか」

十一月二十六日未明、上杉景勝の兵が豊臣方の鴫野の柵に襲い掛かることで、鴫野の戦いが始まった。この戦いで上杉勢は鴫野砦を落としたものの、駆け付けてきた大坂方の大野治長や渡辺糺の軍勢と激戦となった。この時、天満方面の防備に当たっていた七手組が上杉勢を横撃したため、上杉勢は撤退を余儀なくされ、大坂方は鴫野砦を取り戻した。

この戦いで守久と七手組は大いに武名を挙げたが、夕刻に鴫野砦を再び奪われ、以後、周辺一帯は徳川方が占拠することになる。

「それがしは、任された仕事をこなしたにすぎません」

「ほほう。声高に己の武功を誇る者の多い中、そなたは控えめよの」

「それが性分かと」

「何と――、それが性分か。武士にとっては損な性分だな」

秀忠が笑い声を上げたので、その場の硬い雰囲気が和やかになった。

「損でも構いません。武士の仕事は己の名を挙げることにあらず」

「ほほう、では何のために武士は仕事をする」

「それは――」

守久は息を大きく吸うと胸を張って言った。

「禄をいただく主に忠義を尽くすことです」

「さすが、大坂城にその人ありと謳われた男よ。忠義というものがよく分かっておる」

「さようなことは当たり前かと」

「当たり前か。そうした当たり前のことをわきまえる輩が、今は少ないのだ」

秀忠がため息をつく。

「もはや和議が成ったので、そなたと戦うことはないと思うが、もし戦うことにでもなれば、その忠義の戦いを、とくと拝見させていただく」

秀忠はそう言うと立ち上がった。

――つまり戦うつもりでいるということだな。

秀忠は正直で表裏のない武将だと聞いていたが、こういう形で真意を吐露するとは思わなかった。だがこの暗喩が、有楽斎と治長に伝わったかどうかは分からない。

「ありがたきお言葉。それがしのような不器用者には、忠義のほかに売るものはございません。万が一――」

守久が語気を強める。

「右大臣様と戦うことにでもなれば、その首をいただき、豊臣家への忠義の証といたします」

有楽斎が咎めるように振り向く。だが秀忠は高笑いした。

「見事な心掛けだ。それが武士という者よ。亡き太閤殿下も――」

秀忠の眼光が鋭くなる。

「きっと、それを見たいと思うだろう」

これで会談は終わった。

帰途、守久は秀忠が侮れない武将に育ってきていることを痛感した。

――相手に不足なし。

どのみち滅ぶにしても納得できる形で滅びたい、と守久は思ってきた。相手が愚将では、秀頼が不憫だからだ。

和議が成るや、徳川方は三の丸堀の埋め立てを開始した。豊臣方も牢人たちを使って二の丸堀の埋め立てに掛かったが、形ばかりの作業なので遅々として進まない。

しかも慶長二十年（一六一五）の正月になったので、大坂方は十日余も仕事をしなかった。それゆえ徳川方の不満はたまっていた。

その結果、徳川方の奉行から「われらも長陣で疲れてきているので、諸大名の人数を手伝いに出す」との一方的な通達があった。

これに驚いた大野修理は、「こちらでやるので結構」と返したが、それを無視するかのように、徳川方が三の丸の建築物を二の丸堀に放り込み始めた。豊臣方は驚き慌て、再三にわたって中止を求めるが、「もはやお味方どうしではないか」と言って、凄まじい勢いで二の丸堀の埋め立てに掛かった。

こうなっては止めようがない。あれよあれよという間に堀が埋め立てられると、徳川方はその勢いで二の丸の建築物の破壊も始めた。

予想もしなかったこの事態を、大坂方は指をくわえて見ているしかなかった。大坂城を本丸だけにするというのが和睦条件だったので、城内の治長たちも強く抗議することができないのだ。

――修理は小才子にすぎぬ。相手の方が上手なのだ。

守久も口惜しかったが、「さもありなん」と思った。治長は物事を自分に都合のいいように解釈し、相手の思惑を考えない。此度の手切れも、こうしたことの積み重ねによるものだった。

正月二十二日、すべての壊平は終わり、徳川勢は意気揚々と陣払いしていった。一面の更地となった二の丸と三の丸を眺め、大坂城の人々はため息をついた。

同二十五日、守久は秀頼の使者として二条城を訪問し、和睦成立の御礼として、秀頼から託された太刀、馬、呉服を贈った。

この時も秀忠は守久を絶賛し、自らが腰に差す脇差一振りを下賜した。

三

二月末、大坂城を立錐の余地もないほど取り巻いていた敵方の軍勢がすっかり消え失せ、大坂城に籠もっていた人々も城の内外を自由に行き来できるようになった。

そんな折、古田織部から書状が届き、此度の和睦成立を祝って一客一亭の茶事を行いたいという申し出があった。

むろん守久に否やはない。

指定されたのは織部の京都堀川屋敷である。

少し遠いが、道中に京の情勢を見聞しようと思い、守久は出向くことにした。

古田織部正重然は天文十二年（一五四三）、美濃国の守護大名・土岐氏の家臣にあたる古田家に生まれた。だが土岐氏が没落したため、父の代の時、隣国尾張の織田氏の傘下に転じた。十四歳で信長の近習となった織部は、三十九歳まで母衣衆の一人として常に信長の傍らにあり、戦場を疾駆してきた。

本能寺の変の後は守久同様、秀吉に従って各地を転戦し、秀吉の天下取りに貢献した。

だが織部は、武士としてよりも茶の湯の宗匠として知られていた。

半東（亭主の助手）に導かれ、蘇鉄の茂った外露地に敷かれた飛び石を歩みつつ中木戸まで行くと、にこやかな顔をした織部が待っていた。

織部に導かれるままに、敷居の高さが一尺三寸（約三十九センチメートル）もある中潜を跨いで内露地に入ると、空気が一変した。

――これが茶の湯というものか。

茶の湯は来訪者に俗事を忘れさせるために、こうした仕掛けを設える。

やがて草庵が見えてきた。

「この草庵は『露滴庵』と呼んでおります。それがしが行き着いた一つの境地です」

「ほほう」

さほど茶の湯に執心したことのない守久は、感心するしかない。

その草庵は茅葺き入母屋造りで、東に正面を設け、南に躙口を設けている。

早速、躙口を入ると常の茶室とは違って明るい。

織部は床の間の脇壁のみならず、点前座の背後にも上下二つの中心線をずらした窓を切っていた。さらに掛込天井にも突上窓を切っているので、明るいのは当然だった。

「ご無礼仕る」と言って茶立口から入ってきた織部は、猫足膳の上に載せられた会席を運んできた。その背後から半東が同じように膳を掲げて続く。

「もうよい。下がっていなさい」

織部に命じられると、半東は「はい」と言って下がっていった。

「さて、まずは腹をこしらえますか」

庭の筧が石を叩く音の中、和やかに会食は終わり、茶の湯となった。

織部が歪み茶碗に濃茶を淹れて差し出す。

それを一服すると、織部が唐突に問うてきた。

「いかがですか」

「茶の味ですか」

「いえいえ、向後の見通しです」

織部が苦笑いする。

「何の見通しですかな」

「豊臣家の行く末です」

織部は家康と秀忠の茶頭でもある。それゆえ守久は、はぐらかすように答えた。

「織部殿におかれましては、かつて大坂方のために東奔西走いただき、心から御礼申し上げます」

織部が「東奔西走か――」と言って苦笑する。

「それも空しきことでした」

守久に返す言葉はない。

東西の間に暗雲が垂れ込め始めた慶長十七年（一六一二）八月、織部は駿府で家康に拝謁し、大坂への出兵を控えるよう説くと、その足で江戸に入り、自邸に秀忠を招いて一客一亭の茶事を行い、同様の説得を試みた。

織部は江戸に居座り、幕閣や諸将に対する和平工作を翌慶長十八年（一六一三）の三月まで続ける。さらにその帰途、再び駿府に立ち寄り、家康に豊臣家の赦免を訴えた。ところが翌慶長十九年（一六一四）の方広寺鐘銘事件で、双方は手切れとなり、織部の努力も水泡に帰した。

織部は「わがこと終われり」とばかりに京の屋敷に隠棲し、もはや政治にかかわることはないと思われた。

「甲斐殿、事ここに至れば、もはや何も申すことはありません。大御所と江戸右大臣は、初めから豊臣家を滅ぼすことで一致していたのです」

「いかにも――」

初めは守久も、手を尽くして説明すれば分かってもらえると思っていた。だが何を言おうと、大坂方の弁明を聞こうとしない徳川方の態度を見て、いち早くその真意を見抜いた。

「甲斐殿、これで大坂城は裸城となりました。もはや豊臣家の命脈は尽きたも同じです」

「それは分かっておりますが、何とか上様のお命だけでも長らえる術はありませんか」

織部がゆっくりと首を左右に振る。

「やはり、ありませんか」

「はい。大御所が望むものは上様のお命だけなのです、たとえ城を出て臣下の礼を取ろうと、遠からず殺されましょう」

それを聞いた守久は暗澹たる気分になった。

「しかし――」

織部が薄茶の支度をしながら言う。

「一つだけ手がないこともありません」

「それはどういう手ですか」

織部は何も答えずに、見事な点前を見せた。

「どうぞ」と言って、薄茶が出される。守久は一礼して、それを喫した。

「手と言っても、さほど難しいことではありません」

「お聞かせ下さい」

「他言無用ですぞ」

「この甲斐、不器用者ですが、口舌の徒ではありません」

笑みを浮かべて「これはご無礼仕った」と言うや、織部は声を潜めた。

「わが手の者たちが京の町に火をつけ、大御所がいる二条城を焼き払います。さすれば大坂に向かう途次にある江戸右大臣と先手の将たちも動揺します。そこを大坂城から打って出て討ち取っていただきたいのです」

「何と――」

あまりのことに守久は絶句した。

「この策配は、大坂城を打って出た者たちが、江戸右大臣を討ち取れるかどうかに懸かっています。たとえ大御所を討てても江戸右大臣が健在な限り、徳川家の屋台骨は揺らぎませぬからな」

家康と秀忠の二人が同時に二条城にいることは考え難く、おそらく秀忠は諸大名の兵を率いて先に大坂に向かうはずだ。ところが京が火の海になり、家康の安否が不明となれば、秀忠率いる兵は動揺する。そこを大坂城から守久らが出撃し、秀忠を討ち取れというのだ。

――そうか。織部殿は本能寺の変をやろうというのだな。

かつて明智光秀は織田信長が滞在する本能寺に攻め入り、信長を殺したのみならず、二条御所を包囲し、織田家の家督を継いでいた信忠をも討ち取っている。

――だが明智は、京に火を放ったわけではない。

あくまで光秀は軍勢を催して信長父子を討とうとしただけで、京を火の海にしようとしたわけではない。

――だが、この御仁の手勢は少ない。それゆえ洛中を火の海にするしかないのだ。

織部の所領は三千石でしかないので、動員できる人数は、無理しても百人がいいところだ。

「しかし京を火の海にすれば、そこに住む者たちにとって多大な迷惑となりましょう」

「いかにも。それがしとて京を焼き尽くすのは断腸の思いです」

「それが分かっておいでなら、なぜ、さようなことを仰せになられる。あれだけ家屋が密集していたら、すべてを焼き尽くすまで火は燃え広がります」

　風がなくても、火は自ら風を起こして燃え盛る。それを防ぐには火元の周辺の建築物を打ち壊し、類焼を防がねばならない。

　――だがそれは、火元が一ヵ所の場合だ。ほぼ同時に洛中の諸所に火をつけたら消火どころではなくなる。洛中には内裏や大社大寺から下々の長屋まで、建築物が密集している。そんな場所に何ヵ所からも火の手が上がれば、民は逃げ惑い死んでいくしかない。

　――そうなれば万余の者たちが死ぬ。それだけではない。焼け出された者たちも飢えに苦しんで死んでいくだろう。

　その時、守久はあることに気づいた。

　――間違いなく内裏にも火が回る。その時、帝（後水尾天皇）は逃げられるのか。

　帝は若いので逃げられるとしても、後陽成上皇は病がちな上に四十五歳という年齢なので、逃げられるかどうかは分からない。

「それは承知の上です。では、ほかに豊臣家を救う手立てがおありか」

　織部が強い口調で問う。

　――いかにも、ほかに手はない。

　こうした策謀をめぐらすことを元々、守久は得意としない。

「――」

「お分かりいただけたか。もはや豊臣家を存続させるには、これしかないのです」

「しかし、それでは帝が――」

「なんと、帝と仰せか」

「そうです。内裏にも火が回れば、帝や上皇の身に危険が迫ります」

「甲斐守殿の主は帝か！」

織部が一喝する。

「甲斐守殿が忠義を尽くすべきは、豊臣家ではありませんか」

織部の言葉がずしりと響く。

――その通りだ。これまで禄を食めたのも、ここまで出頭できたのも、今は亡き太閤殿下と上様の思し召しではないか。

守久にとって仰ぐべきは豊臣家であり、天皇や朝廷ではない。

「お分かりいただけたか」

織部が疲れたように肩の力を抜く。

――織部殿も追い込まれておるのだ。

「しかし織部殿、さように重大な用件ならば、城内で皆に諮らねばなりません」

「そんなことをすれば、策が漏洩する」

大坂城内には、徳川方が放った草の者が多数入り込んでおり、衆議に諮れば即日、敵方に知れわたるだろう。

「しかし兵を動かすとなると、上様のお許しが必要です」

「では、上様と甲斐守殿のお二人で決められよ」

守久は首を垂れて絶句した。

――そんなことができようか。

大坂城の指揮権は大野治長をはじめとした大野三兄弟や渡辺糺が握っており、守久はその命(めい)を奉じるだけの存在なのだ。

「分かりました。機を見つけて話してみます」

「このことは上様以外に一切、他言無用ですぞ」

「分かっております」

「それがしの言う通りに動けば、必ず事は成ります」

――果たしてそうだろうか。

下手をすると、家康も秀忠も無事で、京だけが灰になってしまうことも考えられる。

守久は、とんだ荷物を抱え込んでしまったことを覚った。

四

三月、大坂城に戻った守久は、秀頼に面談を申し入れることもせず、これまでと変わらぬ日々を過ごしていた。

というのも守久には、一抹の危惧(きぐ)があったからだ。万が一、守久の話を聞いた秀頼が

「それはよい」となった時、守久は何と答えるべきか。自分の持ってきた話を「やはりやめましょう」と諫言することはできない。

　そんなある日、「甲斐殿」と呼ばれて振り向くと、二十歳前後の若者が鋭い目つきで立っていた。秀頼の近習をしている古田九八郎である。

「何用ですかな」

「少しよろしいですか」

「ええ、構いません」

　九八郎に先導され、城内の人気のない場所まで来ると、二人は小さな部屋に入った。

　九八郎は行灯に灯を入れると、せかすように問うてきた。

「甲斐守殿、どうなされた」

「どうなされたとは、何のことですかな」

「何をとぼけられる」

　頭に血が上りかけたが、ここで喧嘩を売っても仕方がない。

「とぼけてなどおりません」

「わが父から話は聞いたはず」

「聞きました」

「では、なぜ上様のお耳に入れぬのか」

　守久はため息をついた。

「かような大事を、何の吟味もせずにお耳に入れることなどできません」

「甲斐守殿、わが父と会ってから何日経ったとお思いか。もう五日ですぞ。早急に城内の肚を固めないと、父も動けません」

「それは分かっておりますが、大御所も江戸右大臣も、それぞれ駿府と江戸に帰ったではありませんか」

　家康と秀忠は二月半ば、それぞれ駿府と江戸に帰還していた。

「それで、すべてのかたがついたとお思いか」

「それは何とも申せません」

「父が摑んだ雑説によると、三月に入るや、二人は大坂方に難癖を付けてきています。これは再び出陣するための言い掛かりに相違なし」

　すでに徳川方は、大坂方が埋め立てた堀を掘り返しているだの、柵を設けているだの、牢人たちを新規に召し抱えているだのといった言い掛かりをつけてきていた。これらのことは、埋められた堀を下人が畑にしたり、その区分けのために柵を設けたりしていることを指してのことだった。牢人を新たに召し抱えた事実はないものの、城に出入りしている者もいるので、解釈によってはどうにでも取れる。

　──徳川父子は焦っているのだ。

　家康が己の年齢について危機感を持っているのは間違いなく、何としても壮健なうちに大坂城を落とし、秀頼の首を取りたいのだ。

「三月となると、さほど猶予はありませんな」

「さほどどころか、ほとんどありません。城内の肚を固めるや、父は京都で地下人や野盗の類をかき集めねばなりません」

織部は、ぎりぎりまで配下の者にも秘策を漏らすつもりはなく、そのため家康と秀忠がやってくると決まるや、即座に人集めをするつもりでいるのだ。だがその成否は大坂城との連携に掛かっている。

「お父上の立場は分かりますが、それがしが織部殿の策配に同意したわけではありません」

「何を仰せか。甲斐守殿は豊臣家から受けたご恩を何と心得る。このまま何もせねば、天下一の不忠者と呼ばれますぞ」

――なんだと小僧！

沸騰する心中を抑え込み、守久は言った。

「それは不忠ではありません」

「上様に父の策配を伝えないのなら、間違いなく不忠者です」

「何と言われようと、まだ伝えるつもりはありません」

「では、それがしから上様に伝えます」

守久がため息をつく。

「それは心得違いというもの。九八郎殿がそれを上様に伝えようと、それがしのような年寄が同意せねば、一兵たりとも動かせませぬぞ」

　秀頼は軍事に関して、守久に絶大な信頼を置いていた。

「それは心得ています。だからこそ甲斐殿からお伝えいただきたいのです」

「致し方ありませんな。では、わが肚を決めますので明日までお待ち下さい。明後日には上様にお会いし、どうするかお決めいただきます」

「いいでしょう。明後日ですぞ」

　最後に念を押すと九八郎は部屋から出ていった。

　――さて、どうする。

　守久は顎に手を当て、鬚の感触を確かめながら沈思黙考した。

　――京を火の海にし、それが豊臣方の仕業だと分かれば、民心は豊臣家から離れるだろう。そうなれば豊臣家の手に天下を取り戻せたとしても、長くは続かない。

　守久は思い悩んだ。

　――このままにしておいたらどうなる。

　守久がこのまま何もせずとも、織部は京に火をつけるかもしれない。

　京から立ち上る黒煙を見て、大坂城から追撃部隊が発せられることも考えられる。とくに後藤や真田は機を見るに敏なので、自らの判断だけで飛び出すこともあり得る。

　だがそれだけで、家康か秀忠のどちらかを討ち取れると考えるのは虫がよすぎる。いくつもの僥倖が重なり、万が一うまくいったとしても、大坂方には徳川家を追って江戸まで攻め寄せる余力はない。結局、徳川方に江戸で態勢を立て直す余裕を与えてしまう。

──やはり、この策配を成就させるのは難しい。

しかし、すべてをなげうち豊臣家に忠節を尽くそうという織部の覚悟は見事だった。

確かに、ここで座して滅亡を待つぐらいなら、たとえ成算は低くとも、乾坤一擲（けんこんいってき）の手を打つことこそ忠臣たる者の務めだろう。

──わしは「忠義専一の士」とまで呼ばれた男だ。織部殿に呼応するのが、豊臣家に大恩ある者の進むべき道ではないか。

守久の脳裏に、今は亡き秀吉の面影が浮かぶ。

──殿下、どうすればよいのです。

冥府（めいふ）の秀吉に問うたところで、答えが返ってくるはずもない。

いつしか守久は、秀吉との最後の対面を思い出していた。


「ちこう」

秀吉の声はかすれていた。

「はっ」と答えて守久が膝行（しっこう）すると、秀吉が「ここまで寄れ」と言う。

「ご無礼仕る」と言いながら、上段の間に上がった守久は、秀吉の衾（ふすま）に膝（ひざ）が接するところまで近づいた。

「甲斐よ、楽しかったな」

「上様――」

守久の瞳から熱いものが流れ出た。

「そなたらと戦場を疾駆し、夜は同じ焚火に当たり、一つ盃で酒を回し飲みしたものだ」

「はっ、懐かしゅうございます」

「そなたは酔うと、決まって下手な舞を披露した」

秀吉の顔に笑みが広がる。

「申し訳ありません」

「よいのだ。舞も生き方も下手な者ほど大切なのだ」

「そ、それは真で――」

守久は天にも昇る気持ちだった。

「ああ。そなたのような不器用者がいてこそ、家は栄える」

「もったいないお言葉」

「そなたをそば近く使いながら、わしはそなたに大領を与えなかった。さぞかしわしを恨んでおろう」

「滅相もない」

確かに加藤清正や福島正則といった若い者たちが、大領を拝領して大名になっていくことに、守久は嫉妬心を抱いていた。だが今にして思えば、自分には自分に合った役割があり、それが秀吉の馬廻衆、すなわち七手組だったのだ。

「知っての通り、今のわしの関心事は、わしの死後のことだけだ」

「はっ、わが身に代えても豊臣家と秀頼様を守り抜く所存」

「頼りにしておるぞ。だがな――」

秀吉が苦しげな顔をする。

「豊臣家は天下の政権だ。そこが常の大名家とは違うところだ」

「はっ、いかにも」

「つまり守るのは豊臣家だけではない。天下の衆生をも守っていかねばならぬ」

「はっ、はい」

守久には、秀吉が何を言わんとしているのか予想もつかなかった。

「わしは建前で物を申しているわけではない。もしも豊臣家のことだけを思い、天下万民のことを忘れれば、わしは己の野望だけで天下人になったと思われる。わしが総見院様（織田信長）の存念（理想）を引き継いで天下を制したのは、わしが天下を制するのが天下万民にとって最もよいと思うたからだ。そして天下は泰平になった。わしは私利私欲で天下人となったわけではない」

「分かっております。この甲斐には十分に分かっております」

「聞け。豊臣家は大事だ。だが常に天下万民のことも考えねばならん。もしも秀頼が豊臣家一個のことを考えた時は、そなたが諫めよ」

「はっ、承知仕りました」

「それでよい」

秀吉は己に言い聞かせるようにうなずき、目を閉じた。

その数日後、秀吉は息を引き取った。

五

その日の朝、守久の屋敷に九八郎がやってきて、秀頼が朝一番で会うと伝えてきた。

本丸御殿に向かった二人は迷路のような長廊を渡り、秀頼の対面の間に入った。

「中でお待ちを」

そう言うと、九八郎は秀頼の居室の方に消えた。

対面の間に入って待っていると、九八郎が戻ってきて、「間もなくお越しになられます」と告げてきた。

しばらくすると、小姓を従えた秀頼が入ってきた。

守久の顔を見ると、秀頼は相好(そうごう)を崩した。

「大儀」と言ってその巨体を下ろすと、秀頼は守久の後方に座す九八郎に声を掛けた。

「して、甲斐からわしに話があるそうだが――」

「はい。これから重大な話を甲斐守殿からしていただきます。お人払いを」

秀頼が肩越しにわずかに背後を振り返ると、小姓たちが出ていった。

その威厳ある態度は、かつての秀吉を彷彿とさせる。

「これでよいか」

「はい」と答えた九八郎が咳払いをする。

守久は大きく息を吸うと話し始めた。

「上様、どうやら大御所と江戸右大臣の再征があるようです」

「やはりそうか。皆もそう申していた。なにやら江戸は、堀を掘り返しただの、新たに牢人を徴募しているだの、兵糧をかき集めているだのと騒いでおるというではないか」

「はい。こちらが何もせずとも、大御所は言い掛かりをつけて再征するようです」

「懲りぬ御仁だ」

秀頼がため息をつく。

「無念ですが、もはや一戦交えるほかありません」

「それ以外に、豊臣家を守る術はないと申すのだな」

「はい。ただ一つだけ策があるという方がおられます」

「それは誰だ」

「古田織部殿――」

「ああ、それで九八郎がそなたを取り次いだのだな」

秀頼が扇子で膝を叩く。

「はい。今、京都にいる織部殿を除き、城外でわれらに味方する者はおりません」

「とは申しても、織部の人数で何ができるというのだ」

「仰せの通り、織部殿が城外で挙兵したところで、すぐに揉(も)みつぶされてしまいます」

「では、織部が何をする」

一瞬、沈黙した後、守久は思い切るように言った。

「大御所のいる二条城に火をつけます」

秀頼の顔色が変わる。

「その混乱に乗じ、こちらは全軍を出陣させ、江戸右大臣の首を取るという算段です」

そこまで言ったところで、九八郎が話を代わった。

「父は、すでに家臣らに人を集めさせています。むろん何をやるのかは、まだ伝えていません。集められた者たちは、父が徳川家と親しいことから、大坂城攻めに駆り出されると思うておるはず。しかし大御所が二条城に入るや、集めた者たちに洛中の諸所に火をつけて回らせます。さすれば敵は大混乱に陥ります。江戸右大臣も大規模な反乱が起こったと思い込み、馬を返すはずです。そこを背後から城衆が突けば、大御所のみならず右大臣の首も取れるはずです」

九八郎は得意になってまくしたてた。

「上様、豊臣家の天下を取り戻すなら、この策しかありません。何卒(なにとぞ)、この策をお認めになり、ここにいる甲斐守殿に大坂城から打って出ることをご命じ下さい」

ようやく秀頼が絞り出すような声を発した。

「何という策か」

九八郎が弾むように言う。

「お褒めに与り、この上なき喜び。そのお言葉を父が聞けば、歓喜に咽ぶはずです」

――やはり上様はお若い。

守久は秀頼に一礼すると、脇差を前に置き、腹をくつろげた。

「どうしたのだ」

秀頼と九八郎が呆気に取られる。

「ここで腹を切らせていただく所存」

「どうして、そなたが腹を切る」

秀頼が息をのむようにして問う。

「織部殿は比類なき忠義者ですが、それがしは不忠者です。せめて腹を切り、亡き太閤殿下と上様にお詫びしようと思いました」

「そなたがなぜ不忠者なのだ。そなたは『忠義専一の士』と呼ばれるほどの忠義者ではないか」

「いいえ」

守久が悠揚迫らざる態度で言った。

「それがしは天下一の不忠者です」

「なぜだ。腹を切る前に説明しろ」

「はい。此度の織部殿の策配を徳川方に知らせました」

「あっ」

秀頼と九八郎が唖然とする。

実は昨夜、守久はかつて徳川家に仕え、今は故あって速水家の食客となっていた御宿越前という者を、京都所司代の板倉勝重の許に駆け込ませていたのだ。

「甲斐殿、それは真か！」

背後から九八郎の鋭い声が聞こえる。

「はい。真です」

「何たることか。豊臣家を救う唯一の道を、そなたは断ったのだぞ！」

青畳を叩くと、九八郎が秀頼に向き直る。

「上様、これほどの不忠者はこの世におりません。何卒、この手でこの不忠者の首を落とさせて下さい！」

守久が肺腑から絞り出すような声で懇願する。

「古田殿の仰せの通り。それがしは太閤殿下から受けた大恩を忘れ、豊臣家に仇を成しました。腹を切っても赦されぬとは思いますが、これまでの功に免じ、何卒、切腹をお許し下さい」

九八郎が憎悪を剝き出しにする。

「切腹だと。そなたなど磔物にしても飽き足らぬ！」

興奮した九八郎が背後から迫ろうとした時、秀頼が「待て」と発した。

「甲斐よ」

「はっ」と答え、守久が威儀を正す。

「いかなる理由で、さようなことをした」

「はい。豊臣家のことだけを考えるなら、織部殿が正しいと思います。しかし京に住む衆生のことを思えば、とても是認できる策ではありません」

「何を申すか、この不忠者が！」

「九八郎、静かにせい」

秀頼に制され、九八郎が黙る。

「つまりそなたは、京が火の海になることを案じていたのだな」

「はい。内裏が炎に包まれ、無辜（むこ）の民が業火（ごうか）に焼かれるのを見るのは、太閤殿下のご本意ではないと思いました」

「父上の本意とな」

「はい。殿下がそう仰せになっているように感じたのです」

「そうか」

秀頼が遠い目をする。

「それゆえ、上様のお目を汚すことになりますが、御前で腹を切らせていただきたいのです」

守久の最後の願いは、斬首刑ではなく腹を切ることだった。

「いや」と言って秀頼が首を左右に振る。

「上様！　何卒、この不忠者の首を――」

「黙れ！」

秀頼は九八郎を怒鳴りつけると言った。

「甲斐よ、さすがそなただ」

「えっ、今なんと――」

秀頼が大きく息を吸うと、はっきりとした声音で言った。

「わが父は武家でありながら、誰よりも帝と朝廷を崇め奉った。わしもその遺志を継ぎ、何事も朝廷を第一に考えてきた。内裏を焼くなどという暴挙は断じてできない。それこそ韓非子の言う『小忠をもって大忠を損なう』ことではないか」

――上様、よくぞわが意を察せられた。

守久が嗚咽を堪える。

それでも九八郎が食い下がろうとする。

「上様、しかし――」

「聞け」と言って秀頼が続ける。

「京には十万を超える民がいる。多くの者は炎に焼かれて死ぬだろう。たとえ助かっても、食うや食わずで路頭に焼け出されることになる。それはわが本意ではない。京を焼くぐらいなら、たとえ豊臣家が滅びようとも構わぬ」

予想もしなかった秀頼の言葉に、守久は息をのんだ。

「わが父も同じ思いだろう」

秀頼はそう言うと強くうなずいた。

その場に片手をつきつつ、守久が言う。

「上様、立派になられた。この甲斐、これ以上の喜びはありません」

「お待ち下さい。それではわが父は――」

「九八郎、自らの身をなげうってでも豊臣家に忠節を尽くそうとした織部には感謝しておる。だが、それは豊臣家への忠義であって、天下への忠義ではない。わしの気持ちは織部にも通じるはずだ」

「ああ――」と言って、その場に九八郎が泣き崩れる。

「甲斐よ」

「はっ」

「そなたは、まごうかたなき『忠義専一の士』だ」

「も、もったいない」

「かくなる上は、豊臣家の武名に恥じぬ戦いをして、共に死のうではないか」

「ああ、上様――」

守久は、この時ほど豊臣家に仕えてきてよかったと思ったことはなかった。

「豊臣家は滅ぶだろう。そして父上もわしも、徳川家によって汚名を着せられるはずだ。だがそんなことは、もはやどうでもよい。誰にも恨まれず滅びていければ、それで十分ではないか」

「なんと、ご立派な――」

守久は感無量だった。

――われら豊臣家は堂々と戦い、滅んでいくしかないのだ。

「上様――」

その時、九八郎が顔を上げた。

「それがしも、死出の旅路にご一緒させていただけませぬか」

「もちろんだ。そなたがわしに付き従ったと知れば、織部もきっと喜ぶはずだ」

秀頼が満面に笑みを浮かべた。


御宿越前から織部の陰謀を聞いた板倉勝重は、相手が徳川家の茶頭の織部だけに慎重に対処した。まず京都に探索方を走らせ、浮浪の徒を次々と捕まえた。手当たり次第、拷問にかけたところ、どうやら伏見に居を構える甲斐庄三(しょうぞう)なる者が、人を集めているという。

早速、その家に踏み込んで庄三を捕らえて拷問にかけると、庄三は木村宗喜(きむらそうき)という者の名を口にした。宗喜が庄三に金を渡して、人を集めさせていたというのだ。

板倉が宗喜を捕まえて拷問にかけると、宗喜は友人の鈴木左馬助から頼まれたという。その左馬助こそ織部の女婿だった。

すでに左馬助の許には、宗喜が捕まったという知らせが入っており、左馬助は逃亡を図った。だが山科の日ノ岡付近で発見され、抵抗したため斬り殺された。

それだけならば織部へとつながるものはなかったが、左馬助が所持していた挟箱の中に、織部が大坂方と内通している証になる書状が見つかり、織部の罪が発覚した。

これにより織部の許に上使が派遣され、伏見屋敷での蟄居謹慎が命じられた。

織部は取り調べに対し、「かくなる上は入り組み難き故、さしたる申し開きもなし」と言って黙秘を貫き、後に切腹を命じられると、何の弁明もせずに腹を切った。

六

四月、家康は諸大名に動員令を出し、大坂に向かった。これを聞いた大坂方も「決戦やむなし」となり、筒井定慶の守る郡山城に先制攻撃を仕掛けて、これを落とした。

五月に入ると、大和路から大坂城に向かっていた徳川勢を大坂方が迎撃する形で、道明寺・誉田合戦が起こる。大坂方は善戦するが、この戦いで大坂方が柱石と頼んだ後藤又兵衛が討ち死にを遂げる。これにより後藤勢は壊乱したものの、駆け付けてきた真田信繁と毛利勝永らが奮戦し、徳川方を後退させた。しかし同じ頃、八尾と若江で河内路を進んできた徳川勢と衝突した大坂方が敗走することで、全軍の撤退が始まった。

翌日の天王寺（てんのうじ）・岡山合戦で、大坂方は最後の意地を見せたものの、やがて徳川方の大軍に押し包まれるようにして壊滅した。

味方の敗兵が四方から懸命に戻ってくる。その背後からは雲霞（うんか）のごとき敵勢が追い掛けてくる。すでに二の丸さえ失った大坂城には、敵勢の猛攻を支える余力はない。

——どうやら手仕舞いのようだな。

大坂城の天守から眼下の合戦の様子を眺めていた守久は、覚悟を決めるべき時が来たことを覚った。

守久は天守を下りると、秀頼のいる本丸御殿の千畳敷に伺候した。

秀頼の側近くには、いつも詰めている大野兄弟ら側近がいない。皆、城を出て戦っているのだ。そこにいるのは、負傷して引き揚げてきた渡辺糺くらいだった。

「ご無礼仕る！」

「おう、甲斐か！」

秀頼の顔が明るむ。相次ぐ敗報に接し、ここ数日、秀頼は険しい顔をしていたが、開き直ったかのように笑みを浮かべた。

「上様、無念ながら負け戦（いくさ）となりました」

側近くにいた女房たちの間から、悲鳴とすすり泣きが聞こえる。

「そうか。勝敗は兵家の常。致し方なきことだ」

秀頼が明るい声で言う。

「ただし、敵は功を焦っております。その間隙を突き、七手組が敵を蹴散らしてみせましょう」

「そうか。いよいよ七手組が出陣するのだな。日頃の鍛錬の成果を見せてくれ」

「もちろんです。今こそわれらが、豊臣家の誉れを天下に示してみせます」

その時、使番が駆け込んでくると、「誰かが本丸に放火しました！」と告げてきた。

「何たることか」

秀頼が天を仰ぐ。

「かくなる上は天守に登り、腹を切るしかあるまい」

秀頼が決然として言うと、女たちの間から悲鳴が上がった。

「上様、お待ち下さい。それはあまりに早計。まずはおふくろ様と共に本丸を退去し、山里曲輪の糒蔵にお隠れ下さい」

糒蔵は天守の東下ノ段曲輪から山里曲輪に至る途中にあり、正式には朱三櫓と呼ばれていた。以前から守久たちは、本丸が大火に見舞われた時など、秀頼の一時的な避難所にしようと考えていた。ここは豊国社、すなわち秀吉の廟所の裏にあたり、秀吉のご加護が得られる場所と信じられていたからだ。

「なぜ、わしが隠れる」

「武士は最後まであきらめてはなりません」

守久は、徳川方に秀頼の命だけでも救ってもらおうと思っていた。

「わしは嫌だ。天守で死ぬ」

「お待ち下さい」

守久が大きな手を広げる。

「この甲斐、これまで太閤殿下にも上様にも、何かを願ったことがありますか」

秀頼が息をのむように守久を見つめる。

「その甲斐が最後に一つだけ聞き入れてもらいたいのは、このことだけです」

秀頼は大きく息を吸い込むと答えた。

「分かった。わしの身は甲斐に預ける」

「ありがたきお言葉！」

その時、別の使番が走ってきた。

「敵が間近まで迫ってきました。小半刻(こはんとき)もすれば門が破られます！」

「敵が多いのはどこの門だ」

「玉造(たまつくり)東仮門に前田勢が殺到しております！」

「よし、分かった」と答えるや、守久は秀頼に深く頭を下げた。

「それがしは時を稼ぐべく出陣します。上様は何卒、甲斐の言葉をお聞き届け下さい」

「承知した。天下の耳目が驚くほどの働きを見せてくれ」

「もとより！」

傍らの兜を摑むと守久は渡辺糺に言った。

「渡辺殿、上様がここから退去した後、本丸御殿に火を掛けられよ」

「ああ、そのつもりだ。同じ火で死ぬなら、逆臣者のつけた火ではなく、己の手でつけた火で死んでやる」

糺がにやりとする。この後、糺は二児と母と共に自害して果てる。

「では、行くぞ！」

「おう！」

堀田、郡、野々村、中嶋、真野の七手組五人が立ち上がる。青木は病と称して城を出ており、内通していた伊藤は姿を消していたが、残る者たちは死ぬ覚悟を決めていた。

そこに満身創痍の大野治長が駆け込んできた。

「速水殿、無念だが、もういかん！」

「ここまでよく戦われた。今は上様を連れて山里曲輪の糒蔵に隠れてくれ」

治長に秀頼と淀殿を託すと、守久は秀頼に向き直った。

「上様、もう一つお願いがあります」

「何でも申してみよ」

「その背後にある千成瓢簞をいただけますか」

千成瓢簞は豊臣家当主の馬標である。

咄嗟に守久の意図を察した秀頼がうなずく。

「よし、わが旗印をそなたに下賜する。これが豊臣家最後の戦いだ。千成瓢箪を掲げて存分に戦ってこい」

「ありがたき幸せ！」

守久が千畳敷を出ていこうとすると、古田九八郎の姿が目に入った。

「古田殿、上様を頼んだぞ」

「承知仕った。最後までお供いたします！」

大きくうなずくと、守久は軍配を掲げた。

「七手組出陣！」

「おう！」

千成瓢箪を掲げた七手組が出撃していく。それを見た城内の者たちは、自分の持ち場を放り出して七手組に付き従う。皆、最後の時が迫っていると覚ったのだ。

「目指すは玉造門だ！」

馬に乗った守久は、あの懐かしい戦場目指してひた走った。

激戦は続いていた。敵の喊声と馬のいななきが、いよいよ門近くまで押し寄せてきた。まだ門は破られていないが、味方の数は一人減り二人減り、すでに門を守ることさえ覚束なくなってきている。

遂には火矢を射られ、周囲に黒煙が満ちてきた。

その時、指揮所に使者が転がり込んできた。

「申し上げます。生玉口が破られ、城内に敵が入りました！」

「そうか。分かった」

隣の生玉口も危ういとは思っていたが、もはや三百にも満たない七手組の兵力では、玉造口を守るので精一杯だった。

そこに次々と使者が入り、郡、中嶋、真野の討ち死にを伝えてきた。遂に玉造口の門が破られたのだ。

守久は、共に指揮所にいた堀田と野々村に声を掛けた。

「おのおの方、これまで粉骨砕身いただいたこと、上様に代わって御礼申し上げる。それがしは最後のお務めを果たすゆえ、この場をお任せしたい」

「心得ております。何卒、上様をお救い下さい」

「あい分かった。武運を祈っておる」

その時、午後の陽光を浴びて輝く千成瓢箪が目に入った。

──殿下に栄光あれ！

そう心中で念じた守久は、指揮所を後にした。

指揮所に残った堀田と野々村の二人は最後まで敵を防ごうとしたが、大軍に囲まれて刺し違えて果てた。

一方、守久は数人の配下を従えて山里曲輪に向かった。城内は混乱状態に陥っており、どこに逃げていいか分からぬ者たちが右往左往している。雑兵の中には、女房たちの衣服を剝ぎ取っている者さえいる。

「助けて！」という声を振り払い、守久は駆けた。

――これが太閤殿下の大坂城か。

かつて大坂城が完成した頃、その豪壮華麗さに目を奪われた人々は、豊臣家の天下が永劫に続くと思っていた。だが、それは幻に過ぎなかった。

その時、天守が火柱のように燃え盛っていることに気づいた。

――ああ、豊臣家が焼け落ちる。殿下、申し訳ありませんでした！

守久は天守に向かって頭を下げた。

紅蓮の焰を噴き上げ、天守が崩落する。

――一つの時代が終わったのだ。

その感慨に浸ることもなく、守久は山里曲輪への道をひた走った。

七

山里曲輪はひっそりとしていた。周囲には黒煙が立ち込め、兵一人立っていない。

「速水甲斐に候！」

守久が怒鳴ると、中から扉が開けられた。

「上様、無念ですが、もはやこれまで！」

蔵の中に入った守久は、秀頼の前に転がるように拝跪した。

「そうか。では腹を切るか」

「お待ち下さい。いましばらくお待ちを」

「なぜ待つ」

「それは――」

守久が言葉に詰まると、傍らにいた大野治長が代弁した。

「これにて大名としての豊臣家は滅びます。しかしながら、公家や僧になるなら命を長らえることはできます」

「坊主になどなれるか」

「とは仰せになられても、太閤殿下の祭祀を絶やすわけにはいきません。何卒、お命をそれがしに預けていただけませんか」

しばらく考えた後、憤然として秀頼が言った。

「あい分かった。だが女々しい真似だけはせぬぞ」

「分かっております」

治長も無念そうに肩を落とす。

その時、外を監視していた者が叫んだ。

「敵の姿が見えます！」

すでに周囲には、甲冑の擦れ合う音や喧騒が満ちてきていた。

守久は白布を切り裂いて槍の穂先に括り付けると、糒蔵を出た。

「敵大将はおるか！」

「おう！」と言って姿を現したのは、井伊直孝である。

「井伊殿か。もはや隠し立てはせぬ。こちらに上様はおられる。命乞いをするつもりはないが、武士の情けがあるなら、上様を大御所の許にお連れいただけないか」

「天下を騒がせた賊どもが今更、何を言う！」

「待たれよ。井伊殿が『頭を丸めよ』と申されるなら、蔵の中でご落飾いただく。それゆえ――」

「問答無用！」

直孝は右手を掲げると、「放て！」と言いつつ振り下ろした。

直孝の周囲を固める足軽たちが、空に向けて鉄砲を撃つ。

「それが答えなのだな」

「ほかに何の答えがある。もはや潔く腹を切るべきであろう。武士の情けで、その暇をやる」

直孝の顔にも苦渋の色が溢れていた。私人としては助けたいに違いない。だが徳川家の家臣として、家康の命令を守らねばならないのだ。

――やはり無駄だったな。

守久は蔵の中に戻ると、直孝の回答を伝えた。

「そうか。やはり大御所は、わしの命だけがほしいのだな」

「はい。それ以外のものは何一つ要らぬのでしょう」

その時だった。傍らにいた淀殿が刃を喉に突き立てた。鮮血が迸り、女房たちが悲鳴を上げる。

「母上、立派な最期でした」

秀頼は鮮血に包まれた母親を一瞥しただけで、慌てることもなかった。

「では、よろしいか」

「分かっておる。いよいよだな」

秀頼が目配せすると、最後に残った小姓と近習が切腹の支度を始めた。

大野治長も「六道の辻で待っております!」と言って果てた。

「上様、それでは冥府の露払いとして、先にご無礼仕ります」

九八郎が秀頼に告げる。

「そうか。そなたら父子の忠義は忘れぬ」

「ありがたき――、ありがたきお言葉」

嗚咽を漏らしつつ脇差を抜き放った九八郎が、守久に向かって言った。

「甲斐殿、恨んではおらぬ。そなたが正しかったのだ」

「九八郎殿、すまなかった」

「父もきっと分かってくれる。では、上様！」

そう言い残すと、九八郎は見事に腹をかっさばいた。

それに続くように、そこにいた者たちが次々と秀頼に挨拶し、腹を切ったり、喉を突いたりしていく。遂には幼い小姓らも、互いに刺し違えて死んでいった。秀頼と守久を除く二十七人すべてが自害して果てた。

守久は虫の息の者にとどめを刺してやると、火をつけて回った。

「上様、旅立ちの支度が整いました」

「そうか。では行く」

秀頼の白い顔が紅蓮の焔に照らされ、生気に溢れる。

秀頼は悠揚迫らざる態度で腹をくつろげると、脇差を抜いた。

守久が背後に回って太刀を抜く。

「甲斐よ、これでよかったのだ」

「えっ」

「京を焼かず、こうして滅びることに、きっと父上も喜んでおられるはずだ」

「上様――」

守久の胸底から万感の思いが込み上げてきた。

「わしは何一つ恥じぬ生き方を貫けた。これこそ武士の誉れだ。胸を張って冥府の父上に会える」

「ああ、何たるお覚悟か――」

守久の瞳から大粒の涙がこぼれる。

「甲斐よ、そなたは最初から最後まで大忠の男だった。こうしてそなたに首を打たれることは、この上なき喜びだ」

「ああ、もったいないお言葉――」

「では、行く」

秀頼が気合を発しながら刃を腹に突き立てる。

「御免！」

次の瞬間、守久が白刃を振り下ろすと、秀頼の首が落ちた。

――すべては終わったのだ。

黒煙に咽びながら、秀頼の首を上座に据えた守久は、腹をくつろげた。

――大忠の男か。わしには、それしか取り柄がないからな。

「殿下、上様、甲斐が参りますぞ！」

守久は脇差を抜き、ためらいもなく腹に突き刺すと、左から右へと引き回した。

――わしほどの果報者はおらぬ。

最後の瞬間、守久の脳裏に浮かんだ秀吉は、はっきりとした言葉で言った。

「甲斐よ、これでよかったのだ」

特別収録　ルシファー・ストーン

一

「あれが、サカイか」

船上から望むその景色は、かつてどこかで見たことがあるように感じられた。

――そう、ヴェネツィアだ。

堺には寺院が多くあるためか、海上からだと、あたかも堂塔伽藍が軒を連ねているように見える。それがヴェネツィアを想起させるのだ。

――だが、そこにあるのは異教徒の寺院だ。

ヨハン・デル・パーロは、それらの建造物を嫌悪した。

――しかし今回のわたしの使命は、ああした異教徒の建造物を壊すことでも、迷える者たちを正しき道に導いてやることでもない。

いまだ陸岸は遠いものの、船が錨を下ろすと、荷を運ぶための小舟が何艘も近づいてきた。

その上に乗る半裸の男たちは、わけの分からない言葉を喚き合っている。

こうした光景はゴアでもマラッカでも見られたものだが、それらと異なるのは、どの小舟の造りもしっかりしており、そこに腰巻のようなもの一丁で乗っている船員たちの動きも、きびきびしていることだった。

男たちは手際よく荷を小舟に移していく。おそらく堺湊は土砂で遠浅となっているのだろう。だから荷の揚げ下ろしは沖合で行われるのだ。

デル・パーロはその作業を見ながら、地理も言葉も分からないこの国で、己に課せられた使命を全うできるかどうか不安になってきた。それでも「神のご加護ある限り、使命は達せられる」と、己に言い聞かせた。

――使命、か。

デル・パーロは、この世の果てにあるこの国に着くまでのことを回想した。

――ラディウス枢機卿がお呼びとは珍しい。わたしにいかなる用があるのか。

教皇宮殿に入り、鏡面のように磨かれた大理石の廊下を進んだデル・パーロは、ラディウスと書かれた黄金の名札が掛かる部屋の扉をノックした。

「誰だ」という声が、すぐに返ってくる。

「ヴァティカン内局に勤務する異端審問官のヨハン・デル・パーロです」

「入れ」

扉の前で威儀を正したデル・パーロは、背筋を伸ばして部屋の中に入った。

「よく来てくれた」

「当然のことです」

執務中なので、枢機卿は緋色のストラ（祭服の一種）をまとっている。枢機卿に会うだけでも緊張を強いられるが、その祭服を目の当たりにし、若いデル・パーロはさらに硬くなった。

「実は、重大な頼みがあって君を呼んだ」

そう言うとラディウスは立ち上がり、絨毯を踏みしめるようにして窓際まで進み、窓を開け放った。外の喧騒と鐘の音が風に乗って聞こえてくる。

「われらは一千年以上の歳月をかけて邪教を排除し、キリスト教社会を築いてきた。そして人類が続く限り、この世界を守っていかねばならない」

窓から差した夕日が、枢機卿の椅子の背後に飾られたプレートアーマー（西洋甲冑）を照らし、目を射るような光を発している。それが、ラディウスの意志の強さの象徴のように感じられた。

「だが世には、いまだ異教や邪教がはびこり、全世界がキリスト教化される日は遠い」

「残念ですが仰せの通りです」

「それでもイスラム、ヒンズー、そして仏教などは恐れるに足らぬ」

デル・パーロには、ラディウスが何を語ろうとしているのか見当もつかない。

「最も恐れるべきは、獅子身中の虫だ」

「獅子身中の虫、と仰せですか」

「そうだ。われらが最も恐れるべきは――」

ラディウスの眉間に皺が寄る。

「堕天使の長、ルシファーだ」

いまだキリストも生誕していない旧約の時代、天使たちの長だったルシファーは神と対立し、自らその頂点に立つべく、神の創った世界を破壊しようとした。その結果、ルシファーの身は神の炎で焼かれ、地獄に落ちた。

これが、キリスト教が後世に伝えてきたルシファーの伝説だ。その一方、ルシファーの力を恐れた神によって、ルシファーが陥れられたという説もある。

ヴァティカンの考古学者たちは、長年にわたってどちらが正しいかを研究してきたが、原典となる古文書は、いまだ見つかっていない。

「枢機卿、たとえルシファーが実在していたとしても、すでに抹殺されたのではありませんか。それを恐れたところで――」

デル・パーロが口ごもる。

「その通りだ」

部屋の中をゆっくりと歩きつつ、ラディウスは大地球儀の前で歩を停めた。

「確かにルシファーは、神の手で抹殺された。だが、その遺物と伝わるものが一つだけ存在している」

「それは、いったい何なのです」

「石だ」

席に戻ったラディウスは、机の上で手を組み、その青い瞳でデル・パーロを見つめた。

「ここから先の話は極秘になる」

「はっ」と言って威儀を正したデル・パーロは、「神の名にかけて口外しません」と誓いを立てた。

「それは、ここだけの誓いでいい。この国を出れば協力者が必要だ。彼らには明かしてもよい」

「この国を出る、協力者。いったいどういうことです」

「順を追って説明しよう」

ラディウスによると、ヴァティカンの教皇宮殿にある宝物庫には、門外不出とされる一つの石があったという。

その石はルシファー、つまり堕天使唯一の遺物と言われ、宝物庫の奥深くに秘蔵されていた。しかもそれを知る者は、ラディウス枢機卿と教皇庁に勤務する数人の考古学者だけだった。

「その石、すなわちルシファー・ストーンが盗まれたのだ」

「盗まれたと言っても、それほど貴重なものなのですか」

いかに考古学的に貴重な石でも、神に反逆したルシファーの遺物に価値があるとは思えない。

「確かに盗まれただけなら、考古学的な損失で済む話だ」

「それだけではない、と仰せなのですね」

「そうだ」と言いつつ、ラディウスが沈痛な顔をする。

「ルシファーは地獄に落とされる直前、自らの怨念をある石に込めた。権力者がその石を一度所有すれば、その者にルシファーが宿り、キリスト教世界を滅亡させるという」

「まさか」と言ってデル・パーロは笑おうとしたが、ラディウスは真顔のままだ。

「もちろん野心を持たない者や無能な者が、その石を所有しても何の効力もない。だが、その石が野心を持つ有能な権力者の手に渡れば、われらの世界は危機に陥る」

「その石を盗んだのは、いったい誰なのですか」

「考古学者のヴァレンティ神父だ。宝物庫から石が盗まれているのが分かり、その日に中に入った者を調べたところ、ヴァレンティがいた」

「それでヴァレンティは——」

「ヴァティカンから姿を消した」

「あの敬虔な神の子が——。わたしには信じられません」

ヴァレンティは物静かで大人しい学者肌の人物だ。

「悪魔は誰の心にも棲みつく」

ラディウスが悲しげに首を左右に振る。

「ヴァレンティは今どこに」

「盗まれたと分かってから、すぐにその足取りを追った。だが後手に回り、ヴァレンティをアレキサンドリアまで逃してしまった。どうやらアフリカの王にその石を渡し、われらを滅ぼそうとしていたらしい。それでも追跡したマルタ騎士団によって、ヴァレンティは捕まった。しかしその時、ヴァレンティは舌を噛んで死んだ」

「ルシファー・ストーンはどうなったのです」

「ヴァレンティが潜伏していた場所を隈なく捜したのだが、見つからないのだ」

「ということは――」

「唯一、考えられるのは、ヴァレンティがアレキサンドリアで追われた際に逃げ込んだ奴隷船の中で、いずれかの奴隷に石を託したことくらいだ」

「奴隷に託すといっても、身体検査をすれば済むことでしょう」

「まあ、そうだな」

ラディウスが顔をしかめる。

「それでも出てこなかったのですね」

「ああ、マルタ騎士団はそこにいた十四人の奴隷を買い上げ、その腹を探った」

「腹を探った――」

二人の間に沈黙が訪れる。

「まさか」

「ああ、騎士団長からは『腹を探ったが、石は出てこなかった』との報告を受けた」

それが意味するところを想像し、デル・パーロは吐き気を催した。

「ただ奴隷商人によると、騎士団が奴隷たちを買い上げる前に、一人だけ売ったというのだ」

「その者は、どこに売られたのです」

「騎士団がその者を買い取った仲買人を見つけて締め上げたところ、すでに転売してしまった後だったという」

「いったい、どこに」

「極東のジパングというところだ」

「ジパングと仰せか」

博識なデル・パーロは、ジパングという国の名くらいは知っていた。だが、それがいかなる国で、どのような人々が住んでいるかまでは、すぐに思い出せない。

「それで君に頼みたいのは、その国に行き、その奴隷の――」

ラディウスは言葉に詰まる。

「腹を探れ、と仰せなのですね」

「そういうことだ」

しばしの沈黙の後、大地球儀を回しつつラディウスが言った。

「この世界を守るためなのだ。やってくれるな」

「分かりました。ジパングに行き、何としても石を取り戻します」

「よくぞ言ってくれた。すべては君の双肩に懸かっている」

「光栄です。それで、その石の特徴は」

「何の変哲もない石だ。しかも表面は磨滅しており、ほかの石との区別はつけ難い」

「大きさは」

「子供の拳くらいだ」

それなら腹の中、すなわち肛門内に隠して運べないこともない。

「手配はすべてできている。君は旅装を整え、インドのゴアまで行く船に乗ってくれ。そこで船を乗り換え、ジパングに向かうことになる」

「出発はいつですか」

「三日後に船が出る」

「随分と急ですね」

「それだけ一刻を争うのだ」

確かにラディウスの顔には、危機感が溢れている。

「分かりました。最後に一つだけ聞かせて下さい」

「何なりと」

「その奴隷の名は分かっていますか」

「ああ、騎士団が奴隷商人から聞き出している。だが奴隷の名を聞いてどうする」

「今は、どのような情報でも大切です」

「それもそうだな」と言いつつ、ラディウスが報告書に目を落としながら言った。

「ヤシルバだ」

二

堺に上陸したデル・パーロは、使いの者に案内されて南蛮寺、すなわち堺の教会に向かった。

「ようこそ、神の家へ」

太った男が両手を広げて近寄ってきた。

「私がオルガンティーノです」

「デル・パーロです」

二人が抱擁を交わす。

「これが教会ですか」

その三層の楼閣風の建物は、どこから見ても教会には見えない。

「こちらには教会大工がいないので、致し方ないのです」

オルガンティーノが言い訳がましく言う。

「皆はそろっているのですか」

「もちろんです。どうぞ、こちらへ」

オルガンティーノの先導で礼拝堂に入ると、三人の男たちが待っていた。

ゴアに寄港した折、デル・パーロはオルガンティーノあてに手紙を書き、信用の置ける者を集めておくよう依頼していた。

「ルイス・フロイスです」

その中で唯一の西洋人が抱擁を求めてきた。

「あなたが、この国に関する克明な記録を残してきたフロイス神父ですね」

フロイスの書いた膨大な記録は、マカオの教会に保管されていた。デル・パーロも寄港した折、その一部に目を通していた。

「この国は面白い。実に多くのことが学べます」

ある出先に長く滞在すると、その地にほれ込み、溶け込んでしまう宣教師が多い。

どうやらフロイスも、その例に漏れないようだ。

そこにいる二人の日本人を、フロイスが紹介する。

「こちらが、ロレンソ了斎（りょうさい）です」

「お会いできて光栄です」

五十も半ばを過ぎたとおぼしき男が、禿（は）げ上がった頭を丁重に下げた。

「そしてこちらが――」

その老師のような男は、笑みを浮かべるでもなく、ただそこに茫然（ぼうぜん）と立っていた。

「千宗易（せんのそうえき）と申します」

「よろしくお願いします」

フロイスが皆を着座させると言った。

「ここにいる者たちは皆、洗礼を受けているキリスト教徒です。ただ宗易殿は、この国の支配者の情報をわれらにもたらすために、キリスト教徒であることを隠しています」

「それはたいへんですね」

デル・パーロがいたわりの言葉を述べても、宗易は軽く会釈するだけだ。

「それではデル・パーロ神父、お願いします」

フロイスは座に着き、デル・パーロを促した。

「今からお話しすることは、ヴァティカンの最高機密に属しています」

そう前置きし、デル・パーロはラディウスから聞いた話を皆に伝えた。

四人の間から、ため息が漏れる。

「そのヤシルバという男を捕まえてほしいのです」

「残念ながら――」

フロイスが言う。

「そのヤシルバなる黒人は、長崎でわれらが買い取った後、この国の支配者に献上してしまいました」

「この国の支配者とは誰のことです」

「織田信長という異教徒です。十万の配下を従える、この国の最高権力者です」

――つまりその信長というのは、独裁者というわけか。

フロイスとオルガンティーノが代わる代わる、信長について説明した。

――事情を知らぬとはいえ、何とも厄介な者のところに奴隷を献上したものだな。

ため息をついた後、デル・パーロは言った。

「それでは、ルシファー・ストーンらしきものについては、どなたも聞いていないのですね」

「もしや」と言いつつ、オルガンティーノが首をかしげた。

「安土の城内に石のようなものを祀り、信長は、それを拝ませていると聞いたことがあります」

「本当ですか」

デル・パーロは、自らの顔から血の気が引いていくのを感じた。

――つまり信長は、その石が何かを知っている。

ロレンソ了斎と名乗った老人が付け加えた。

「安土の城に行った折、わたしも、その石を見たことがあります。信長はそれを盆山と名付け、『この石をわしだと思え』と言い、城に来た者すべてに礼拝させています」

「ボンサン、というのですね。その石はどのような形で、どれほどの大きさですか」

「わたくしは目が悪いので、よく見えませんでしたが、どこにでもあるような特徴のない石で、子供の拳くらいの大きさでした」

「表面は磨滅していましたか」

「角張ったところはないように見受けられました」

——間違いない。ヤシルバが腸内に入れて持ち込んだものだ。

肛門に石を隠し、排便の時だけ外せば、持ち込めないこともない。

「その石を盗み出すことはできませんか」

フロイスが首を左右に振りつつ言う。

「信長は極めて猜疑心が強く、隙を見せることはありません。だいいち石が盗まれれば、安土城の城代や警固責任者ら何人の首が飛ぶか分かりません。そのため彼らは常に緊張しており、役目を怠る者はいません」

「つまり警戒が厳重ということですね」

フロイス、オルガンティーノ、ロレンソの三人が一様にうなずく。

その時、デル・パーロは、先ほど宗易と名乗った男が、ぼんやりと中空を見つめていることに気づいた。

——このような無能者を、大事な内談に参加させてよいのか。

やれやれと思いつつ、デル・パーロが水を向けた。

「老師、何かお考えでもおありか」

「いえ——」

宗易が、いかにも鈍重そうに首を左右に振る。

「しかし、うなずかないというのは、〝ある〟ということではありませんか」

「それでは、申し上げてもよろしいでしょうか」

フロイスがうなずき、オルガンティーノが「どうぞ」と言わんばかりに手振りで促す。

その態度から、フロイスやオルガンティーノが、この老師に一目置いているのは明らかだった。

「ここは神の家です。ご遠慮なく意見を述べて下さい」

たいしたものではあるまいと思いつつも、デル・パーロは老師の話を聞くことにした。

「確かに、安土城の警戒は厳重です」

オルガンティーノの通訳を介し、宗易の話が進む。

「石を盗むことには多大な困難が伴うでしょう。唯一の例外事を除いて」

「例外事とは、どのような場合ですか」

表情を一切変えず、その男は言った。

「信長が不慮の死を遂げた時です」

「不慮の死――」

「この国の武士たちは野心と欲心が旺盛(おうせい)です。誰もが己の上位の者を斃(たお)し、取って代わろうとします。それゆえ絶対的な支配者とて、少しの気の緩みが死を招きます。支配者が不慮の死を遂げれば、混乱は大きく、家臣たちは動揺します。その隙を突き、安土城から石を盗み出すのです」

「しかし信長は、過度に警戒心が強いのでは」

宗易が、皺深い頰に笑みを浮かべてうなずく。

「フロイスとオルガンティーノは、今の話をどう思いますか」

渋い顔を見合わせた後、フロイスが言った。

「確かに宗易殿の言う通りですが、一万余の馬廻衆に守られている信長を殺すことなどできません」

その言葉を聞いたデル・パーロが肩を落とす。

――しょせんは無能な老人の言うことか。

デル・パーロが失望しかけた時だった。

「では、もしもそれができると言ったら、どうなされる」

皆の視線が宗易に注がれる。

「それが、できるのですか」

「はい。信長の腹心には、キリスト教徒であることを隠している御仁がおられます」

「あなたのほかにも、信者が潜り込んでいるのですね」

「その通り。茶室という場所で神の教えを説き、密かに洗礼を受けさせました。信長の家中には、そんな者が何人かいますが、信長を斃せるほどの兵を擁しているのは一人だけです」

――この男は侮れない。

　ここに至り、デル・パーロは宗易の周到さに舌を巻いた。

「そうか、その手があったな」

　オルガンティーノが膝を打つ。

「これは行けるかもしれません」

　ロレンソが賛同する。

「その御仁とは誰のことですか」

　話に置いていかれそうになったデル・パーロが問う。

「惟任日向守こと、明智光秀殿です」

「その者は、信長の信頼が厚いのですね」

「はい。織田家中では並ぶ者なき出頭者です」

　宗易が答えると、フロイスが難しい顔をした。

「だが、いかにかの御仁でも、信長を斃すのは容易ではない。しかもいかに信者とて、石を盗み出すためだけに、自滅に近い戦いを挑むわけがあるまい」

「では、謀反を成功させて明智殿が天下人になれると申したら、いかがでしょう」

　宗易が恬淡として言う。

「それができるのですか」

「はい。わたくしに任せていただければ、信長を斃して明智殿を天下人に据え、その石を取り戻してみせましょう」

「分かりました。ほかに手はありません。あなたの名は確か――」

「茶人の千宗易と申します」

「茶人というのは――」

「それは後で説明します」

オルガンティーノが口を挟む。

デル・パーロは、宗易の策に賭けてみる気になっていた。

「わたしは宗易殿に任せたいと思うが、皆はどう思う」

「異存ありません」

三人がうなずく。

「よし、それではあなたが計画の指揮を執って下さい」

「分かりました。神のために働くことができ、この上なき喜びです」

宗易と名乗った男が、うやうやしく頭を下げた。

その落ち着き払った顔つきと悠揚迫らざる所作を見て、デル・パーロは「この男なら、やり遂げるかもしれない」と思い始めていた。

三

茶の湯という密室で茶を喫する趣味により、政権の中枢に入り込んでいる宗易は、様々な情報を集めることができた。

まず宗易は、信長の近習や小姓に盆山の由来を聞いてみた。だが、それを知る者はいない。皆そろって首をかしげ、その石がどこにあったのか、また誰が持ってきたのかも分からないという。

続いて宗易は、盆山を初めて見た時期についても問うたが、それはヤシルバこと日本名・彌介が連れてこられた天正九年（一五八一）二月から三月にかけてだった。

――間違いない。盆山はルシファー・ストーンだ。

こうした情報から、盆山はルシファー・ストーンだと確信できた。

宗易の提案に従い、光秀を使って信長を襲うことに決定したが、そのためには信長をその馬廻衆から分離せねばならない。

まず宗易は堺の茶人や数寄者の公家たちを使い、安土にある名物茶道具を見たいと信長に申し入れるよう指図し、京都の滞在先となる本能寺で、それらを披露（展示）させる計画を立てた。

信長は茶道具を集めるのが趣味で、それを他人に見せることを好む。しかし信長が馬廻衆を連れてきてしまえば、計画がうまくいく見通しは立たなくなる。

そこに、たいへんな幸運が舞い込んだ。

天正十年（一五八二）五月十五日、備中高松城を包囲攻撃していた羽柴秀吉から、信長に後詰要請の使者が来た。信長は備中への出陣を了承し、翌十六日、馬廻衆をはじめとする家臣たちに陣触れを発した。だが陣触れを発してから将兵が集まって出陣するまでには、通常なら十日ほど、どんなに早くても五日はかかる。

その間、信長は将兵が集まるのを安土で待つことになるが、それなら、その時間を生かして京都で茶道具披露の宴（うたげ）を催したらどうかと勧めてみたのだ。

信長はそれを了承したが、それでも信長の馬廻衆が、予想外の早さで入京してしまう可能性は捨てきれない。

そこで宗易は、さらに一計を案じた。つまり兵を入京させては茶道具披露の宴が物々しい雰囲気になるので、一日の距離しか離れていない安土に待機させればよいのではと進言したのだ。

信長はこれを尤（もっと）もとし、茶道具披露の宴が終わり次第、安土から馬廻衆を呼び寄せることにした。折しも光秀は備中へ後詰することになっており、丹波（たんば）亀山（かめやま）城まで先行している。宗易の周到な準備といくつかの偶然が重なり、千載一遇の機会が訪れた。

六月二日、光秀は本能寺に滞在する信長を襲撃する。

安土の南蛮寺に移っていたデル・パーロたちは、息を潜めるようにして宗易からの知らせを待っていた。

その日の夜になると、安土城周辺が騒がしくなり、何らかの事件が起こったと知れた。続いて京都にいる宗易の使者が着き、「襲撃成功」を伝えてきた。

安土城の留守居役は蒲生賢秀といった。賢秀が籠城策に出るか、またはルシファー・ストーンを持って逃げるかすれば、それで終わりだ。

宗易は、安土から馬廻衆を率いて京に上ってきた賢秀の息子の氏郷を粟田口で待ち伏せ、「もう右府様は手遅れです。それよりも信長公の妻子眷属を守るべく安土に引き返して下さい」と告げ、さらに「安土に宝物があれば、敵兵はそちらに気を取られ、追撃してきません。それゆえ城を焼かず、宝物を残してご退去下さい」と言い添えた。

これを聞いて尤もと思った氏郷は、三日、安土に戻り、父の賢秀にそれを勧めた。

賢秀もこれを了とし、城を焼かず、宝物も残して翌四日、自らの城である近江国の日野城まで引いた。

「今、安土城は空になっています」

物見に出ていた信徒の一人が告げてきた。

「よし、行くぞ」

デル・パーロとフロイスの二人は、ロレンソを伴って安土城に向かった。

オルガンティーノは太っているため、とても走れないとのことで、南蛮寺に残ることになった。

大手門まで来た時、かつて将兵で溢れ返っていた安土城の中に、ほとんど人がいないことに気づいた。逃げ遅れた僧侶や盗賊とおぼしき者が多少いたが、彼らは一行を目にすると、血相を変えて逃げていく。

そうした者たちを無視し、三人は一心不乱に石段を駆け上がり、天主に向かった。

――おお、何という美しさだ。

間近に見る天主の美しさには、格別のものがあった。

安土城天主の構造は、これまで見てきたあらゆる建築物と全く異なっていた。とくに八角形の層が、その上に載る金堂を支えているのには驚かされた。それは、見た目の華麗さと見えない部分の強靭さを併せ持つ類稀な構造物だった。

――つまり、この城の主の信長という男は、美術と建築両面に精通していたのか。

それらの知識がフロイスやオルガンティーノからもたらされたものだと、デル・パーロは聞いていたが、その知識を応用し、信長は独自の建築美を創り出していた。

しかし今は、それをじっくり見る暇はない。

石段を駆け上がった三人は西門虎口まで来たが、当然、中から貫木が掛けられている。

むろんそれは承知の上なので、持ってきた縄梯子を築地塀に掛けて登り、本曲輪に入ることができた。

ようやく天主の入口まで来たものの、四囲に銅板が打ち付けられた扉は固く施錠され、太い鉄の鎖が巻き付けられていた。これでは到底、破れるものではない。

――致し方ない。

デル・パーロは、こうした時のために持ってきた爆薬を仕掛け、石垣の陰に隠れた。

次の瞬間、轟音と共に扉が吹き飛んだ。

「よし、行くぞ！」

硝煙が漂う中、三人は天主内に侵入した。

その中に一歩踏み込んだデル・パーロは唖然とした。そこには、異教徒の美術の粋が集められていた。それは、この城の主がいかに美的感覚に優れていたかの証左だった。

三人は無人の天主内の階段を上った。

ロレンソが前を行く二人に言う。

「おそらく一番上に置いているはずです」

三人が最上階の七層目に駆け上がると、龍や人物たちの絵画に囲まれて祭壇のようなものが設けられ、そこに盆山、すなわちルシファー・ストーンが安置されていた。

「あった！」

デル・パーロは天にも昇る気持ちだった。

必死の思いで極東の地まで来て、ようやく石を見つけたのだ。

「神よ、ルシファー・ストーンを見つけましたぞ！」

ひざまずいて祈りを捧げると、デル・パーロは石を手にした。その石は伝え聞いたのと同じ形状と大きさをしており、間違いなくルシファー・ストーンだと思われた。

デル・パーロは、石を布袋に入れて聖衣のポケットにしまった。

「よし、戻ろう」

三人は足早に階段を下りると、爆破した入口から外に飛び出した。

「あっ！」

しかし次の瞬間、デル・パーロはわが目を疑った。

天主の前は、鉄砲や弓矢を構える兵たちで溢れ返っていたのだ。

「ははは、こいつは驚いた」

啞然として声もない三人の前に、一人の男が現れた。

「盗賊が出てくるかと思い、ここで待っていたら、何と耶蘇（やそ）教の宣教師ではないか」

その男は酷薄そうな笑みを浮かべ、三人に近づいてくる。

「これは織田中将様、何卒（なにとぞ）、お許しを！」

ロレンソがその場に膝をつき、顔の前で手を合わせた。

――織田中将とは誰のことだ。

「信長の息子の信雄（のぶかつ）です」

フロイスが耳打ちする。

「さて、宣教師の皆さんは、どさくさに紛れて何を盗もうとしたのですかな」

背後で手を組んだ信雄が、三人の前を行き来する。

「荒っぽい真似はしたくないので、持っているものを、すべて出していただこう」

フロイスが再び耳打ちする。

「ここは従っておいた方が無難です」

フロイスとロレンソがポケットや懐の中身をすべて出した。致し方なくデル・パーロも、それに従う。だが、どうしてもルシファー・ストーンだけは渡したくない。

「これですべてですか」

「はい」

「神に誓って、これだけですね」

「はい。間違いありません」

フロイスが胸を張る。

「では」と言いつつ、信雄が背後に従う兵に目配せした。

ずかずかと三人に歩み寄った兵が、遠慮なく体を探る。

――駄目だ。何とか言い逃れを考えなくては。

デル・パーロのポケットを探った兵の一人が、当然のように布袋を見つけた。

「抵抗してはいけません」

フロイスが強い口調で耳打ちする。

「ほほう、これは何ですかな。宣教師ともあろう者が、他人の所有物を盗んでもいいのですかね。さて、何を盗んだのかな」

布袋からルシファー・ストーンを取り出した信雄は、「何と」と言って大げさに驚き、それを掲げて兵たちに見せた。

「盆山ではないか」

兵たちの間から、どよめきが起こる。

「それは、とても邪悪なものなのです」

フロイスが弁明しようとするが、信雄はそれを許さない。

「貴殿らは、父上が自らの身代わりとして拝めと命じた盆山が、邪悪なものだと言うのか」

「そういうわけではありません」

「いや、そうに決まっておる。父上は神になった。その象徴たるべき盆山がある限り、貴殿らの神以上に、この石は崇拝される」

「そうではないのです」

「貴殿らは唯一の神だけを信奉するがゆえに、父上の代わりとなる盆山を捨てようとしていたのだな」

情けを請うように、フロイスが両手を広げてひざまずく。

「この石は災厄をもたらします。それゆえ、われらの手で処分しようと思ったのです」

「災厄とな」

信雄が、あらためて石を眺めまわす。

「とても、そんなものをもたらすようには見えぬが」

「お待ち下さい」

二人と同じく、信雄の前に膝をついたデル・パーロは、イタリア語でルシファー・ストーンの来歴について語った。それをロレンソが訳すのだが、信雄は首をかしげるばかりだ。

「どうもよく分からぬ。とにかく、こんな何の変哲もない石が凄(すご)い力を持っているというのだな」

「凄い力と言っても、それはとても悪しきものなのです」

デル・パーロの言葉をロレンソが慌てて訳す。

「いずれにせよ、これは父上のものだ。わしは父上の息子ゆえ、父上亡き今、この石を所有する権利がある」

「お待ち下さい。それは、とても危険なことです」

「何を申すか。これはわしのものだ。それよりも、この国では盗人(ぬすっと)は斬ってもいいことになっている。貴殿らをここで殺してもいいのだぞ」

「ここが引き時です」

フロイスが囁(ささや)く。

「しかし――」

デル・パーロとしては、一度は手にしたルシファー・ストーンを、再び誰かの手に委(ゆだ)ねることはしたくない。

「それでは、われらに売っていただけませんか」

「ほう、いくらで買う」

五百両を現代価値に換算すると、金一両が二十五万円相当なので、一億二千五百万円になる。

「それほど出すのか」

信雄が石とデル・パーロの顔を見比べる。その顔には戸惑いの色が表れている。

――しまった。これはまずい。

黄金五百両は、今のイエズス会日本支部が現金として持っている資金のすべてになる。マカオに連絡すればもっと出せるが、それだと早くても三月(みつき)はかかる。

「この石が、それほど貴重なものとは思わなんだ。それゆえ父上も、あれだけ大事にしていたのだな」

信雄は金に困ったことがない。そうした人間ほど金をほしがらず、物を惜しむ傾向がある。

「何卒、お願いします」

「駄目だな」

信雄が首を左右に振る。

「父上は、茶道具などというつまらぬものを、宗易ら茶人たちにありがたがらせることによって、途方もない値をつけた。それによって織田家の金蔵(かねぐら)は溢れんばかりになった。しかし茶の湯もそのうち廃れる。その時は、こうした奇岩奇石を使うつもりでいたのやもしれぬ。そもそもつまらぬ茶道具ほど、どういうわけか高い値がついた。奇岩奇石よりも、こうした何の変哲もない石の方に、高い値がつくのであろうな」

信雄は、己の考えをどんどん前に進ませる。

「いや、それは違います」

フロイスは信雄の誤解を懸命に解こうとするが、信雄は耳を貸さない。

「さっさとこの城から去れ。さもないと、貴殿らもろとも焼き尽くすぞ」

「ということは、これほど美しい城を焼くのですか」

フロイスが恐れおののく。

「当たり前だ。わしは伊勢に引く。退去に際して城を焼くのは定法だ。城など謀反人光秀を斃してからまた造ればよい。何と言っても、わしは天下を継ぐ者なのだ。もはや父上に遠慮することなく、この世の富をすべて集められる」

信雄の笑い声が安土城内に響きわたる。

「お願いです。どうかお聞き届け下さい」

三人が膝をついて両手を合わせるが、信雄は聞く耳を持たない。

「わしの気が変わらぬうちに、さっさと行け！」

手の上でルシファー・ストーンをもてあそびながら、信雄が促す。

――致し方ない。

三人は目配せすると、安土城を後にした。

安土城の石段を下りつつ、デル・パーロは、いかにルシファー・ストーンを取り戻すかを考えていた。

四

その漆黒の肌をした男は後ろ手に縛られ、安土南蛮寺の庭に引き据えられていた。

そこにデル・パーロが一人、近づいていく。

「確か、ヤシルバと申したな」

首を垂れていた男が、ゆっくりと顔を上げる。

「今の名は彌介だ」

本能寺が襲撃された時、彌介は信長と共にいたが、信長から使者となるよう命じられ、信忠の宿所の妙覚寺に向かった。彌介は「京から脱出せよ」という信長の命を信忠に伝えたが、信忠は逃げることをよしとせず、二条御所に立て籠もり、明智勢を迎え撃った。その結果、自ら槍を取って奮戦した末、自裁して果てた。彌介も大立ち回りを演じた後、囚われの身となった。

「あんたは誰だ」

彌介が胡散臭そうに問う。

「わが名はヨハン・デル・パーロ、異端審問官だ」

「ほほう、異端審問官か。それほどお偉い方が、こんな辺境に何の用だ」

「わたしの目的は分かっているはずだ」

「もちろんだ」

　彌介が不敵な笑みを浮かべる。

「腹の中に入れてきたのだな」

「それ以外、奴隷がどうやって物を運ぶ」

「なぜ、そんなことをやったのだ」

「おれを奴隷にしたお前ら白人に復讐するためだ」

　デル・パーロは天を仰ぐと、「神よ、このか弱き羊をお許し下さい」と祈りを捧げた。

「か弱き羊か。おれたち奴隷はそれ以下の扱いを受けてきた」

「だからと言って、ヴァレンティの言うことを聞くことはなかったはずだ」

「ああ、そうだ。奴もお前らと同じ白人だからな。初めは、おれも鼻で笑って相手にしなかった。だがな、奴からこの石の威力を聞くに及び、お前らに復讐できるかもしれないと思ったのだ」

　デル・パーロがため息をつく。

「何ということを――」

「ヴァレンティはいかれた奴さ。考古学とやらを勉強しているうちに、ルシファーの正しさに気づき、復活させようと思い立ったんだとさ。一度死んだ者はよみがえらない。

おれの故郷のモノモタパ（ジンバブエ）でも、死の国から戻ってきた者は一人もいない。だから奴はいかれている。だがな――」

　彌介が憎々しげな視線をデル・パーロに向ける。

「このまま奴隷で生涯を終えるなら、ヴァレンティとやらの与太話に付き合ってもいいと思ったんだ。それで尻に隠したってわけさ」

「そういうことだったのか」

「そうだ。まさにルシファーのお導きさ。そしておれは出会った」

「信長にだな」

「信長様にだ」

　彌介が強い口調で言い直す。

「お前は信長を慕っていたのか」

「当たり前だろう。信長様だけが、おれを人として扱ってくれたからな。お前らとは大違いだ」

「信長が、よくお前の言葉を信じたな」

「懸命に何かを伝えようとすれば、分かってもらえるものだ」

　彌介の顔に寂しげな色が差す。

――この者は信長が好きだったのか。

悪い噂しか聞かない信長だが、彌介にとってはかけがえのない存在だったのだ。

「だが、その野望も頓挫した」

「ああ、その通りだ。お前らのおかげでな。それでパードレ（神父）、石は手にできたのか」

デル・パーロは正直に告げた。

「残念だが、あと少しのところで信雄という信長の息子に奪われた」

「まさか、それは本当か」

彌介の顔色が変わる。

「ああ、隠しても仕方がない事実だ」

「そいつは笑える」

彌介の顔がみるみる明るくなる。

「お前に頼みがある。信長のお気に入りだったお前のことだ。信雄の許に行き、石を取り返してくれないか。もし取り返してきたら、お前を自由の身とし、望むならモノモタパへ帰してやる」

「もしも断ったら」

「今この場で、お前を焼く。お前の邪悪な魂は、神の火で焼かれない限り、浄化できないからな」

彌介が膝を叩かんばかりに笑う。

「デル・パーロさんよ、おれはこの身を焼かれる苦痛に耐えても、お前らの世界が滅ぶのか」

「何だと。つまりあの信雄というのは、信長同様、ルシファーが乗り移るに値する男なのを、あの世から見る方を選ぶね」

「はははは」

後ろ手に縛られていながらも彌介は、その白い歯を剥き出しにして笑い転げる。

「あの虚けに何ができる。あいつは父にも見放されていた阿呆殿だ」

「では、あの石を持つに値するのは誰なのだ。われらの世界を滅ぼすほどの力があるのは、いったい誰なのだ」

「それを聞きたいか。ならば教えてやろう」

彌介がそこまで言いかけたところで、庭にフロイス、オルガンティーノ、ロレンソ、そして千宗易が入ってきた。

「ほほう、皆様、お揃いだな」

「彌介、信長の後継者は誰なのだ」

彌介は得意げに言った。

「信長様亡き今、この国には、その力を持つ者が二人いる」

「二人だと――。それは誰だ」

「一人はトウキチロウだ」

「トウキチロウとは誰のことだ」

「羽柴秀吉のことです」

　フロイスが耳打ちする。

「それで、もう一人は——」

　その時、発作が起こったかのように彌介の体が小刻みに震え始めた。

「彌介、どうした」

　彌介の顔が何かに憑依されたかのように変形したかと思うと、再び自分のものに戻ることを繰り返し始めた。

「ああ、神よ」

　ロレンソが十字架を掲げてひざまずく。

「彌介、しっかりしろ。もう一人とは誰のことだ！」

「ううう、表と裏だ」

「何だと。それはどういう意味だ」

「表の支配者はトウキチロウ、裏は——」

　そこまで言うと、彌介は泡を吹き始めた。

「彌介、しっかりしろ！」

「真に恐ろしいのは——」

　彌介の目が白く剝かれる。

「真に恐ろしいのは、裏の世界の支配者だ」

デル・パーロには、彌介の言っている意味が分からない。

突然、彌介の顔が平静を取り戻すと、その声音が変わった。

「ははははははっは」

「悪魔だ。悪魔に乗り移られたのだ！」

その場にひざまずいたオルガンティーノが、一心不乱に祈り始める。

それを嘲笑いつつ彌介が言った。

「お前らは表も裏も、かの者らに支配される」

「審問官、これは——、どういうことですか！」

フロイスが恐れおののく。

「彌介、それはどういう意味だ。説明してくれ」

「ははははははっは」

彌介が底冷えするような笑い声を上げた。その瞳は充血して真紅に染まり、その眉間には深い皺が刻まれている。

「かの者に勝てる者はいない」

「何を言っている。キリストは誰にも敗れぬ！」

「そんなことはない。お前らの世界は崩壊する」

「神よ！」

デル・パーロが十字架を掲げると、一瞬、彌介の顔が元の状態に戻った。

「彌介、しっかりしろ。われらはどうすればよい」

「はははははっは」

再び彌介の顔が悪魔のように変わると、彌介は舌を出した。

「よせ！」

デル・パーロらが口に何かを嚙ませる前に、彌介は舌を嚙み切っていた。

口から鮮血が滴り、嚙み切られた舌が倒れた彌介の傍らでうごめいている。

その様を見た四人には、言葉もなかった。

しばらくの沈黙の後、それまで黙っていた宗易が口を開いた。

「かような者の言は信じるに足りません。われらは、あの石がトウキチロウこと羽柴秀吉の手に渡らぬようにすれば、よいのではありますまいか」

「そうだな。次に頭角を現すのは秀吉に違いない。秀吉と信雄を離反させればよいのだ」

フロイスが同意した。

――果たして、それだけでうまくいくのか。

デル・パーロは嫌な予感に苛（さいな）まれていた。

五

――こんなところに本当にいるのか。

ヨハン・デル・パーロは途中の村で調達した〝かんじき〟なるものを履き、大きく足を上げては一歩一歩、前に進むことを繰り返していた。

眼前の風景は白一色で、横殴りに雪が吹きつけてきている。すでに手足の感覚はなく、少しだけ出している両目の周りも、痛みを感じるほどに冷たい。

それでもデル・パーロらは、にじるようにして目的地を目指した。

デル・パーロに同行しているのは、通訳の若い日本人と先導役の地元の炭焼きだけだ。炭焼きが振り向くと何か言った。それを聞いた通訳がデル・パーロに伝える。

「もう少しで着くそうです」

三人の目指しているのは、出羽国のとある寒村だった。

――あれから、十年余か。

デル・パーロにとっては長いようで短く、また不安に苛まれる日々だった。

ルシファー・ストーンが織田信雄の所有となり、取り戻しようがなくなった時、ヴァティカンのラディウス枢機卿から経過報告を求める手紙が来た。報告をしたためた後、いったんマカオに戻ったデル・パーロは、次の手紙でヴァティカンに戻ってくるよう指示された。

ラディウス枢機卿は「下手に騒ぐと、あの石の力を知られる」と述べ、あの石について、信雄をはじめとした日本人が忘れるように仕向けよと告げてきた。

その方針にデル・パーロも否はなく、日本にいるフロイスやオルガンティーノから定期的に報告を受け取り、秀吉に不穏な動きがあれば、再び日本に行くことにした。

ヴァティカンに戻ったデル・パーロは通常の仕事に就いたが、日本からは、羽柴秀吉が頭角を現してきたという報告が届くくらいで、さしたる動きはないようだった。

ところが天正二十年（一五九二）、羽柴改め豊臣秀吉が、大陸への侵攻を企てているという一報が入った。ルシファー・ストーンの所在は定かでないが、秀吉が持っている可能性も否定できない。そこでデル・パーロは、ラディウス枢機卿の許可を得て再び日本へと渡ることにした。

同年十一月、再び来日したデル・パーロは、ある理由から厳冬の出羽国へと旅立った。


しばらく行くと、雪に埋もれるように建つ民家が数軒、見えてきた。

「炭焼きは、あれがそうだと言っています！」

通訳が怒鳴る。吹き付ける風が強すぎて、互いの声が聞こえないのだ。

――やっと着いたか。

その村の中で最も大きな家の前に立った炭焼きは、そこを指差した。そこが、デル・パーロらが目指してきた天瀬川村の肝煎・小玉徳右衛門の家らしい。

炭焼きが出入口の板戸を叩くと、小玉徳右衛門らしき男が家の中から出てきた。

すでに書状で来訪を伝えていたこともあり、徳右衛門は三人を中に招き入れてくれた。

その案内で裏に建つ離れに案内されたデル・パーロと通訳は、そこにあの男が一人、座していたのを見つけた。

男はげっそりとこけた頰を恥ずかしげもなく晒し、火鉢に手を当てている。

——これが、あの織田中将か。

あまりの変貌ぶりに、デル・パーロは初め、人違いではないかと思った。

徳右衛門が、へりくだった態度でデル・パーロたちを紹介する。

デル・パーロが顔に巻いていた布を取ると、主人は驚いて母屋の方に去っていった。

その離れには、デル・パーロ、信雄、通訳の三人だけが残された。

「織田様」

「今のわしは常真という名だ。この村の子らは『物乞いの常真』と呼んでいる。いつもわしが、『何か食い物はないか』と聞いて回っているからだ」

その話を聞くだけで、今の信雄が、どのような境遇にあるか想像できる。

「常真様、わたしを覚えておいでですか」

「そなたとは、どこかで会ったな」

信雄が虚ろな目で過去の記憶を探る。

「安土城でお会いしました」

「ああ、そうであった。確か石を持っていたな」

「そうです。思い出していただき光栄です」

「わしなどにか」

信雄が口端を歪めて自嘲する。

「はい。しかし、今のお姿は――」

デル・パーロが言葉に詰まる。

「見ての通りだ。かの猿面冠者に身ぐるみ剝がされ、かような鄙の地に流されたわ」

信雄が欠けた歯を見せて笑った。

天正十八年（一五九〇）の小田原征伐に従軍した信雄は、北条氏との和睦交渉を引き受け、小田原城を開城させたことで秀吉から称賛された。ところがその後の論功行賞で、徳川家康の旧領を与えられることになったにもかかわらず、国替えを拒否したため、秀吉の不興を買い、改易に処された。しかも下野国に配流となった後も失態があり、再び流罪となって出羽国に流された。

「お気の毒で言葉もありません」

「そなたは、わしの零落した姿を見に来たわけではあるまい」

デル・パーロがうなずく。

「聞きたいのはあの石の行方だな」

「はい。あの石には邪悪な念が籠もっています。あの石を所有する者には、西洋の悪魔が乗り移り、全世界を制するための戦いを始めようとするのです。それゆえ――」

デル・パーロが口ごもったので、信雄が代わって言った。

「父上を光秀に殺させ、その隙に安土城に忍び込んで、あの石を盗もうとしたわけか」

「ええ、はい」

沈黙が深まった。屋根に降り積もった雪が、「どさり」と滑り落ちる。

「父上が生きていれば、今頃わしはそなたらの国で、好き放題をしていたやもしれぬ」

信雄が、からからと笑う。

「人の運命とは残酷なものです。しかし今、こうして常真様が生きておられるのも、神の思し召しなのです。いつかきっと、こうした労苦が報われる日も来ます。それゆえ何卒、あの石のありかを教えて下さい」

「はははは」

信雄は高笑いすると言った。

「わしは秀吉によって改易となり、この地に流された。その時、すべてのものは取り上げられ、わしに残されたのは、父上の遺品の脇差一振りだ」

信雄が、背後の床の間に飾ってある脇差に顔を向ける。

「しかもそれは、『切腹を申し付けられた時のため』という太閤殿下の格別の思し召しだという」

信雄は泣き笑いしていた。それ以外に感情の表しようがないのだ。

「つまりあの石も、どこかに行ってしまい、その行方は分からないのですね」

「待てよ」

信雄の顔に訝しげな色が浮かぶ。

「何か思い出されましたか」

「改易と決まった後、意気消沈するわしを慰めようと、利休が茶会を開いてくれた」

デル・パーロが零落した常真を訪ねたこの時、すでに利休は、この世にいない。

「利休とは、かの千宗易のことですね」

「そうだ。利休はその時、手慰みにと言って名物茶碗をくれた。もちろんそれは、後で秀吉に取り上げられたのだが――」

信雄は無精鬚の伸びた顎に手を当て、何かを懸命に思い出そうとしていた。

「わしが『財という財は、すべて秀吉に取り上げられるだけだ。今ならほしいものは何でも差し上げよう』と言うと、利休は、あの石がほしいと言う」

「それで下賜したと仰せですか」

「そうだ。あんな石のどこがいいのか分からんが、利休はうれしそうに石をもらって帰っていったわ。もうわしのことなど上の空で、別れの言葉もろくに言わなんだ」

「ということは、いったい石はどこに」

「知らん」

デル・パーロの頭の中は混乱していた。

――どういうことだ。利休がルシファー・ストーンを所持していたなら、フロイスもオルガンティーノも喜んで、それを手紙に書いてくるはずだ。いや、それよりも利休は、それを彼らに告げたはずだ。なぜ、そうしなかったのだ。

「利休は石を秀吉に献上したかもしれん」

信雄が唐突に言った。

「そんなことはありません。利休は――」

「キリシタンだったのか」

デル・パーロがうなずく。

「それは分からぬぞ」

信雄が口端に笑みを浮かべる。

「利休は自らを韜晦することに長けている。その心中を知る者は、本人以外におらぬ」

「まさか偽キリシタンだと――」

「ああ、そうだ。しかし――」

信雄が不思議そうな顔をする。

「利休が秀吉に石を渡し、この世のすべてをいただこうとするなら、なぜ秀吉は利休に腹を切らせたのだ。そんな必要などないではないか」

デル・パーロにも、信雄の言わんとしていることが分かってきた。

――石を渡したのではなく、石を渡さなかった、ということか。

石を渡してしまっては、利休の存在意義はなくなる。渡さずに利休が所持することで、秀吉を駆り立て世界を制する。

――その先にあるのは、秀吉を斃すことか。

利休は秀吉の力を借りて世界を制し、その後、ルシファーをよみがえらせて秀吉を滅ぼそうとしていたのかもしれない。

——いや違う。ルシファーが利休にそうさせたのだ。

ようやくデル・パーロにも、事の全貌が見えてきた。

「しかし、石の来歴を秀吉は知らないはずです」

「そんなことはない。秀吉は彌介と仲がよかったからな。彌介は、こちらに来てから酒と女の味を覚えた。秀吉にあてがわれたのだ。それで秀吉は、わが父上の近況を彌介から聞き出し、先回りして父上の好むものを献上できた」

確かに、秀吉は晩年の信長の意を汲むことに長け、茶道具から相撲取りまで、信長の好むものを次々と献上していた。

かつてオルガンティーノが、羽柴秀吉という男が使いを寄越しては、南蛮の珍奇な品を買い叩き、持っていってしまうとこぼしていたのを、デル・パーロは思い出した。

「それで秀吉と利休の間に確執が生まれたと——」

「多分な。死罪を申し渡されても、利休は石をどこに隠したか言わなかった」

「なぜですか」

「それは、わしにも分からぬ」

信雄が首を左右に振る。

「それでは、ルシファー・ストーンは秀吉の手に渡ったのですね。だから秀吉は大陸に

しないように見せかけて、簡単に手に入るような場所に石を隠したりは

侵攻しようとしていると——」

「いや、利休のことだ。己が殺されても、簡単に手に入るような場所に石を隠したりは
しない」

「ということは、その石を手に入れていないにもかかわらず、秀吉は大陸への侵攻を始
めたのですか」

「よいか」と言いつつ、信雄が苦笑いを浮かべる。

「あんな石はいくらでもある。秀吉は偽物を摑まされたのだ」

信雄が膝を叩いて笑う。

——そういうことか。

秀吉から石を求められた利休は、石を持っていると伝えはしたが、決して石を渡さな
かった。そのため、怒った秀吉から自死を命じられた。自分が切腹した後、秀吉は血眼
になって石を捜すと思った利休は、自邸の見つかりやすい場所に偽物の石を隠しておい
たのだろう。

「秀吉め、いい気味だ。何の力も持たない石で唐入りし、無残に失敗するに違いない」

信雄が口端に残忍そうな笑みを浮かべる。

「常真様、それでは、利休は本物の石をどこに隠しているとお考えですか」

「そうだな」

信雄が首をかしげる。

「絶対に秀吉に見つからない場所だ」

「それは、どこですか」

「分からん。もうわしにとっては、どうでもよいことだからな」

そう言うと信雄は、茫然と中空を見つめ、黙りこくってしまった。

沈黙が空気を重くする。おそらく信雄は、この世の空しさを噛み締めているのだろう。

「中将様、お話しできて幸いでした」

これ以上、信雄から聞き出せることはないと思ったデル・パーロが、その場から去ろうとした時だった。

「万が一、秀吉が所持している石が偽物と気づき、再び石を捜すことになっても、隠し通してくれる者のいる場所に、利休は本物の石を隠したに違いない」

「それは――」

「利休に恩義があり、その逆に、秀吉に恨みのある者のいる場所だ」

「恨みと仰せですか」

「そうだ。図らずも、利休の死のきっかけを作ってしまった大徳寺(だいとくじ)とか――」

「大徳寺――」

「そうだ。死後でも利休の言葉を守るとしたら、大徳寺しかない」

利休はその生前、大徳寺の山門を造るために大檀越(おおだんおつ)となった。山門が落成した後、大徳寺は利休に感謝すべく、その木像を作って山門の楼上に飾った。それを聞いた秀吉は、

「勅使も通る山門に己の像を飾るとは、不届き至極」と難癖をつけ、それを表向きの理由として利休に切腹を命じた。この時、大徳寺は八方陳弁したが聞き入れてもらえなかった。その結果、利休は切腹して果てた。

——つまり大徳寺は、秀吉に深い恨みを抱いているということか。

「パードレよ、そんな石ころを懸命に探して、何になるというのだ。この世が滅ぶ前に、いい思いをしておいた方がよいぞ」

「失礼します」

「わしはやりたい放題をやってきた。それでもかような身になると、もっとやっておけばよかったと思うものだ」

信雄が泣き出した。

その陰鬱な嗚咽が漂う離れを後にしたデル・パーロは一路、京都を目指した。

六

雨が激しく降っていた。それをものともせず、デル・パーロは夜陰に紛れて大徳寺に入ると、山門の楼に上った。

——ここか。

そこには、利休の木像が飾られていたとおぼしき台座が空しく残されていた。その台座は一段高いところにあり、それが置かれている場所は、床から少し底上げされている。

その材質を確かめたデル・パーロは、思い切り跳び上がると、その上に着地した。

その一踏みで床材は折れた。

それを剝がし、中をのぞいたデル・パーロは歓喜に咽んだ。

――やはりあったか。神よ！

ルシファー・ストーンは、デル・パーロが手にした十年前と変わらず、何の変哲もない形をしていた。それは曼荼羅のような絵図の中央に置かれており、図柄のような梵字が書かれた紙が貼られている。

それを剝がし、石を手にしたデル・パーロは、捧げ持つようにして神に感謝した。

――枢機卿、遂にやりましたぞ。

しかし感慨に浸っている暇はない。

楼上から下り、山門の外に出ると、先ほど以上に凄まじい風雨が吹き荒れていた。

――もう二度と手放さないぞ。

デル・パーロはルシファー・ストーンを布袋に入れると、両手でかき抱くようにして豪雨の中に飛び出した。

その時、山門前の広場の端に、誰かが立っているのに気づいた。

――いったい何者だ。

立ち止まったデル・パーロが身を硬くする。

よく見ると男は、黒の頭巾をかぶり、木蘭色の道服を着、仏教の僧侶がよくするように、首から金襴の絡子を垂らしている。

男は頭を下げると、ゆっくりと近づいてきた。

豪雨の中にもかかわらず、男は風に煽られることも、雨に濡れることもない。

その時、雷鳴が轟いた。続いて刃のような閃光が走る。

「お久しぶりです」

その顔を見た時、デル・パーロは啞然とした。

──利休か。

慌てて十字架を取り出したデル・パーロは、それを眼前に掲げた。

「悪魔め。退散しろ！」

「何を仰せですか。千宗易でございます」

「嘘をつくな」

「ふふふ」

「何がおかしい。お前は宗易の姿を借りた悪魔だろう！」

利休に扮したルシファーは、彌介の口を借りた時と同じ邪悪な声で言った。

「利休が張った結界から、おれを出したのはお前だ」

「何だと」

「馬鹿な男だ」

ルシファーがデル・パーロを嘲笑う。

「利休は命を絶つ寸前、大徳寺の者に頼んで、おれをこの山門に封じ込めた。そのため、おれは身動きが取れなくなっていた」

「それを出したのが、わたしだと言うのか」

「そうだ。お前を殺し、その石を秀吉の目に付く場所に置いておく。秀吉が一度、石を手にすれば、おれは秀吉に乗り移り、東洋の大軍を率いて、お前らの世界を滅ぼせるからな」

「そんなことはさせん！」

「まずは、お前から血祭りにあげてやる」

化鳥(けちょう)のような鳴き声が聞こえると、利休の口が大きく裂け、道服がマントのように翻った。

「神よ、守り給え！」

デル・パーロは左手で布袋を抱え、右手で十字架を掲げた。

「そんなものは、おれには通じぬ！」

平然と近づいてきたルシファーが右手を前に突き出す。

「うわー」

それだけでデル・パーロの体は吹き飛んだ。

――これがルシファーの力か。

その生前、ルシファーが持っていたという念の力は凄まじいものだった。

「どうだ。驚いたか。おれはこの力を持っていたばかりに神に恐れられ、地獄に落とされたのだ。おれには何の罪もなかったのにな」

ルシファーの声に口惜(くや)しさが籠もる。

ヴァレンティがヴァティカンを去った日、その机に置かれていたのは、ルシファーのことが書かれた古書だった。そこには、神はルシファーが持つ念の力を恐れ、何の罪もないルシファーに濡れ衣(ぎぬ)を着せ、地獄に落としたと書かれていた。それは、かねて噂として流れていたルシファーの伝説に合致したものだった。その一文を見つけたヴァレンティはルシファーに同情し、やがて魂を乗っ取られ、石を持って逃げたのだ。

——とにかく、この場から逃れなければ。

走って逃げ出そうとしたデル・パーロだったが、再びルシファーの念の力で弾(はじ)け飛ばされた。

雷鳴が轟き、閃光が走る中、デル・パーロは幾度となく弾け飛ばされ、遂に山門の柱に叩き付けられた。

「石を渡してもらおう」

——もう駄目だ。

すでにデル・パーロは体中に打撲を負い、身動きが取れなくなっていた。

「さあ、寄越せ」

ルシファーの手が伸び、デル・パーロがかき抱く石を奪おうとした。

――ああ、神よ。助けたまえ。

絶望感と徒労感が全身を襲う。

その時だった。

「待て」

背後で別の声が聞こえた。

最後の気力を振り絞って顔を上げると、そこに一人の男が立っていた。

――いったい誰だ。

その東洋人らしき男は、西洋風の鎧の上にマントをまとっている。

ルシファーの顔に不安の色が差す。

「お前は誰だ」

「誰でもよい」

「お前は、まさか――」

ルシファーの顔が恐怖で引きつる。

「ノブナガか！」

「まあ、生前はそんな名だったな」

――ノブナガ、だと！

デル・パーロは、もはや何が起こっているのか分からなくなっていた。

「何の用だ」

「その石はわしのものだ」

「何だと！」

ルシファーが右手を前に突き出すが、信長と名乗った男はびくともしない。

「ふふふ、そんな力はわしには通じぬ。わしは魔界で第六天魔王の位階を賜った。つまり、そなたより上なのだ」

「ええっ！」と恐れおののきつつ、ルシファーがあとずさる。

「そんな石などなくても、あの時に殺されなければ、わしは世界を制することもできたはずだ」

そう言って信長が手を前に突き出すと、今度はルシファーが弾け飛んだ。

「わしは石を持って魔界に戻る。寄越せ」

デル・パーロは渡してなるものかと石を抱える。

「わしを信じるのだ」

信長の目は慈愛に溢れており、とても魔界に住む者とは思えない。

「もしや、あなた様は第六天魔王などではなく――」

「ふふふ、そう思いたければ思うがよい」

その時、背後からルシファーが襲い掛かってきた。

「危ない！」

「分かっている」

瞬時に飛びのいた信長は、太刀を抜くと、ルシファーに向けて一閃させた。

「ぐうわわわわわ！」

この世のものとは思えない喚き声が聞こえ、ルシファーの体は二つに引き裂かれた。

分離したルシファーの体は、しばらくの間、苦しみ悶えていたが、やがて断末魔の絶叫を残すと、雨に流されるように消えていった。

「これで、そなたの使命は終わった。それを渡してくれるな」

「もちろんです」

デル・パーロは震える手で、信長に石を渡した。

「さらばだ」

そう言ってマントを翻したと思った次の瞬間、信長は振り向くと一言、付け加えた。

「ルシファー・ストーンは誰の心にもある。それを忘れてはならぬ」

その時、デル・パーロは気づいた。

——恐ろしいのは石ではない。真に恐ろしいのは、野心や欲心に憑依される隙を与えてしまう人の心なのだ。

「それでは達者でな」

口端に笑みを浮かべると、信長は天高く昇っていった。雲が切れたその先には、燃えるように輝く星が見える。

やがて信長は、その光の中に消えた。
デル・パーロは十字架を掲げると、その光に向かって一心不乱に祈りを捧げた。

【主要参考文献】

『織田信長』池上裕子　吉川弘文館
『ドキュメント　信長の合戦』藤井尚夫　学研パブリッシング
『織田信長合戦全録　桶狭間から本能寺まで』谷口克広　中央公論新社
『信長と消えた家臣たち』谷口克広　中央公論新社
『信長軍の司令官』谷口克広　中央公論新社
『信長の親衛隊』谷口克広　中央公論新社
『信長・秀吉と家臣たち』谷口克広　学研パブリッシング
『織田信長の家臣団――派閥と人間関係』和田裕弘　中央公論新社
『新説　桶狭間合戦――知られざる織田・今川七〇年戦争の実相』橋場日月　学習研究社
『桶狭間・信長の「奇襲神話」は嘘だった』藤本正行　洋泉社
『信長政権　本能寺の変にその正体を見る』渡邊大門　河出書房新社
『本願寺と天下人の50年戦争――信長・秀吉・家康との戦い』武田鏡村　学研パブリッシング
『織田信長　石山本願寺合戦全史　顕如との十年戦争の真実』武田鏡村　ベストセラーズ
『一向一揆の研究』井上鋭夫　吉川弘文館
『本願寺』井上鋭夫　講談社
『本願寺と一向一揆』辻川達雄　誠文堂新光社
『顕如　信長も恐れた「本願寺」宗主の実像』金龍静・木越祐馨編　宮帯出版社
『吉崎御坊の歴史』朝倉喜祐　国書刊行会

『豊臣秀次「殺生関白の悲劇」』小和田哲男　PHP研究所
『関白秀次の切腹』矢部健太郎　KADOKAWA
『天下統一と朝鮮侵略　織田・豊臣政権の実像』藤木久志　講談社
『豊臣秀吉の朝鮮侵略』北島万次　吉川弘文館
『加藤清正　朝鮮侵略の実像』北島万次　吉川弘文館
『文禄・慶長の役　空虚なる御陣』上垣外憲一　講談社学術文庫
『秀吉の野望と誤算　文禄・慶長の役と関ヶ原合戦』笠谷和比古・黒田慶一共著　文英堂
戦争の日本史16『文禄・慶長の役』中野等　吉川弘文館
『朝鮮の役と日朝城郭史の研究』太田秀春　清文堂出版
『両班（ヤンバン）　李朝社会の特権階層』宮嶋博史　中央公論新社
『秀吉が勝てなかった朝鮮武将』貫井正之　同時代社
日本史リブレット34『秀吉の朝鮮侵略』北島万次　山川出版社
『懲毖録』柳成竜著　朴鐘鳴訳注　平凡社
『看羊録』姜沆著　朴鐘鳴訳注　平凡社
敗者の日本史12『関ヶ原合戦と石田三成』矢部健太郎　吉川弘文館
『新解釈　関ヶ原合戦の真実　脚色された天下分け目の戦い』白峰旬　宮帯出版社
『関ヶ原前夜　西軍大名たちの戦い』光成準治　日本放送出版協会
『図解　関ヶ原合戦までの90日　勝敗はすでに決まっていた！』小和田哲男監修　PHP研究所
戦争の日本史17『関ヶ原合戦と大坂の陣』笠谷和比古　吉川弘文館
『一次史料にみる関ヶ原の戦い（改訂版）』高橋陽介　ブイツーソリューション
『天下分け目の関ヶ原の合戦はなかった　一次史料が伝える〝通説を根底から覆す〟真実とは

――』乃至政彦・高橋陽介　河出書房新社
ミネルヴァ日本評伝選『毛利輝元　西国の儀任せ置かるの由候』光成準治　ミネルヴァ書房
シリーズ・織豊大名の研究4『吉川広家』光成準治　戎光祥出版
『定本　徳川家康』本多隆成　吉川弘文館
『豊臣秀頼』福田千鶴　吉川弘文館
敗者の日本史13『大坂の陣と豊臣秀頼』曽根勇二　吉川弘文館
『大坂落城　戦国終焉の舞台』渡邊大門　ＫＡＤＯＫＡＷＡ
『新訂　古田織部の世界』久野治　鳥影社
『古田織部の世界』宮下玄覇　宮帯出版社
『へうげもの　古田織部伝――数寄の天下を獲った武将』桑田忠親　ダイヤモンド社
『千利休より古田織部へ』久野治　鳥影社
『詳細図説　信長記』小和田哲男　新人物往来社
『詳細図説　秀吉記』小和田哲男　新人物往来社
『詳細図説　家康記』小和田哲男　新人物往来社

各都道府県の自治体史、断片的に利用した論文、事典類、汎用的ノウハウ本、軍記物の現代語訳版（『信長公記』等）、ムック本等の記載は省略させていただきます。

解説　苦難を生きる身の処し方

安部龍太郎

本書を一読して胸が熱くなった。歴史時代小説に賭ける伊東潤の思いが、ひしひしと伝わってきたからである。

それは歴史用語へのこだわりにも現れている。たとえば直仕置や惣代官などは一般の読者にはなじみのない言葉だが、伊東はあえてそれを使い、カッコ書きの説明を入れて、当時の生活ぶりや雰囲気を再現しようとしている。

また、歴史的な事情についてもしっかりと書き込み、読者が理解しにくいだろうと危惧すると、丁重な説明を加えて読みやすいように配慮している。

そうした作業をするのは、読者に歴史を分かってもらいたいという情熱と、歴史時代小説界を背負っているという責任感があるからにちがいない。

驚いたのは単行本の巻末に、「本作は、事前に読書会を開催し、ご参加いただいた方々のご意見をできる限り反映しました」と記されていたことだ。

「ああ、伊東潤よ。汝はここまで懸命の努力をつづけておられるか」

同じ世界にたずさわる者として、私はしばしば天を仰いで嘆息した。

伊東とは四年にわたって対談させてもらった。「オール讀物」が企画したもので、他には佐藤賢一、葉室麟、山本兼一が加わり、二〇一三年六月号の『天才か、狂人か。信長の夢』から、二〇一六年二月号の『幕末の英雄たちと明治維新』まで、持てる力のすべてを尽くして語り合った。

その様子は『合戦の日本史』（文春文庫）に収められているが、この対談における伊東の活躍はめざましかった。きちんと資料を集め、論旨を明確にし、言うべきことは卒直に語り、対談を実りある方向に導いてくれた。

その決意のほどは、文庫本の締めくくりとなった次の発言に現れている。

〈伊東　この座談会が始まったわずか二年半前と比べても、世界の様相は一変しています。（中略）そうした状況下で歴史に学び、日本国と日本人はどうあるべきかを考えるのが、歴史を扱う者に課せられた使命だと思います〉

『家康謀殺』は、桶狭間の戦いから大坂の陣までを背景として、その中で生きた者たちを主人公にした短編六編と、新たに書き下ろした一編で構成されている。

それぞれに伊東らしい人間把握とストーリー展開の妙が織り込まれているが、中心となるテーマは苦難の中で生きる者たちの身の処し方である。

戦国乱世の中で生き抜こうとした武将たちには、想像を絶する苦難が次々と襲いかかってくる。その中で何を指針とし、命と家族、一門と主家を守るためにどんな決断をしたのか。

伊東はそれを見据えようと、さまざまな状況に主人公たちを叩き込み、小説的な状況を作り出すことで思考実験をしている。善人は善人なりに、悪人は悪人なりに懸命に生き、それぞれの業を背負った結末にたどり着く。

「雑説扱い難く候」では、桶狭間の合戦の時に今川義元の居場所をつかむ功を上げた簗田広正が登場する。

彼はどうやってその情報をつかみ、その後どのような末路をたどったかを、広正に裏切られた主人公の立場から描いている。

「上意に候」は、秀吉の上意に翻弄された関白秀次の物語である。

彼は叔父である秀吉の出世のために利用され、関白にまでなったものの、秀頼が誕生したことで邪魔者扱いされ、高野山に蟄居した後に切腹を命じられる。

その史実の背後にどんな陰謀と人間的なドラマがあったのか、伊東は洞察鋭く描き出していく。

「秀吉の刺客」は、朝鮮水軍の名将李舜臣を暗殺するために、秀吉から降倭となって敵中にもぐり込むように命じられた根来の鉄砲撃ちの物語である。

この発想は秀逸であり、李舜臣の人柄に惹かれていった鉄砲撃ちの最後の決断にも胸を打たれる。戦の渦中にある人間の生き様を描き出すことで、平和と友好のためには相互理解が何より大切だと教えてくれる。

「陥穽」は、関ヶ原の合戦の際に南宮山に布陣し、ひそかに家康と和議を結ぶことで毛利家の存続をはかろうとした吉川広家の物語である。

毛利家も決して一枚岩ではない。秀吉から大名に取り立てられた安国寺恵瓊は、石田三成と結託して主君輝元を大坂方につかせようとするし、輝元には彼なりの立場と考え方がある。

こうした分裂状態に付け込んで広家を身方に取り込もうとする家康の調略もあり、物語は現代の企業乗っ取りを彷彿させる複雑な状況を呈してくる。

これは長編にするべき素晴しい企画と構想で、伊東がいつの日か陰謀渦巻く大スペクタクルとして関ヶ原の戦いを描いてくれるよう願っている。

「家康謀殺」は、敵として内通している者を見つけ出すために、家康の輿をかつぐ輿丁になりすましている伊賀の吉蔵の物語。

彼はある時、五人の輿丁の中に豊臣家の刺客がまぎれ込んでいるので、見つけ出して家康の無事を図るように命じられる。時は大坂の陣の直前。かくて家康の輿をかつぎ、江戸から大坂に向かう吉蔵の旅が始まる。

「大忠の男」は、大坂の陣に際して豊臣家と秀頼を守ろうとした速水守久の最後の決断が描かれている。

絶望的な状況を打開するには、京を火の海にして家康か秀忠を討ち取るしかない。古田織部から献策を受けた守久は、はたしてそれが秀吉の遺志に添ったことだろうかと思い悩んだ末に、ある行動に出る。

今回新たに加えられた「ルシファー・ストーン」には、ヴァティカンの密命をはたすために来日した異端審問官のヨハン・デル・パーロが登場する。世界を亡ぼす力を持つというルシファー・ストーン（悪魔の石）。信長の手に渡ったというその石を、どうやって取り返すかをめぐって、まるで映画『インディ・ジョーンズ』のような物語が展開する。

以上七編、伊東の構想力の自在さと、歴史や人間に対する洞察力の鋭さがふんだんに盛り込まれた、実り豊かな短編集である。

しかも、歴史の流れに添っていて、桶狭間の戦いから大坂の陣までを無理なく理解できるように工夫されているし、大坂の陣で秀頼に殉じた速水守久の「大忠」を描いたところにも、硬骨漢伊東潤の意志と願いが込められているように思えてならない。

ともあれ伊東はこれから円熟期を迎え、数々の名作を上梓して歴史時代小説界を牽引していくだろう。これまでも作品のスケールの大きさには目を見張るものがあったが、これからは練達の筆がそのスケールを支え、手応え豊かな物語を紡いでくれるにちがいない。

私も同じ世界に住む同志（兼ライバル）として、研鑽をおこたらないようにしたい。

本書は、二〇一九年六月に小社より刊行された単行本に、短編「ルシファー・ストーン」（単行本電子版特典）を加え、加筆修正のうえ、文庫化したものです。

家康謀殺（いえやすぼうさつ）

伊東 潤（いとう じゅん）

令和4年 2月25日　初版発行

発行者●堀内大示

発行●株式会社KADOKAWA
〒102-8177　東京都千代田区富士見2-13-3
電話　0570-002-301（ナビダイヤル）

角川文庫 23058

印刷所●株式会社暁印刷
製本所●本間製本株式会社

表紙画●和田三造

ISBN 978-4-04-111942-6　C0193

◇◇◇

角川文庫発刊に際して

角川源義

第二次世界大戦の敗北は、軍事力の敗北であった以上に、私たちの若い文化力の敗退であった。私たちの文化が戦争に対して如何に無力であり、単なるあだ花に過ぎなかったかを、私たちは身を以て体験し痛感した。西洋近代文化の摂取にとって、明治以後八十年の歳月は決して短かすぎたとは言えない。にもかかわらず、近代文化の伝統を確立し、自由な批判と柔軟な良識に富む文化層として自らを形成することに私たちは失敗して来た。そしてこれは、各層への文化の普及滲透を任務とする出版人の責任でもあった。

一九四五年以来、私たちは再び振出しに戻り、第一歩から踏み出すことを余儀なくされた。これは大きな不幸ではあるが、反面、これまでの混沌・未熟・歪曲の中にあった我が国の文化に秩序と確たる基礎を齎らすためには絶好の機会でもある。角川書店は、このような祖国の文化的危機にあたり、微力をも顧みず再建の礎石たるべき抱負と決意とをもって出発したが、ここに創立以来の念願を果すべく角川文庫を発刊する。これまで刊行されたあらゆる全集叢書文庫類の長所と短所とを検討し、古今東西の不朽の典籍を、良心的編集のもとに、廉価に、そして書架にふさわしい美本として、多くのひとびとに提供しようとする。しかし私たちは徒らに百科全書的な知識のジレッタントを作ることを目的とせず、あくまで祖国の文化に秩序と再建への道を示し、この文庫を角川書店の栄ある事業として、今後永久に継続発展せしめ、学芸と教養との殿堂として大成せんことを期したい。多くの読書子の愛情ある忠言と支持とによって、この希望と抱負とを完遂せしめられんことを願う。

一九四九年五月三日

角川文庫ベストセラー

戦国秘譚 神々に告ぐ (上)(下)　安部龍太郎

戦国の世、将軍・足利義輝を助け秩序回復に奔走する関白・近衛前嗣は、上杉・織田の力を借りようとする。その前に、復讐に燃える松永久秀が立ちふさがる。彼の狙いは？　そして恐るべき朝廷の秘密とは――。

彷徨える帝 (上)(下)　安部龍太郎

室町幕府が開かれて百年。二つに分かれていた朝廷も一つに戻り、旧南朝方は逼塞を余儀なくされていた。幕府を崩壊させる秘密が込められた能面をめぐり、旧南朝方、将軍義教、赤松氏の決死の争奪戦が始まる！

浄土の帝　安部龍太郎

末法の世、平安末期。貴族たちの抗争は皇位継承をめぐる骨肉の争いと結びつき、鳥羽院崩御を機に戦乱の炎が都を包む。朝廷が権力を失っていく中、自らの存在意義を問い理想を追い求めた後白河帝の半生を描く。

天下布武 夢どの与一郎 (上)(下)　安部龍太郎

信長軍団の若武者・長岡与一郎は、万見仙千代、荒木新八郎ら仲間に支えられ明智光秀の娘・玉を娶る。大航海時代、イエズス会は信長に何を迫ったのか？　信長の夢に隠された真実を新視点で描く衝撃の歴史長編。

密室大坂城　安部龍太郎

大坂の陣。二十万の徳川軍に包囲された大坂城を守るのは秀吉の一粒種の秀頼。そこに母・淀殿がかつて犯した不貞を記した証拠が投げ込まれた。陥落寸前の城を舞台に母と子の過酷な運命を描く。傑作歴史小説！